तन्द्रालोक का प्रहरी

(उपन्यास)

तन्द्रालोक का प्रहरी

मनोज दास

अनुवाद

सुजाता शिवेन

वाणी प्रकाशन ग्रुप
भारतीय ज्ञानपीठ
वाणी प्रकाशन : भारतीय ज्ञानपीठ की पुस्तकों के एकमात्र प्रकाशक एवं वितरक

लोकोदय ग्रन्थमाला : ग्रन्थांक 1131

सजिल्द पहला संस्करण : 2012
सजिल्द दूसरा संस्करण : 2025

वाणी प्रकाशन : भारतीय ज्ञानपीठ की पुस्तकों के एकमात्र प्रकाशक एवं वितरक

वाणी प्रकाशन

4695, 21-ए, दरियागंज, नयी दिल्ली-110 002
दूरभाष : 011-23273167, 23275710
ईमेल : sales@vaniprakashan.in
www.vaniprakashan.com

ISBN : 978-93-7112-794-3

मूल्य : ₹ 395

तन्द्रालोक का प्रहरी

(उपन्यास)

मनोज दास

अनुवाद : **सुजाता शिवेन**

TANDRALOK KA PRAHAREE
(Oria Novel)
by Manoj Das
Translated by Sujata Shiven

आवरण : अखिल चन्द्र दास (सांभार आकृति आर्ट गैलरी, कोलकाता)

मुद्रक : आर. टेक ऑफ़सेट प्रिंटर्स, दिल्ली-110 032

भूमिका

इतिहास में धर्म के नाम पर बहुत कुछ अन्याय और नृशंसता होने के बावजूद धर्म की भित्ति या मर्म जिस तरह से असत्य नहीं है, वैसे ही टोना-टोटका के नाम से होनेवाली प्रवंचना और कुसंस्कार से समाज के पीड़ित होने के बावजूद उन सबका उत्स भी क्षणिक नहीं है। हमारे स्थूल इन्द्रियानुभूत जगत के बाहर (या इसके साथ ओतप्रोत रहकर) चेतना के अनेक स्तर हैं, अनेक वास्तविकताएँ हैं। वह सब आधिभौतिक (supernatural) हैं पर उन सबके साथ आध्यात्मिकता का कोई सम्बन्ध नहीं है। कभी-कभार इन सबके साधक के भीतर आध्यात्मिक चेतना का स्फुण हो सकता है, पर इन सबका अभ्यास करके कोई भी भागवत सत्य को नहीं पा सकता।

पर यह सब वास्तविक है। इस वास्तविकता के बारे में हमारी धारणा के अभाव के कारण हम इस सबके प्रभाव-प्रादुर्भाव को अस्वीकार करते हैं।

युक्ति के द्वारा इन सबका विचार विश्लेषण सम्भव नहीं है। तर्क का उद्भव मानवीय विकास के विलम्बित पर्याय में सम्भव हुआ है। प्राण-शक्ति ने अपनी लीला आरम्भ की थी उससे बहुत पहले ही । इस असीम सृष्टि के सारे व्यापार को तर्क के जरिए समझने की कोशिश करना चम्मच से चिलिका के हद की जलराशि को नापने की कोशिश करने की तरह एक विडम्बना ही है।

जीवन और मृत्यु के सीमान्त में विस्तृत ऐसा एक जगत है, जिसकी कोई भौगोलिक स्थिति नहीं है; मन या मन:स्वात्विक ध्यान धारणा के जरिए जिसका आकलन सम्भव नहीं। आलोक और अन्धकार का संगम जिस तरह से गोधूलि है, जागरण और सुसुप्ति का संगम जिस तरह से तन्द्रा है—उसी तरह का कोई चित्रकल्प उस जगत का किंचित् आभास हमें दे सकता है।

कई मामलों में मृत व्यक्ति की प्राणसत्ता कुछ दिन उस जगत में विचरण करते समय पीछे छोड़ आए स्थूल जगत की आबोहवा और आत्मीय-स्वजन, प्रिय-परिजन के प्रति आकर्षण महसूस करती है। इसलिए और अनेक कारणों से उस तरह

की कोई सत्ता किसी जीवित व्यक्ति के अन्दर भी प्रवेश कर सकती है। तब स्थूल जगत के मूल्यबोध में सृजित होती है एक अस्वाभाविक परिस्थिति। उस तरह की अस्वाभाविकता का निराकरण करने के लिए विद्यमान थे एक विशेष तरह के चिकित्सक, गुनी या ओझा। उनकी करामात के अन्तर्भुक्त था सर्पविष विनाश तथा और भी कई कार्यकलाप।

मनश्चिकित्सा (psychiatry) के प्रवर्तक के बहुत-बहुत पहले गुनी और ओझा अपनी रीति के अनुसार चिकित्सा करते थे लेखक ऐसा मानता है। एक विदग्ध ओझा समझ लेता था कि व्यक्ति के अस्वाभाविक आचरण के लिए सचमुच प्रेतावेश कारण है या फिर यह उसकी मानसिक व्याकुलता या अवचेतन का विद्रोह है। उसी के अनुसार वह विधि-विधान सम्पन्न करता था।

आज उस चिकित्साधारा की भूमिका खत्म है। (बेशक किसी दिन फिर से उसका प्रवर्तन हो या फिर हो उसका नूतन संस्करण) उस लुप्त धारा के उपासक गोष्ठी (तीन पीढ़ी) के जीवन, दर्शन एवं कार्यकलाप की कुछ झलकियों का परिवेक्षण कर रहा है प्रस्तुत उपन्यास 'तन्द्रालोक का प्रहरी'। यद्यपि उपन्यास की सारी कथावस्तु इतने में ही आबद्ध नहीं है।

उपन्यास के स्थान एवं काल की पृष्ठभूमि इस तरह है :

स्थान— उत्तर बालेश्वर और मेदिनीपुर जिला। इन दोनों इलाकों के कुछ गाँवों को लेकर एक जमींदारी गठित हुई थी।

काल या (समय)— उन्नीसवीं शताब्दी के द्वितीयार्द्ध के प्रथम दो दशक।

वर्णित घटनाओं के पीछे लेखक का निजस्व प्रत्यय और यत्किंचित् अभिज्ञता-अनुभूति रही है। साथ ही रहा है नृतात्त्विक गवेषणा का कुछ-कुछ समर्थन। (जैसे : डॉ. प्रबोध भौमिक की occultism in fringe Bengal) एक अपसृयमान परम्परा और मानसिकता की मर्मकथा अभिव्यक्त होना चाहती है। इसलिए है यह रचना।

उपन्यास के कुछ मुख्य चरित्रों में से एक हैं भैरव ओझा। वह गुणी हैं— पर अपने अन्तर्जीवन में, सम्भवतः अपने अजाने में वह एक असाधारण साधु हैं। लेखक ने उनके चेहरे की स्वाभाविक भाषा का इस उपन्यास में परिवेषण नहीं किया है (करना सम्भव भी नहीं), उनके भाव और व्यक्तित्व को अपनी भाषा में व्यक्त किया है। और कोई उपाय भी तो नहीं था।

भैरव ओझा या शम्भुनाथ— यह सारे चरित्र आज विलुप्त हैं। पुंडरीक ने अपने जीवन के द्वितीय पर्याय (इस उपन्यास के परवर्ती) में तन्त्र-साधना को अपना लिया है। तन्त्र-साधक बेशक हैं और रहेंगे।

ओड़िया भाषा में इस ग्रन्थ के प्रकाशक श्री सहदेव प्रधान के गहरे आग्रह के

लिए उन्हें धन्यवाद देता हूँ। इसे मेहनत के साथ यथासम्भव निर्मूल रूप में सचित्र विजया पत्रिका में धारावाहिक प्रकाशित करने के लिए सम्पादक श्री सुनील कुमार पुष्टि को भी धन्यवाद देता हूँ, तथा धन्यवाद देता हूँ उस धारावाहेक के लिए उत्साहजनक मन्तव्य देने वाले सहृदय पाठकों को।

—लेखक

मयूर मुखवाली उस नौका ने एक पतवार की दूरी तय की ही थी कि आसमान का अधिकतर भाग बिजली की ऐसी रोशनी से आच्छादित हो उठा, जैसे किसी इन्द्रजाल विशारद ने लम्बे समय तक चन्द्रकिरण को औटाकर, उसे स्वर्णाभ उजास में तब्दील कर दिया हो और उसमें से जरा-सा पिचकारी में भरकर इस्तेमाल कर रहा हो।

बहुत अशान्त-सा अनुभव किया रघु ने। वह बिजली और उसका अनुसरण करती वह वज्रध्वनि, उसे कुछ भी स्वाभाविक नहीं लगा। फिर भी उसने अपने को समझाया कि उसे जैसा अनुभव हुआ, जरूरी नहीं कि दूसरों को भी वैसा ही लगा होगा। यह यात्रा स्थगित हो जाती, तो निश्चित रूप से अच्छा था, पर अब ऐसी सलाह देने का सवाल ही नहीं था, क्योंकि यात्रा शुरू करने का मुहूर्त उसने खुद ही तय किया था।

''हवा जरा तेज है, तो क्या फर्क पड़ता है, बल्कि हमारे लिए अच्छा ही है। जल्दी पहुँच जाएँगे। क्यों, मैं ठीक कह रहा हूँ न?''

आदतन अपनी बात को प्रश्न के रूप में पेश करने के बावजूद प्रश्नकर्ता जमींदार दे चौधरी विगत पच्चीस सालों में यानी जमींदार बनने के बाद से इतना तो समझ ही गये थे कि गलत बात कहने की सम्भावना से वह मुक्त हो चुके हैं।

''जी, जी।''

रघु और साँझी एक साथ बोल उठे।

नाव के ऊपर स्थित कमरे को परदा डालकर दो भागों में बाँट दिया गया था। सामने के भाग में उनका युवा पुत्र और तीसरी पत्नी थीं (जमींदार बनने के बाद, अपने जमींदार बनने से पूर्व काल की सबसे अन्तरंग साक्षी पहली पत्नी को अपने से अलग कर देना ही उन्हें बेहतर लगा था। जबकि सन्तान को जन्म देते समय दूसरी पत्नी की मौत हो गयी)।

कभी चरण दे ने पूर्व जमींदार के गुमाश्ता के रूप में उत्कंठित मन से जलयात्रा की थी और लौटे, तो आधी आकुलता और आधा पुलक लेकर लौटे। लौटते समय

उन्होंने शराब पी थी। उसी दिन से जलयात्रा के अवसर पर सुरापान करना उनका विशेष विलास बन गया था। पर पुत्र और पत्नी के सामने पीना उनके लिए नीति-विरोधी बात थी। इसीलिए बीच में एक काफी मोटा परदा डाला गया था।

नौका की गति बढ़ते ही उन्होंने बोतल खोल दी।

"रघु, बेटे की शादी खूब धूमधाम से करेंगे। क्या कहते हो?"

"हुजूर का कौन-सा काम हल्का होता है भला!"

रघु के उत्तर में गर्मजोशी नहीं थी, क्योंकि वर और वधू की कुंडली में मौजूद बेमेल गुणों को उसने भाँप लिया था, और जमींदार को सारी बातें बताकर जिस तरह से उसने एक सच्चे ज्योतिषी का कर्तव्य निभाया था, ठीक उसी तरह से जमींदार की इच्छानुसार इस विषमता को दूर करने के लिए देवी तरंगिणी के पास विधिवत पूजा-अर्चना करने के लिए राजी होकर उसने एक पूजक का कर्तव्य भी निभाया था।

"कई कुत्ते भौंक रहे हैं कि कन्या के एकलौते भाई के पागल और बन्दर की तरह अनियन्त्रित होने के कारण मैं रायवंश की एकमात्र उत्तराधिकारी उनकी बेटी से सम्पत्ति के लोभ में अपने बेटे की शादी कर रहा हूँ। इससे ज्यादा तुच्छ बात कुछ और हो सकती है भला?"

"इससे ज्यादा तुच्छ बात...?"

फिर से सारी बातों पर गौर करने के बाद थोड़ा सोचते हुए रघु बोला, "नहीं हुजूर! इससे तुच्छ बात कुछ हो ही नहीं सकती, हुजूर! भौंकने के सिवा कुत्ते और कर भी क्या सकते हैं? आपको काट तो नहीं सकते! आप एक बार घूर कर देख लें, तो हुजूर सब दुम दबाकर भाग ही जाएँगे। वैसे भी भौंक-भौंककर थक जाएँगे, तो अपने आप ही चुप हो जाएँगे।"

रघु जानता है कि समालोचकों के मत के विरोध में चरण दे चौधरी का प्रतिवाद बहुत सटीक है। कन्या के पिता जगतराय सम्भ्रान्त और मर्यादावन्त थे, पर दे चौधरी लोभ करें उतनी सम्पत्ति उनके पास नहीं थी। वहाँ विवाह सम्बन्ध तय करने के पीछे दे चौधरी का उद्देश्य दूसरा था, वह था अपने सम्मान की अभिवृद्धि। जमींदार जमात में शामिल होने से पच्चीस साल पहले वह भूयाँ जमींदार के कर्मचारी मात्र थे। दूसरे कई योग्य गुमाश्ताओं की तरह वह अपने मालिक की जलालत को हवा देकर मौके की तलाश में थे। आखिर में वह मौका भी हाथ लग गया। सूर्यास्त से पूर्व सरकारी दफ्तर में देय अदा न करने पर जमींदारी जाने को थी।

"जमींदारी चली जाएगी!" व्यंग्यात्मक अट्टहास के साथ आखिर भूयाँ जमींदार ने यह बात कई बार दोहरायी थी, "कहाँ चली जाएगी? बहत्तर गाँव को

किस जादू के बल पर गोरा अंगरेज समुद्र के उस पार अपने राज्य में उड़ाकर ले जाएँगे? विस्तृत जंगल, टीले, मैदान को साफ कर, दूर-दराज से लोगों को लाकर हमारे पुण्यात्मा पूर्वज जब यहाँ बस्ती बसा रहे थे, तब कहाँ था यह गोरे लोगों का दल? प्रजा के साथ हमारे जो सम्बन्ध हैं, क्या किसी तीसरे पक्ष के कह देने भर से टूट जाएँगे?''

अपनी इस बात पर सभासद सदस्यों की विपुल समर्थनसूचक सम्मति पाने पर और भी ऊँचे गले से हँसे थे भूयाँ जमींदार। फिर भी विदेशी व्यापारी सरकार की आधी रकम को गठरी में बाँधकर गुमाश्ता चरण दे की मारफत भेज दिया। ''बोल देना इतना लेकर सन्तुष्ट रहें, नहीं तो फिर बाद में देखेंगे।''

''हुजूर!'' आखिरी बार यही सम्बोधन कर दे ने विदा ली।

पुख्ता लोकोपवाद कहता है कि गुमाश्ता चरण दे की नाव अनुकूल हवा के साथ सूर्यास्त से बहुत पहले ही अपने गन्तव्य स्थल पर पहुँच गयी थी। लेकिन वह स्वप्नविष्ट से नाव में ही बैठे रहे। उनके सहकारी कचहरी गये।

''नहीं, आधा देय देने से नहीं होगा,'' हाकिम ने कहा। लिहाजा, सूर्यास्त होने पर भूयाँ जमींदारी हार गये। दूसरे दिन नीलामी हुई। दे के सिवा नीलामी के लिए और कोई खड़ा नहीं हुआ। जमींदार के दिए रुपयों के साथ अपना भी पैसा मिलाकर उस सम्पत्ति को अपने कब्जे में ले लेने के कारण उनका विवेक भी चुप रहा। जमींदार बनने के बाद दे ने अपने छोटे-से नाम के साथ चौधरी की उपाधि लगा ली और वापसी में भूयाँ की कोठी न जाकर अपने गाँव भीषमपुर जा पहुँचे। उसी रात को ही था मुहूर्त, जिसमें उन्होंने अपनी कोठी के लिए भित्ति की स्थापना की।

भूयाँ ने सब सुना। सुनकर अट्टहास किया, करते रहे बार-बार। दूसरे दिन दिल की धड़कन थम जाने तक हँसते रहे।

भूयाँणी सती हुईं, पति के मृत शरीर के साथ चिता में लेटकर नहीं, समय पर जहर पीकर ताकि बुझती हुई चिता की आग को फिर से आसानी से जलाया जा सके।

चरण दे, वर्तमान के चरण दे चौधरी ने भूयाँ के अनुगत प्रजावर्ग के विरोध का सामना नहीं किया हो, ऐसा नहीं था। पर साम, दाम, दंड, भेद का सकुशल प्रयोग कर वह उस सारे विरोध-प्रतिरोध से उबर गये। सबसे ज्यादा मुश्किल में पड़े रघु सम्प्रदाय के लोग। गुमाश्ता बाबू की जगह 'हुजूर' सम्बोधन आसानी से जुबाँ पर नहीं चढ़ रहा था। जिसकी जीभ जितनी जल्दी बदलते हालात के साथ अपनी ताल मिला पायी, वह नये जमींदार का उतना करीब हो गया। पर एक बात में दे चौधरी अपने को कमतर अनुभव करते थे। कुलीन जमींदार उन्हें जरूरी स्वीकृति देने में कुंठित थे। एक अवश्यंभावी सम्भ्रान्त वंश के साथ वैवाहिक सम्बन्ध स्थापित करना

सामूहिक रूढ़िवादिता को तोड़ने में जरूर सहायक होगा और फिर कुछ समय बीत जाने पर चरण दे चौधरी के किसी पूर्वज को ढूँढ़कर उसे दिग्विजयी घोषित कर दिया जाएगा। साथ ही किसी ऋषि के अभिशाप से कैसे एक महान वंशधारा कई शताब्दी तक म्लान रहकर पुण्यवान दे चौधरी के महात्म्य से अचानक उज्ज्वल हो गयी, इन सबके बारे में जिक्र करते हुए किसी पंडित या कवि से कविता लिखवा ली जाएगी— ऐसी ही कुछ मंशा थी दे चौधरी की।

"लड़की काली है, तो क्या यह कोई दोष है?" प्रश्न किया चरण दे चौधरी ने।

"हुजूर, काला क्या सुन्दर नहीं होता? कौन मूर्ख है, जो काले केश को सफेद, लाल या पीला हो, ऐसी इच्छा करेगा?" रघु ने उत्तर दिया। रघु के तार्किक उत्तर ने दे चौधरी को खुश कर दिया।

"रघु, सच है कि मैं तुम्हारे सामने स्वीकार करता हूँ कि लड़की सुन्दर नहीं है। अफीमखोर पिता की तरह हड्डी का ढाँचा है उसका तन, पर अभी उसकी उम्र सिर्फ नौ या दस साल है। सोलह की होने तक क्या चेहरा ऐसा ही रहेगा? 'योवने कुक्करी धन्या' तुम्हारे किसी पंडित ने ऐसा ही कहा है न? उस पंडित में रसज्ञान खूब है। उसे बुला लेना। कभी उसके सिर पर पगड़ी बाँध उसे सम्मानित करूँगा। लड़की सुन्दर नहीं है तो क्या फर्क पड़ता है।"

"कुछ फर्क नहीं पड़ता है हुजूर?"

"क्यों फर्क नहीं पड़ता?"

इस अप्रत्याशित प्रश्न ने रघु को मुश्किल में डाल दिया। पर चरण दे चौधरी तब तक मस्ती में आ चुके थे। रघु के उत्तर देने न देने में कोई तारतम्य नहीं था।

"मेरे प्रश्न का उत्तर पता नहीं है न गन्धर्व? तो सुनो, मेरा बेटा, मेरा खास बेटा है। है कि नहीं?"

"खास आपका बेटा है हुजूर। बेशक आप ही का बेटा है।"

"बेशक, तो सुन गन्धर्व, एक बार मेरी पसन्द के तहत शादी कर लेने के बाद फिर दस और परी जुगाड़कर शादी करने से उसे कौन रोकेगा भला?"

"समझ गया, हुजूर।"

नहर से शीतल हवा का झोंका अन्दर घुस आ रहा था। असमय अन्धकार गहराने लगा था। पर जमींदार की बातों को गौर से सुनते हुए वहीं बैठे रहने के लिए रघु मजबूर था। परदा हटा। एक उत्तेजित-कम्पित मुखड़ा दिखा।

"तुम्हारी दोनों आँखें अब तक काम कर रही हैं न?" धमकी भरे स्वर में दे चौधरी की पत्नी ने पूछा।

रघु सहम गया। वह भयानक चेहरा बाद में जब कभी उसकी स्मृति में कौंधता,

तो उसे एहसास होता कि ऐसा क्रूर और भयानक चेहरा उसने जीवन में फिर कभी नहीं देखा। उस महिला के चेहरे ने उसे अनजाने में ही आसन्न मृत्यु की विभीषिका से जैसे आच्छन्न कर रखा था।

"क्या हुआ?" पूछते हुए जमींदार ने सुरा पात्र को सामने की छोटी टेबल पर रख दिया और उसके दूसरे पल में ही बोतल के साथ वह नीचे गिर गया। नाव डोलने लगी। दूर कहीं भयानक आवाज के साथ वज्रघात हुआ। जमींदार तुरन्त खड़े हो गये और रघुनाथ के सहारे से अपने को सँभाले रखा। दोनों कोठरी से बाहर निकले। दिगन्त तक आकाश बादलों से घिरा हुआ था। एक साथ असंख्य बिजलियाँ अपने करतब में मस्त थीं। भयंकर दिखने वाले बादल समूह आपस में लड़ाई कर रहे थे।

पानी गिरना शुरू हो गया। साथ ही, तेज हवा बहने लगी। सामने जो भी आ जाए, उसे रौंद देना जैसे उनका एकमात्र ध्येय था।

नाव खूब तेजी से डोल रही थी। उलट गये तिलचट्टे या झींगुर की तरह छटपटाती-सी नौका में सवार लोगों को उछलता पानी डरा रहा था, परेशान कर रहा था।

"तुम कहाँ हो?"

नाव के दूसरे कोने से जमींदार की पत्नी ने चिल्लाकर पूछा। चौधरी और रघु घुटनों के बल चलकर उसके पास पहुँचे।

"अब क्या करें?"

"चिन्ता क्यों कर रही हो? हम तो पहुँच ही गये हैं।"

किनारे के बायीं तरफ बिजली की रोशनी में एक झलक दिखाकर फिर उसी अँधेरे में, झाड़-झंखाड़ जंगल में विलुप्त होने जा रही एक धूमिल इमारत की तरफ हाथ दिखाकर चौधरी ने सान्त्वना दी और उसके बाद उन्होंने माँझी को आदेश दिया, "नौका को बायीं तरफ मोड़ दो।"

"हुजूर, जगतराय की कचहरी अभी और दो कोस दूर है।" माँझी ने जवाब दिया।

"मैं कह रहा हूँ कि बायीं तरफ मोड़ दो। तुझे क्या कुछ दिखाई नहीं दे रहा है कि कैसे उन्होंने रोशनी कर रखी है? पर वह रोशनी मुझसे बरदाश्त नहीं हो रही है। कैसी रोशनी का बन्दोबस्त किया है जगतराय ने?"

"हुजूर, बायें तरफ इस नदी की शाखा मिली है। उस तरफ छिपे हुए भँवर हैं। एक बार उसकी चपेट में कोई नाव आ जाए, तो फिर उसका बचना मुश्किल है। हमें दायीं तरफ से ही अपनी नाव को किनारे लगाना होगा।" माँझी दृढ़ स्वर में बोला।

''मेरे आदेश का उल्लंघन करेगा, तेरी इतनी हिमाकत, बेईमान? मैंने तुझे बायीं तरफ नौका ले जाने का आदेश दिया है न? बात मानेगा या अभी मरेगा?'' हुँकार भरा चौधरी ने, ''मुझे बेवकूफ बनाएगा? यह शादी जरूर होगी। आज सब कुछ पक्का हो जाना चाहिए।''

अँधेरे में भी रघु जान रहा था कि किसी तरह अपने को सँभालते हुए चौधरी माँझी के पास पहुँचने की कोशिश कर रहे थे। कहीं माँझी उनके आदेश का उल्लंघन न कर दे। चौधरी हमेशा लोभी और स्वार्थी नजर आते थे। पर आज वह दिख रहे थे हिंस्र, आततायी की तरह भयंकर। पर एक ऐसा आततायी, जो अपने शिकार के बारे में अनभिज्ञ था।

''पतवार जल्दी चलाओ मूर्खो।'' लगातार बरसते पानी में बन्दी की तरह अपना कर्तव्य निभाते चारों चप्पू चलाने वालों को चौधरी ने धमकाया, ''नहीं तो तुम लोगों का हाथ, कटार से कटवाऊँगा।''

रघु बार-बार अपना गला साफ करने लगा। वह कहना चाहता था कि जिस कचहरी के कमरे में बैठकर रायवंश के लोग अपनी कन्या के साथ इन्तजार कर रहे हैं, वह यह नहीं है। बायीं तरफ की विध्वस्त कोठी अतीत के भूयाँ जमींदार का परित्यक्त निवास स्थान है, जो दो दशक से भूतकोठी के रूप में कुख्यात है।

पर चेतावनी देने का साहस या सुयोग रघु को नहीं मिला।

''इस तरह की भयानक रोशनी उन्हें मिली कहाँ से? अरे, वह सब रोशनी है या अँधेरा? अँधेरे की मशाल है क्या रे? इसे ही डायन की रोशनी कहते हैं क्या? धत् तेरे की।'' चौधरी ने अपनी खीज व्यक्त की। आँखों पर गिरते बरसात के पानी को बार-बार पोंछकर चौधरी कोठी की तरफ देख रहे थे।

''कहाँ है रोशनी? कहाँ? तुम क्यों अर्थहीन बातें किये जा रहे हो? दिमाग खराब हो गया है क्या?'' चौधरी की पत्नी ने आशंकित हो उन्हें पकड़ लिया। दोनों नीचे गिर गये।

पत्नी की आतुरता को दूर करने का समय नहीं मिला चौधरी को। अचानक नाव लट्टू की तरह घूमने लगी। वह कभी इस तरफ, तो कभी उस तरफ ढल कर पानी पीने लगी। सभी घुटनों के बल बैठ गये।

''जितनी जल्दी हो सके, नौका को भँवर से बाहर निकालो।'' माँझी पतवार चलाने वालों से बोला।

इसके बाद रघु को फिर किसी की भी आवाज सुनाई नहीं दी। बेशुमार शब्दों का समाहार सुना जरूर था, चीत्कार, अट्टहास, पवन के उद्याम निनाद के बीच, जलराशि के उद्दंड नृत्य के बीच, पर वे सारी ध्वनियाँ जैसे मानवीय नहीं थीं।

नाव डूब गयी। रघु ने भँवर के अन्दर से जी-तोड़ कोशिश की थी। दूर था किनारा। बहकर जाते-जाते एक झाड़ी को जकड़कर पकड़ लिया और आखिरी दम तक ताकत लगाकर किनारे के ऊपर पहुँचकर बेहोश हो गया।

गाँव की देवी माँ तरंगिणी के मन्दिर के सामने गाँव के लोग जमा हुए थे। सिर्फ पच्चीस साल पहले पनपे जमींदार के पूरे के पूरे वंश के नदी के गर्भ में समाकर नाश हुए पन्द्रह दिन बीत चुके थे। नाव में सवार परिचारक, परिचारिका, माँझी, पतवार वाहक सभी नदी के गर्भ में समा गये थे।

दुर्घटना के दो-तीन दिन तक रघु गुमसुम रहा। उसके बाद उसने दुर्घटना के बारे में बताना शुरू किया, कुछ विक्षिप्त, कुछ असंलग्न-सा। पर गाँव वालों के असीम कुतूहल के उतने में ही सन्तुष्ट होने की सम्भावना नजर नहीं आ रही थी। उन्हें चाहिए था सम्पूर्ण वृत्तान्त। उस माँग में रघु के लिए अन्तर्हित था एक असहज, फिर भी प्रासंगिक प्रश्न। रघु ने ही इस जलयात्रा के लिए शुभ मुहूर्त निकाला था, तो क्या वह यात्रा सिर्फ उसके लिए ही शुभ थी?

मन्दिर के समाने स्थित देवी के सिंह प्रहरी से टिककर बैठा था रघु। समय की मार खाकर टूट-फूट जाने के साथ-साथ घिस गये उस सिंह की मूँछ की तरह ही असहाय नजर आ रहा था रघु। रघु की तरफ मुँह कर उस भीड़ के सामने की पंक्ति में बैठे थे गाँव के प्रमुख सज्जन व्यक्ति। उनके पीछे बैठे थे बाकी लोग। अँधेरे में धुल गयी जलछवियों की तरह दिख रहा था नर-नारियों का जमघट।

सर्वोपरि, अदृश्य दैत्य की तरह सभी को भयभीत रखे हुए थी अस्वाभाविक नीरवता।

अपने अब तक के जीवनकाल में दो-तीन व्यक्तियों से ज्यादा लोगों के साथ बात करने की कभी रघु को जरूरत नहीं पड़ती थी। वह जो कुछ अनुभव कर रहा था, वह भय नहीं था। अधैर्य या उत्कंठा भी नहीं थी, थी तो बस एक तरह की हताशा। दुर्दशा की स्थूल माया से हर कोई वाकिफ था। ऊपर से मूसलाधार बरसात की मार और नीचे नदी का भँवर। इन्हीं दो के षड्यन्त्र से डूब गयी थी दे चौधरी की नाव। यह तथ्य बार-बार रघु ने दोहराया था। पर हर कोई इससे भी ज्यादा कुछ सुनने व जानने के लिए आतुर था। वह खुद भी जान रहा था कि उसे और भी कुछ कहना था। वह जानता था कि बरसात और भँवर, इन दो शक्तियों के अलावा षड्यन्त्र के दूसरे भागीदार भी थे।

पर उनकी संख्या तय करना उसके वश में नहीं था। उस बारे में कुछ भी सूचना देना उसे असम्भव लग रहा था।

आरती का समय हो गया। यों तो रघु ही पुजारी है, पर दुर्घटना के बाद से उसके दूर के रिश्ते का एक भाई यह दायित्व निभा रहा था।

स्वेच्छासेवियों ने घंटी, झाँझ बजाना शुरू किया। अस्थायी पुजारी एक हाथ में घंटी बजाते हुए दूसरे हाथ से दीया जलाता रहा। एक अलग समावेश के चलते स्वेच्छासेवियों का वाद्ययन्त्रों पर अपना ज्यादा जोर लगाना स्वाभाविक था।

जिस समय वाद्ययन्त्र अपने पूरे शबाब पर थे, उसी समय अचानक रघु उठकर खड़ा हो गया। वह काँप रहा था। उन्मादग्रस्त लग रहा था। आँखें मानो जल रही थीं।

हाथ ऊपर उठाकर कभी वह बायें तरफ ढलता, तो कभी दायें तरफ। सिर्फ बुजुर्ग ब्राह्मण ही रघु की असली स्थिति को भाँप पाये।

रघु के ऊपर देवी आ रही हैं। झाँझ, घंटी और भी जोर से बजाओ, उसके कान के पास।

वृद्ध के नेतृत्व में सभी 'हरि बोल' का उद्घोष करने लगे।

रघु काँप रहा था और धीरे-धीरे हिल भी रहा था। और फिर उसने आँखें बन्द कर मुँह खोला, अस्पष्ट-सा कुछ बोलकर हँसा।

पहली पंक्ति में बैठे लोगों ने तुरन्त वाद्ययन्त्र बन्द करने का आदेश दिया। परिवेश निःस्तब्ध हो गया।

विनाश होना था, उस वंश का विनाश होना था। विनाश, विनाश, भूयाँ वंश के अभिशाप ने विश्वासघाती चरण दे को मृत्यु की खोह में डाल दिया। उसके आश्रित बेचारे भी चले गये। हाँ, उसका विनाश हुआ ही इसलिए कि वह घर से शुभ मुहूर्त में निकला था। भूयाँ की आत्मा अब तृप्त है। इसलिए नरक में विश्वासघाती चरण दे चौधरी को कम तकलीफ होगी।

रघु के बेतरतीब उच्चारित शब्दों को ध्यान से सुनकर केवल भिज्ञ व्यक्ति ही उसका अर्थ निकाल पा रहे थे।

उसके चुप होते ही फिर से वाद्ययन्त्र बज उठे। फिर से हरि बोल की ध्वनि गूँज उठी। रघु अब पहले से ज्यादा तेज नाचने लगा। उसके गले में पड़ी अंगोछी गिर जाने पर स्वेच्छासेवियों ने उठाकर फिर यथास्थान रख दिया।

कुछ पल के बाद रघु फिर से अपने ऊपर काबू रख कुछ कहने के लिए तत्पर हुआ। और तुरन्त हरि बोल और वाद्ययन्त्र बन्द कर दिया गया।

"अगर मेरा विनाश नहीं होता..."

अचानक रघु अट्टहास करने लगा। समझदार लोग चौंक गये, कुछ काँप गये। रघु फिर अट्टहास करेगा। उस तरह के विलासी और धृष्टता भरे अट्टहास का अधिकार भीषमपुर और आस-पास के गाँवों में भीम, दुःशासन और रावण की प्रमुख भूमिका में अवतरित होने वाले अभिनेताओं के बाद केवल एक ही व्यक्ति को था, वह थे चरण दे चौधरी।

"अगर मेरा विनाश नहीं हुआ होता, तो भीषमपुर गाँव में काफी तबाही मचती... हा... हा... हा..."

वहाँ उपस्थित अनुभवी व्यक्तियों को ताज्जुब हुआ, पर फिर वे समझ गये कि तबाही का कारण थी भूयाँ की क्रुद्ध प्रेत शक्ति। वे यह भी समझ गये कि दूसरी बार रघु की आवाज का व्यवहार कर रही थी चरण दे चौधरी की अशरीरी सत्ता। वैसे भी किसी-किसी को रघु के स्वर का तारतम्य भी समझ में आ गया था।

रघु चुप हो गया और अपराधी की तरह सिर झुकाकर खड़ा रहा। लिहाजा, फिर से वाद्ययन्त्र बजने लगे और हरिबोल की ध्वनि गूँजने लगी। वाद्ययन्त्रों के अदम्य गुरु गम्भीर ध्वनि के बीच रघु पछाड़ खाकर गिर पड़ा और बेहोश हो गया।

विशिष्ट व्यक्ति उसे घेरकर बैठे रहे। वैद्य ने एक चम्मच मधुरस के साथ कुछ चूर्ण उसके मुँह में डाल दिया। बुजुर्ग ब्राह्मण ने अपने काँपते हाथों से उसके चेहरे पर पानी का छींटा मारा। सभी की अधीरता को दूर करते हुए धीरे-धीरे रघु ने आँखें खोलीं। चारों तरफ वह टुकुर-टुकुर देखता रहा। पहले के सारे हलचल भरे माहौल की कोई निशानी उसके अन्दर नजर नहीं आ रही थी। और ऐसा होना स्वाभाविक था, जैसे वहाँ उपस्थित सभी समझ रहे थे। रघु की सभी इन्द्रियों का व्यवहार दूसरी सत्ता कर रही थी, रघु की चेतना नहीं।

दो-चार बार कृतज्ञता भरे हरि बोल देकर ग्रामवासियों ने वह स्थान छोड़ा। विस्मय और पुलक के साथ-साथ उनके दिलों में एक तरह का सन्तोष भर गया था, क्योंकि भयंकर दुर्घटना के राज का पर्दाफाश हो गया था।

सर्वोपरि भीषमपुर अब एक नये ऐश्वर्य से समृद्ध हो गया। इसके बाद से देवी आगमन के नये दौर का शुभारम्भ हुआ।

दो

सूर्य अभी-अभी अस्त हुआ था। नदी का किनारा एक तरह से अधिभौतिक निःस्तब्धता में खोया हुआ था। ऐसा लग रहा था, जैसे पेड़-पौधे ध्यानमग्न हैं। मेघ के लाल चन्दन समान तीन लकीरें अपने माथे पर सजाये दिग्वलय एक ऐसा अस्वाभाविक उजास बिखरा रहा था, मानो वह वास्तविक नहीं, एक अलौकिक दृश्य हो।

रघुनाथ चौंक गया। उसे लगा, जैसे दिग्वलय एक अतिकाय दानवीय कापालिक का कपाल है, जो अचानक भौंहों को संकुचित कर उसके निकट आता जा रहा है।

गाँव में हर दिन एक-दूसरे से मुलाकात होने पर नमस्कार-प्रतिनमस्कार का रिवाज नहीं था। अगर ऐसा होता तो गाँव के कई बाशिन्दे रघु को नमस्कार या प्रणाम भी करते, इन लोगों की चमत्कृत नजरों से ऐसा आभास मिलता था।

अपने इस बदले हुए परिचय के साथ रघुनाथ अन्तरंग नहीं हो पा रहा था। खुद अपने को ही अपरिचित लगने वाला वैसा अद्भुत तजुर्बा जीवन में इससे पहले कभी नहीं हुआ था। राहगीरों से अपने को एक तरह से बचाते हुए वह नदी के किनारे वाला रास्ता पकड़कर मन्दिर पहुँचा। इस समय मन्दिर के अन्दर तो क्या, आँगन में भी कोई नजर नहीं आ रहा था।

देवी का अन्तःगृह खोलकर कुछ दूरी पर बैठकर वह उस स्थान से देवी की प्रतीक्षा को देखने लगा। कई तरह के लेप-प्रलेप, आवरण, फूल-मालाओं के ढेर के बीच मूर्ति छिप-सी गयी थी। पर बचपन से लेकर अब तक रघु के मानसपटल पर देवी का एक पूरा सर्वांग स्पष्ट रूप अंकित था। पिता के साथ पूजा-अर्चना की तालीम लेते समय कभी-कभी देवी के जिस निरावरण रूप को उसने देखा था, उस सम्पूर्ण पूर्णांग सुन्दर रूप को ही उसने अपने मन में बसा लिया था।

वह एकाग्रचित्त से इसी प्रश्न पर सोचता रहा कि बीते कल के शाम की नाटकीयता कैसे सम्भव हुई? अभी भी बहुत कुछ उसे याद नहीं था। जनता का सामना करते समय अचानक जैसे वह जगते हुए ही सपना देखने लगा था। कुछ तेज प्रवाह जैसे उसे काबू में कर लेने के साथ ही चंचल भी कर रहा था। अपने ऊपर अपना वश नहीं रहने की अनुभूति उसे याद थी। पर उसके बाद क्या हुआ, यह रत्तीभर भी उसे याद नहीं था।

शाम को उसने अलग-अलग लोगों से जितना किस्सा सुना, उतना ही एक प्रश्न ज्यादा, और ज्यादा पैना होता गया कि इतना सब कुछ कैसे घट गया? देवी की तरफ अपलक देखते हुए इसी प्रश्न का उत्तर ढूँढ़ रहा था वह। देखभाल के अभाव में मन्दिर काफी टूट-फूट गया था। बरसात के दिनों में देवी के ऊपर भी पानी टपकता था। फिर भी दयालु देवी यहाँ से न जाकर यहीं रुकी हुई हैं और उसका सहारा लेकर अपने को प्रकट भी कर रही हैं।

उसे पन्द्रह साल पहले की एक घटना याद आयी। वह गाँव के नाटक ग्रुप में अर्जुन की भूमिका कर रहा था। श्रीकृष्ण के विश्वरूप के दर्शन से अभिभूत होकर उसे जो कुछ संवाद कहना था, अचानक उससे भी कुछ ज्यादा वह कह गया था। एक साधारण ग्रामीण के रूप में उसका जो मानसिक-भाषिक स्तर था उससे कहीं

गहरा था उसका संवाद। जबकि उसने पहले से कुछ याद भी नहीं किया था। जैसे एक भावतरंग अनायास उसके अन्दर घुसकर उससे यह सब कहलवा रही थी।

चमत्कृत श्रोतागण तालियाँ बजाने लगे। पर रघु परेशान हो गया। संवाद भूल जाने पर निर्देशक जिस तरह गाली-गलौज करता था, कई बार तो थप्पड़-घूँसा भी जड़ देता था, संवाद में जोड़कर बोलने पर भी उसे वैसे ही सजा मिलेगी, ऐसी आशंका वह करने लगा।

पर ताज्जुब-सा करते हुए उस्ताद बोले, "तूने तो आज गुरु की याद दिला दी। उनकी भाषा तू याद रख पाया? वाह, मानो वह तेरे ऊपर हावी हो गये थे।"

एक साल पहले ही उस्ताद के गुरु का देहान्त हुआ था।

एक पल के लिए मानो कोई एक शक्ति उस रात उस पर सवार हो गयी थी। सम्भवत: ठीक ऐसी ही कोई दूसरी शक्ति कल रात उस पर सवार हो गयी थी, पर इस बार कुछ ज्यादा समय के लिए।

"रघु!"

उसके रिश्ते के भाई, अस्थायी पुजारी, सर्वेश्वर ने मन्दिर में घुसते हुए कुछ चौंककर उसे पुकारा। रघु को याद आ गया कि आरती का समय हो गया है।

"मुझे अभी भी कमजोरी महसूस हो रही है। तू काम चलाता रह।" रघु ने आदेश दिया।

उस शाम आरती में आम दिनों से कुछ ज्यादा भीड़ थी। देवी तरंगिणी की प्रत्यक्षता के बारे में लोग सचेत हो गये थे। धीरे-धीरे यह बात फैल गयी। भीषमपुर और आस-पास के गाँव के लोग दूर-दराज के प्रसिद्ध मन्दिरों में न जाकर देवी तरंगिणी के मन्दिर में पूजा-अर्चना के लिए आने लगे। रघु की आदमनी काफी बढ़ गयी। पर रघु के मन में उसे लेकर कोई खास उत्साह नहीं था। विधुर रघुनाथ की इकलौती सन्तान शम्भूनाथ चंडीनगर में एक रिश्तेदार के यहाँ रहकर शिक्षा प्राप्त कर रहा था। उसकी पढ़ाई के लिए जितने पैसों की जरूरत थी, उससे कुछ ज्यादा ही वह अपने जमीन और ज्योतिष ज्ञान से कमा लेता है। इससे ज्यादा की उसे चाहत भी नहीं थी। बेटा शिक्षित होकर सरकारी नौकरी करेगा, दे चौधरी की तरह के पाखंडी का कृपापात्र नहीं बनेगा, सांसारिक स्तर पर उसकी बस यही एक सर्वोच्च अभिलाषा थी।

दे चौधरी के वंश के आकस्मिक विनाश का साक्षी बनने के बाद इस तरह की आशा-आकांक्षा भी अब उसे अर्थहीन लग रही थी। किसी तरह की विषय-वस्तु के लिए अब उसके मन में कोई आग्रह नहीं बचा था।

भीषमपुर में घटी सनसनीखेज घटना के बारे में शम्भुनाथ को कुछ न बताने के बावजूद एक महीने बाद वह गाँव पहुँच गया। उन सारी घटनाओं के बारे में उसे

एक कल्पनातीत सूत्र से पता चला था। चंडीनगर के राजाउपाधि धारी जमींदार मन्दरधर राय का पुत्र विनयभूषण उसका सहपाठी था। भीषण और विषम वृत्तान्त उसे सुनाने के साथ-साथ दे चौधरी की जमींदारी को हस्तगत करने के लिए उसके पिता बहुत उत्सुक हैं, उसने यह भी बताया था।

शम्भुनाथ आकर रघु से बोला, "बाबा, राजा मन्दरधर राय, सरकार और दे चौधरी के ज्ञात कुटुम्ब से बातचीत कर रहे हैं। इस क्षेत्र में उनके प्रतिद्वन्द्वी हैं जमींदार दिंडाधर। पर बात चाहे जो भी हो, उनका आखिरी फैसला आप पर निर्भर करता है।"

"मेरे ऊपर? क्या उनका अपना कोई ज्योतिष नहीं है?"

"नहीं जानता। पर वह आपसे मिलना चाहते हैं।"

कुछ समय चुप रहने के बाद रघु बोला, "देखो किसी से मिलने जाने की मेरी कोई इच्छा नहीं है। हो सके, तो श्रीमान विनयभूषण की मार्फत तू उन्हें समझा दे।"

"विनय की मार्फत क्यों? मैं खुद समझा देता। पर वह खुद आपसे मिलने आएँगे।"

खुशी की जगह रघु के सीने में डर समा गया। सवालिया निगाह से उसने बेटे की तरफ देखा। शम्भु थोड़ा-सा मुस्करा भर दिया।

उसके बाद के चार दिनों तक दे चौधरी की कोठी में कोलाहल भरा रहा। राय के गुमाश्ता, वकील और कर्मचारियों के साथ दे चौधरी के ज्ञात कुटुम्बों का भाव-ताव चलता रहा। बड़े-बड़े और भारी सामान को छोड़कर बाकी चीजें रिश्तेदार उठाकर ले जाने लगे। कोठी के एक हिस्से को मरम्मत कर साफ किया गया।

आखिरी में भीषमपुर और उसके आस-पास के इलाके के लोगों के लिए वह अविस्मरणीय दिन भी आ पहुँचा। नदी के किनारे राय चौधरी के कर्मचारी पहुँचे। उनके पीछे गाँव वालों की भीड़ पहुँची। वे जानते थे कि उनके भाग्य में एक कल्पातीत दृश्य देखना बदा है।

ठीक समय पर इंजन लगे नाव में राजा मन्दरधर राय पहुँचे। वह खुद तो थे एक अचरज, पर उससे भी अचरजभरी थी उनकी यान्त्रिक नाव।

पर रघु के लिए इससे भी बड़ा एक विस्मय इन्तजार कर रहा था। सभी के पीछे खड़े होकर रघु ने देखा उसका सुपुत्र शम्भुनाथ आगे बढ़कर राजा राय का स्वागत कर रहा है। राजा मुस्कराते हुए उसके कन्धे का सहारा लेकर किनारे की तरफ बढ़ने लगे।

विशिष्ट ग्रामवासियों ने दुर्लभ आगन्तुक को प्रणाम किया।

नौका से एक विशाल पलँग उतारा गया। राय किसी और के व्यवहार किये गये पलँग पर नहीं सोते थे।

कोठी की ऊपरी मंजिल पर उसी पलँग पर जब वह बैठे थे, तो पुत्र शम्भुनाथ के कहने पर रघु उनके सामने जाकर खड़ा हुआ। वह धीरे-धीरे काँप रहा था।

''आओ रघुनाथ, आओ। कई लोगों से सुन चुका हूँ कि तुम एक देवोपम व्यक्ति हो। मुझे तुम्हारी मदद की जरूरत है।''

केवल बाप-बेटे को वहीं रुकने को कहकर बाकियों को कमरे से बाहर चले जाने का आदेश दिया राय ने।

''कई साल पहले की बात है तब यह कोठी बन ही रही थी। नाव में जाते समय दूर से देखता था और सोचता था कि काश! मेरी अपनी जमींदारी में भी नदी के किनारे कोई ऐसी एक मनोरम जगह होती, तो मैं भी ऐसी ही एक कोठी उसके किनारे बनाता। विश्वास करो, ऐसी एक जगह और ऐसी एक कोठी का लोभ जरूर किया था, पर इसी जगह या इसी कोठी के लिए नहीं। इसलिए जो कुछ घटा और घट रहा है, वह सब विधि का विधान ही है। मेरी कुंडली में अच्छा योग चल रहा है शायद! यह कोठी खरीद ली। और चाहे कुछ हो ना हो, कभी-कभार आकर यहाँ आराम कर लिया करूँगा। बाग-बगीचों के लिए बहुत जगह भी है।''

''हुजूर।''

पहली बार ध्यान से सुनने का आभास दिया रघु ने।

''सुनो रघुनाथ, और कोई इस जमींदारी का मालिक होगा और उसके इलाके में मेरी यह कोठी यानी एक तरह से मैं उसकी प्रजा होऊँगा। तो क्या ऐसा होना अच्छा होगा? नहीं न? इसलिए इसका मालिकाना हक भी मुझे ही मिले। जिस अधम दिंडाधर ने इसे अपने कब्जे में करने का मनसूबा बनाया है, उसे जीतना अपने नाक से मक्खी उड़ाने-सा सहज है। पर मेरे मन में कुछ शक है, जिसे तुम ही दूर कर सकते हो। बीते 25-30 सालों में इस मिल्कियत में दो-दो जमींदार वंश का सर्वनाश हो गया। लगता है कि कुछ अनिष्ट है यहाँ, जिसे दूर करना जरूरी है। इस बारे में तुम्हें कुछ पता है, रघु!''

''नहीं जानता, हुजूर।''

''मैं जानता हूँ कि तुम्हें नहीं पता। जानते होते, तो अभागे दे चौधरी को भी जरूर परामर्श दिये होते। पर तुम न जानते हुए भी सहजता से 'जानता हूँ' कह सकते थे और पूजा-अर्चना का सुझाव देकर, मेरा खर्चा करवाकर, अपना भी फायदा कर सकते थे। पर तुमने ऐसा नहीं किया। तुम सचमुच साधु प्रवृत्ति के हो। ऐसा सुना है कि देवी तरंगिणी प्रत्यक्ष देवी हैं और तुम्हारा सहारा लेकर वह अपने को अभिव्यक्त करती हैं। तुमसे ज्यादा उपयुक्त आधार उन्हें और मिलता भी कहाँ? उन्हें पूजा दूँगा। मेरी तरफ से तुम ध्यान में बैठना। इस सम्पत्ति में अमंगल क्या है वह बता दें। और यह भी बता दें कि मेरे लिए वह मंगलकारी है या नहीं।''

राय ने खुद उठकर एक कुर्सी लाकर रघु को बैठने के लिए इशारा किया।

जमींदार या भावी जमींदार के सामने ब्राह्मण होने के बावजूद कुर्सी पर बैठने की गुस्ताखी करना रघुनाथ के लिए कल्पनातीत था। उसके दिल की धड़कन बढ़ गयी। अपनी चौड़ी हथेली से राय ने रघु की बाँह पकड़कर उसे कुर्सी पर बिठा दिया।

खुली खिड़की और दरवाजे के बाहर से गुजरते कर्मचारी, परिचारकों ने यह दृश्य देखा। किसी-किसी की आँखें चौड़ी हो गयीं।

उस गरम, काँटेदार कुर्सी पर बैठकर बड़ी आकुलता भरी नजरों से बेटे की तरफ देखने लगा रघु! उस कोमलकान्ति चेहरे में खिला था आत्मविश्वास, साथ ही संकटग्रस्त पिता के लिए था आश्वासन!

इस बार भी मन्दिर का प्रांगण लोगों से भर गया। अँधेरा घिर आने से पहले ही राय के कर्मचारियों ने चार-पाँच डे लाइट जला दिया था। देवी को भारी मात्रा में भोग चढ़ाना और प्रसाद को ग्रामवासियों में रात्रि भोजन के रूप में परोसे जाने का बन्दोबस्त कर दिया गया था। चंडीनगर से वाद्यकारों को बुलाया गया था। शाम की पूजा-अर्चना के आखिरी पर्याय में दिन भर से व्रत रखे रघु के कान के पास जब मन्दिर के नियमित सेवकों ने शंख फूँकने के साथ घंटी, झाँझ बजाने का उपक्रम शुरू कर दिया, जो कि देवी आने के लिए जरूरी है, तो दूर-दराज से आये वाद्यकारों ने भी उनका साथ दिया।

रघुनाथ अनोखा लग रहा था। उसने राय के द्वारा लायी गयी सिल्क की धोती पहन रखी थी। कन्धे पर उत्तरीय और गले में फूलमाला थी। माथे पर चन्दन का टीका दमक रहा था। सर्वेश्वर और शम्भुनाथ सतर्क प्रहरी की तरह उसके पीछे खड़े थे।

वाद्ययन्त्रों की ध्वनि तेज होने लगी। रघु ने आँखें बन्द कर लीं। लोगों ने देखा कि वह काँपने लगा था। शम्भुनाथ के होंठों पर मुस्कराहट खिल गयी। देवी माता के आने का शत-प्रतिशत लक्षण था वह।

मन्दिर के सामने अर्द्धगोलाकार में स्थित बरगद, पीपल और नीम के पौधों को जिद्दी हवा ने झकझोरा। वाद्ययन्त्रों के तेज स्वर भी उसके गर्जन को दबा नहीं पाये। वहाँ इकट्ठा हुए ग्रामवासियों को अपने वस्त्र सँभालने पड़े। पर वे आँख-कान पर उड़ती धूल की मार सहने के आदी थे।

तभी रघुनाथ ने मुँह खोला। तुरन्त वाद्ययन्त्रों को बन्द कर दिया गया। केवल हवा की सूँ-सूँ करती पार्श्व ध्वनि के बीच रघु बोला, ''मंगल होगा, मंगल होगा।

अरे राय! तेरा मंगल होगा।''

''ले जा यह मुल्क। मेरे लिए बना दे एक मन्दिर!''

एकाध बार यही बात दोहरा कर रघु चुप हो गया और उसके चुप होते ही देवी तरंगिणी के जयगान से सारा वातावरण गूँज उठा। फिर से वाद्ययन्त्र बजने लगे। स्वयं राय हाथ जोड़कर आगे बढ़े और देवी को साष्टांग प्रणाम किया। आँखों में थे संयत आँसू। उसके बाद हाथ जोड़े वह खड़े रहे। वहाँ उपस्थित जनता अपने सुनिश्चित किए गये नये प्रभु के रूप को निहार रही थी। उनके चेहरों पर उस रूप के लिए एक सम्भ्रम भाव उभर रहा था। दे चौधरी के प्रति उनके मन के भाव से, बहुत अलग था यह भाव एकदम अलग।

रघु ने फिर एक बार कुछ कहने के लिए मुँह खोला। वाद्ययन्त्र बन्द हो गये।

''हजार, दो हजार साल से मैं यहाँ पड़ी हूँ। मन्दिर बना दे बेटा, बना दे।''

''सुन्दर मन्दिर तुम्हारे लिए बना दूँगा माँ। पंचांग देखकर सबसे पहले जो शुभ मुहूर्त निकलेगा, उसी तारीख से मन्दिर बनाने का शुभ कार्य शुरू करा दूँगा माँ!'' भरे गले से, दीये की हवा के झोंके से डोलती रोशनी में कभी प्रकट होती और कभी ओझल हो जाती देवी मूर्ति की तरफ, तो कभी देवी सदृश लगने वाले रघु की तरफ देखते हुए राय ने घोषणा की।

जनता देवी तथा राय की जय-जयकार करने लगी।

उसके बाद पछाड़ खाकर गिर पड़ा रघु। शम्भुनाथ ने तुरन्त जमीन पर बैठकर पिता का सिर अपनी गोदी में रख लिया। सर्वेश्वर ने पानी का छींटा मारा। गाँव के विशिष्ट व्यक्ति और राय रघु को घेरकर बैठे रहे।

कुछ देर बाद उसने आँखें खोलीं। बेटे की तरफ देखते हुए शायद उसने कुछ याद करने की कोशिश की। फिर कुछ संकोच भरी मुस्कान के साथ उसने घर जाने की इच्छा जतायी। उसे उठाकर ले जाने के लिए अनेक लोग तैयार थे।

पुलकित राय अपनी नवलब्ध कोठी की तरफ गये। वहाँ स्थित सारे कर्मचारी कुछ मुख्य ग्रामवासियों की सहायता से लोगों में प्रसाद बाँटने लगे।

रात के अन्तिम प्रहर में पिता के चिल्लाने की आवाज सुनकर शम्भुनाथ नींद से जग गया और लालटेन लेकर तुरन्त दौड़ा।

रघुनाथ ने खून की उल्टी की थी। सीने पर हाथ रखकर वह तेज-तेज साँसें ले रहा था।

''मैं अब और नहीं बचूँगा, बेटा।'' बात करने में उसे बहुत तकलीफ हो रही थी।

"ऐसा क्यों कह रहे हो बाबा! राजा राय के साथ उनके वैद्य भी आये हैं। मैं अभी उन्हें लिवाकर लाता हूँ।"

पड़ोसी सर्वेश्वर को नींद से जगाकर रघु के पास बिठाकर शम्भुनाथ कोठी की तरफ दौड़ा। वैद्य को तैयार होकर आते-आते एक घंटा लग गया। इस बीच आस-पड़ोस के लोग आकर इकट्ठा हो गये।

रघुनाथ निढाल पड़ा था। वैद्य ने नब्ज टटोली। आँखों की जाँच की। उनका चेहरा गम्भीर हो गया।

"कैसा लग रहा है, बाबा?" पास बैठते हुए शम्भुनाथ ने पूछा।

"आग का गोला...सीना... मुझे मार दिया।"

"किसने मारा, कुछ समझ में आ रहा है रघुनाथ?"

बहुत धीमी आवाज में रघु ने कुछ कहा जरूर, पर उसका अर्थ समझना मुश्किल था।

तब तक राय भी वहाँ पहुँच गये।

"हुजूर!" वैद्य ने बैठकर उनके कान में कुछ कहा।

"सर्वेश्वर, गाँव के विशिष्ट व्यक्तियों के अलावा बाकी सबको यहाँ से चले जाने के लिए कहो।" राय ने आदेश-सा देते हुए कहा। सर्वेश्वर को किसी से कुछ कहने की जरूरत नहीं पड़ी। चार-पाँच बुजुर्ग व्यक्तियों को छोड़कर बाकी सभी वहाँ से चले गये।

"यहाँ कोई भरोसेमन्द ओझा है?" राय के प्रश्न से गाँव वाले चिन्तित दिखे।

"एक हैं।" पाठशाला के शिक्षक ने कहा।

"ठीक-ठाक हैं। हमारे आस-पास जाना-पहचाना भूत-प्रेत हो, तो उनसे मुकाबला कर लेते हैं।"

"भूत-प्रेत नहीं। किसी शक्तिशाली पाखंडी व्यक्ति ने मान्त्रिक मन्त्र साधा है रघु पर, ताकि उसकी मौत हो जाए।" वैद्य ने सबको बताया। वह खुद तन्त्र विद्या को नहीं जानते, फिर भी विरोग को रोग से अलग करने की क्षमता रखते हैं।

राय ने अपने गुमाश्ता की तरफ देखा।

"देर मत करो। मोटरबोट लेकर चले जाओ और मंगल दास को लेकर आओ।"

रघुनाथ एक बार हँसा। अगर उसकी स्थिति ठीक होती, तो वह हँसी अट्टहास ही कहलाती। उसने बुदबुदाकर कुछ कहा भी।

दोपहर तक रघु बेहोश पड़ा रहा। गुमाश्ता लौट आया। वह खुश नजर आ रहा था।

"मंगल कहाँ गया है, पता नहीं है। पर कैसा सौभाग्य! मंगल को ढूँढ़ते हुए

उसके गुरु भैरव ओझा आये थे। उन्हें लेकर आया हूँ। बल्कि उन्होंने कृपा करके मेरे साथ आना मंजूर कर लिया।''

भैरव ओझा एक किंवदन्ती पुरुष के रूप में आस-पास के इलाके में जाना जाने वाला नाम था। रघु के पास बैठकर ओझा ने उसके सिर पर हाथ रखा और ध्यानमग्न हो गये।

गुमाश्ता अपना आश्चर्यजनक वृत्तान्त राय को सुनाने लगा। गाँव में घुसते हुए जिस व्यक्ति को पहले भैरव ओझा ने देखा उसे रोककर उसके दोनों कानों में पेड़ की दो जड़ें ठूँसकर उन्होंने उसे शून्य की तरफ देखने के लिए कहा और पूछा, ''क्या देख रहे हो?''

आतंकित होकर उसने कहा, ''सूरज काला पड़ गया है। आसमान में बहुत तारे हैं।''

ओझा ने जड़ी निकाल ली और उस व्यक्ति को वैसे ही तटस्थ छोड़कर जल्दी से वहाँ से चले गये।

''भैरव! रघु को बचा लो।'' राय ने एक तरह से इसरार-सा किया।

''बाबू, माँ चंडी चाहेंगी तो बचा लेंगी।''

ओझा का चेहरा कठोर नजर आया। उसने कई तरह के मन्त्र पाठ करने शुरू कर दिये, साथ ही पूजा अनुष्ठान भी करने लगा।

पूरे गाँव में आतंक और उदासी फैल गयी थी।

शाम को कोठी के पीछे दीवार पर टेक लगाकर नदी या फिर उस पार के दिग्वलय की तरफ देखते हुए ओझा चुप बैठे थे। आस-पास के कुछ गुणी व्यक्ति उनके पास जाकर उन्हें प्रणाम कर रहे थे। वह निम्न जाति के थे, फिर भी संन्यासियों-सी उसकी मर्यादा थी। ओझा जात-पाँत से ऊपर होते हैं।

शम्भुनाथ भैरव ओझा के प्रति एक अद्‌भुत आकर्षण अनुभव कर रहा था। जनश्रुति कहती है कि ऐसा एक भी उदाहरण नहीं मिलता, जहाँ जहरीले साँप का काटा व्यक्ति ओझा की नजर में आने के बाद, मौत के मुँह से ना लौट आया हो! वह असाध्य, दुष्ट शक्तियों को अपने वश में कर सकते हैं। कितना भी जिद्‌दी या अहंकारी क्यों ना हो, पर भैरव ओझा के आदेश का उल्लंघन करने वाला भूत-प्रेत उस इलाके में कहीं नहीं था।

इन सबके बावजूद वह किसी से भी पारिश्रमिक या उपहार स्वीकार नहीं करते थे। अपने जात-भाइयों की तरह वह भी बाँस-बेंत से कई तरह के बर्तन और चटाई बुनकर, बेचकर कमाई करते थे। उनकी जरूरतें काफी सीमित थीं। जिस संकटग्रस्त व्यक्ति की वह हिफाजत करते थे, उसी के परिवार के लोग या फिर पड़ोसी उनके खाने-पीने की जिम्मेदारी उठा लेते थे।

शम्भुनाथ कभी बेहोश पिता के पास जाकर बैठता, तो कभी ओझा के पास पहुँच जाता। ओझा का स्नेहपूर्ण व्यवहार उसे तृप्त कर रहा था।

आधी रात में जब चारों तरफ सन्नाटा छा गया, तब लालटेन लेकर ओझा ने 'तुम मेरे साथ आओ' कहकर शम्भुनाथ को अपने पीछे आने का निर्देश दिया।

क़ोठी और नदी के बीच जो मैदानी इलाका था, वह पूरब की तरफ लगभग आधे कोस तक फैला था। कभी वहाँ कोई मध्ययुगीय दुर्ग था। कई सौ सालों के अन्दर धीरे-धीरे उसका विलय हो गया। इधर-उधर दो-चार पत्थरों से बने क़मरे के अलावा चारों तरफ दुर्ग के भग्नावशेषों का ढेर ही था। यहाँ से पत्थरों को उठाकर गाँव वालों ने अपने मकानों में उनका इस्तेमाल भी किया है।

उन भग्नावशेषों के अन्दर घने झाड़-झंखाड़ थे। वह लोमड़ी और सियार का निवास स्थान बन गया था। उस मैदान के पूरब में श्मशान था।

आसमान में एकादशी या द्वादशी का चाँद था। उस मैदान के बीच में एक पतली सड़क थी। ओझा उस रास्ते पर कुछ दूर चलकर एक जगह खड़ा हो गये। अस्पष्ट स्वर में कुछ मन्त्र पढ़ा। एक बार पलटकर लालटेन ऊपर उठाकर शम्भुनाथ के चेहरे को देखा। समझ गये, बालक घबराया हुआ नहीं है।

शम्भुनाथ चाहता था कि ओझा उससे खूब बातें करें। पर वह समझ रहा था कि ओझा का कारोबार दूसरे जगत के प्राणियों के साथ है। बातचीत का माहौल उनके लिए प्रासंगिक मात्र है।

फिर से चलना शुरू करते हुए ओझा एक झाड़ी को ठेलकर, उसके दूसरी तरफ स्थित एक छतविहीन परित्यक्त कमरे के अन्दर घुसे। शम्भुनाथ चौंक गया। वहाँ एक आदमी लेटा हुआ था। उसके शरीर पर सफेद चद्दर थी यानी वह कोई भले घर का व्यक्ति था।

वह मानो ओझा का ही इन्तजार कर रहा था। वह उनके दोनों पैरों को पकड़कर रोते हुए कातर स्वर में कुछ बुदबुदाया।

"शैतान!" ओझा गुस्से से काँप रहे थे। शम्भुनाथ डर गया। ओझा का यह रूप उसने पहले नहीं देखा था।

अन्ततः शम्भुनाथ समझ गया कि वह व्यक्ति कोई और नहीं, बल्कि ओझा का पट्टशिष्य मंगल है। रघुनाथ की दुर्दशा के लिए वही जिम्मेदार है। वैसे उसके कुकर्म के कारणों को जानने में उसे दो दिन लग गये।

पहला कारण था, रघु के प्रति उसकी बेइन्तहा ईर्ष्या। जो राय देव कभी पूजन के लिए किए जाने वाले ज्यादातर अनुष्ठानों के बारे में उससे मदद लेते थे, वही रघुनाथ के पास खुद दौड़े चले आये थे। राय का पीछा करते नदी के किनारे-किनारे मंगल दास भी दौड़ा चला आया था। ओट में छिपकर, रास्ते पर से दो मंजिल की

खुली खिड़की से उसने राय को खुद रघुनाथ की बाँह पकड़कर कुर्सी पर बिठाने का वह असह्य दृश्य भी देख लिया था।

यहाँ मन्दिर निर्माण करने का वचन जब राय ने दिया था, तो जनता के पीछे अँधेरे में वह भी वहाँ मौजूद था। वह समझ गया कि अब उसका सारा गौरव निष्प्रभ होने जा रहा है।

दूसरे, राय के प्रतिद्वन्द्वी जगमोहन दिंडाधर ने उसे अपनी तरफ कर लिया था। यह जमींदारी किसी भी तरह राय के हाथ न लगे, उसके लिए हर सम्भव कोशिश वह करेगा इस आशय का वचन उसने दिंड़ाधर को दिया था। आत्मविस्मृत होकर उसने एक विशेष बाण का रघु पर प्रयोग किया था, जब वह मन्दिर के अन्दर था। पर बाण अपना काम न करके वापस उसी की ओर लौट आया था। तब उसने आत्मरक्षा करते हुए अपने सबसे भयंकर अस्त्र का इस्तेमाल इस विश्वास से किया था कि रघुनाथ की आकस्मिक मौत को भीषण अमंगल की सूचना मानकर राय उस जमींदारी पर से अपना आग्रह हटा लेंगे।

झाड़ी के उस तरफ से एक साथ लोमड़ियाँ हुआँ-हुआँ करने लगीं। रात का तीसरा प्रहर खत्म हो गया। ओझा ध्यानस्थ बैठे रहे।

''मुझे बचा लीजिए।'' कातर स्वर में मंगल दास ने निवेदन किया। शम्भुनाथ समझ रहा था जो व्यक्ति इतनी आसानी से दूसरे की जान लेने के लिए अदृश्य अस्त्र-शस्त्र का प्रयोग कर सकता है, उसे अपनी जान कितनी प्यारी होगी।

''मंगल दास! क्या तू इतना मूर्ख है? जिसे मन्त्रित कर तूने उस पर काबू पाने की कोशिश की और जिसने तेरा रास्ता रोक दिया, उसके कब्जे से तुझे बचा पाना असम्भव है, क्या यह तू भूल गया?'' ओझा के स्वर से साफ नजर आ रहा था कि अपने पट्टशिष्य के इस कुकर्म के लिए वह खुद कितना शर्मसार और क्षुब्ध था।

''गुरु, आप कर पाओगे?''

''मैं नहीं कर सकता। अगर रघुनाथ बच जाएगा और अपने पूरे अन्तर्मन से तुम्हें माफ कर देगा, तभी तू बच पाएगा।''

भोर में ओझा के आदेशानुसार मंगल दास के घर खबर भिजवा दी गयी। वे ढलती दोपहरी में आकर पालकी में उसे ले गये।

रघुनाथ धीरे-धीरे स्वस्थ हुआ। ओझा की बात मानकर कुछ व्रत-अनुष्ठान किया। मंगल दास मरा नहीं, पर पागल समान हो गया।

शम्भुनाथ के बिना अब रघुनाथ मानो कुछ करने, सोचने की स्थिति में नहीं था। इस कारण से शम्भुनाथ की पढ़ाई-लिखाई छूट गयी। छह महीने बाद राय वापस अपनी कोठी चले गये। तब तक भीषमपुर जागीर उनकी जमींदारी में अन्तर्भूत हो

चुकी थी। स्थानीय लोगों ने उनका भव्य स्वागत किया। मन्दिर के पुनरुद्धार का कार्य तेजी से चल रहा था।

"शम्भुनाथ, अब तुम मेरे साथ चलो। फिर से पढ़ाई करो। तुम्हारे पिता भी हमारे साथ चलें। हमारे घर पर रहें।" राय ने प्रस्ताव रखा।

"हुजूर, मैं और विद्यालय का पाठ नहीं पढ़ पाऊँगा।"

"तो?"

"मैं भैरव ओझा के साथ रहूँगा। वह मुझे शिष्य बनाने के लिए राजी हैं। मैं उन्हीं से शिक्षा ग्रहण करूँगा। आपकी अनुमति चाहिए।"

"अपने पिता के प्रति किए गये अन्याय का बदला लोगे?"

"नहीं हुजूर! पिशाचों के कब्जे में आने वाले अपने पिता समान सरल और अशिक्षित व्यक्तियों की रक्षा करूँगा।"

राय नाराज नहीं हुए। बोले, "तुम विनयभूषण के मित्र हो, इस नाते मेरे पुत्र समान हो। तुम भैरव ओझा की विद्या को ग्रहण करो। पर जिस तरह से मेरा तुम्हारे प्रति कर्तव्य है, वैसा ही तुम्हारा भी मेरे प्रति कुछ कर्तव्य है, यह बात तुम, मैं या विनयभूषण कोई भी अगर भूल जाए, तो वह एक विषम भूल होगी।"

तीन

कितनी तीव्रता से बीत जाता है समय। गाहे-बगाहे कानों में पड़ने वाली ऐसी बातें शम्भुनाथ को कभी भी विचलित नहीं करतीं। घटनाओं से भरी हुई है उसकी जिन्दगी! कभी-कभी काल के साथ युद्ध करना पड़ा है उसे, तो कभी-कभी अपनी प्रचंड इच्छाशक्ति का प्रयोग कर काल को पार करना पड़ा है। इसी तरह कभी-कभी काल भी उसका सहायक बना है।

उसके जीवन की घटनाओं की अधिकता में एक विशेषत्व था या यों कहिए कि अस्वाभाविकता थी। वह सारी घटनाएँ दो अलग-अलग स्तरों में घटती रहीं। बाह्य जगत के नर-नारियों से उसका सम्बन्ध जितना था, उससे ज्यादा अशरीरियों के साथ शायद ना हो, पर उससे अधिक गहरा जरूर था।

इसलिए भैरव ओझा का शिष्यत्व ग्रहण करने के बाद बीत गयी आधी शताब्दी वास्तव में शम्भुनाथ को पूरी शताब्दी बीत जाने सी लग रही थी। उसने दो

समानान्तर जीवन बिताया है। सामाजिक जीवन में वह विनयभूषण का अन्तरंग मित्र तथा कर्मचारी, भीषमपुर जागीर का नायब तो दूसरी तरफ आस-पास के इलाके का सबसे विख्यात ओझा है।

सत्तर साल का होने में अब सिर्फ दो साल बाकी हैं। कर्मव्यस्त जीवन में उम्र के इस पड़ाव पर भी उसके अन्दर क्लान्ति का कोई नामोनिशान नहीं था। गुरु भैरव ओझा अपनी गँवई भाषा में जो कहता था, उसका साधु भाषा में तर्जुमा कुछ इस तरह से होगा— "क्लान्ति? वह एक माया है। तेरा शरीर पंचभूत से गढ़ा है। उसमें एक पवन है वह चिरकाल से प्रवहमान है। वह कभी क्लान्त हुआ है? तेज, पानी, आकाश, मिट्टी यह सारे क्लान्त हो जाते, तो क्या सृष्टि टिक पाती? इन सबों को छोड़ दिया जाए, तो बाकी रहती है चेतना। चेतना अनन्त है। पेड़-पौधे, कीट-पतंग, बाघ-भालू से शुरू कर इनसान तक, भूत-प्रेत, बैताल-पिशाच से शुरू कर देवी-देवताओं तक सभी चेतना का एक-एक रूप हैं। चेतना सर्वव्यापी है। वह फिर क्लान्त कैसे होगी?"

ओझा चमत्कारी व्यक्ति थे। शम्भुनाथ को याद है पहली बार ओझा के साथ उनके गाँव जाते समय की बात। धीमे-धीमे बरसात हो रही थी। ओझा, तालपत्र से बने अपने छाते को जबरदस्ती शम्भुनाथ की पीठ पर टिकाकर खुद भीगते हुए चले जा रहे थे। रास्ता धीरे-धीरे जितना सघन हो रहा था सन्नाटा उतना फैल रहा था। अन्धकार में ओझा आसानी से ऐसे चलते चले जा रहे थे, मानो अँधेरा ही उजाला है। गाँव का बाशिन्दा हो तो पाताल से लेकर आसमान तक व्याप्त अन्धकार के साथ घनिष्ठ होने के लिए मजबूर होना होता है। कभी दोनों हाथों के सहारे पानी को ठेलकर पार करने के समान या कभी अन्धकार को धकेल कर चलने के लिए मजबूर होना पड़ता है। निर्जन रास्ते के उस गहनतम सन्नाटे को इससे पहले शम्भुनाथ ने कभी महसूस नहीं किया था। दो लोमड़ियों की आँखें अँधेरे में चमकीं। इतनी तीखी होती है उनकी नजर, शम्भुनाथ को पता नहीं था।

अचानक पीछे पलटकर भैरव ओझा बोले, "बेटा! सभी की आँखें हैं। कह सकता है एक जैसी आँखें। पर नजर अलग होती है। इनसान की नजर में इस चराचर जगत का चेहरा जैसा दिखता है, ठीक वैसा ही पशु-पक्षी या सरीसृप की नजरों में नहीं दिखता है। मृतकों की आँखें नहीं होती हैं, पर नजर होती हैं। हमारे देखने से उनका देखना, हमारे विचार से उनके विचार बहुत अलग हैं। और यही समस्या भी है।"

"समस्या क्यों, बाबा?"

"तू लाठी मारकर हवा को लंगड़ा कर सकता है? मुँह से चबा-चबा कर सूर्यलोक को जख्मी कर सकता है?"

"नहीं, बाबा।"

"वैसे ही इनसान के सोच-विचार को लेकर भूत-प्रेतों के व्यवहार को समझ नहीं पाएगा। उनके साथ बात-व्यवहार करते समय भी यह समस्या आती है। तब क्या करेगा तू?"

"भावना के संसार में उनके साथ समान होना होगा।" सोच-समझकर शम्भुनाथ ने जवाब दिया।

"नहीं कर पाएगा। नहीं कर पाएगा, इसलिए मन्त्र-तन्त्र, क्रिया-कर्म ही जो कर सकते हैं, करेंगे। इस सत्य को याद रखेगा, तो फिर अधैर्य नहीं होगा और भूत-प्रेतों के प्रति क्रोध का भाव भी नहीं उपजेगा। समझ रहा है?"

"हाँ बाबा, मैं उनके प्रति हमदर्द रहूँगा।"

"क्यों बेटा?"

"जी।"

"तू उनके प्रति बेजार नहीं रहेगा, तो क्यों हमदर्द रहेगा? विरक्त होना जिस तरह से अहंकार है, हमदर्द होना भी अहंकार है। तू बस अपना कर्तव्य करते जाना, बाकी बातें देवी सँभालेंगी। तू उनका यन्त्र है और कुछ नहीं।"

शम्भुनाथ अपने अन्तःकरण में यह अनुभव कर रहा था कि इस तरह का उपदेश देते समय भैरव ओझा के अन्दर गुरु-सुलभ अहंकार नाममात्र को भी नहीं था। रास्ता जानने वाला व्यक्ति जिस तरह जिज्ञासु व्यक्ति को पूर्व या पश्चिम की तरफ इशारा करके राह बता देता है, ठीक उसी तरह भैरव ओझा भी उसे सिर्फ रास्ता ही बता रहे थे और कुछ नहीं।

नजदीक से आती हुआँ-हुआँ की आवाज के हल्की पड़ते ही रामनाम की ध्वनि सुनाई पड़ी। सड़क से सामने वाले मोड़ पर हल्की रोशनी दिखाई देने लगी। श्मशान दूर नहीं था। कन्धे पर एक लाश लिये लोग इधर ही आ रहे थे।

उस समय गाँव में लालटेन एक नायाब चीज थी। पर उस शवयात्रा की छतरी के नीचे सुरक्षित एक-दो लालटेनें जल रही थीं। यानी मृत व्यक्ति समृद्धशाली परिवार का व्यक्ति था।

"क्या हुआ?" ओझा ने पूछा। यों वह अपनी तरफ से बातचीत का आगाज कम ही करते थे। शवयात्रा के आगे चल रहे प्रौढ़ व्यक्ति ने लालटेन उठाकर ओझा का चेहरा देखकर उसे पहचान लिया और जोर-जोर से रोने लगा।

"ओझा, तुम कहाँ गये थे? ढूँढ़-ढूँढ़कर हलकान हो गये, पर तुम मिले नहीं। कालनाग, ओझा! कालनाग! मेरा सर्वनाश कर वह भाग गया। बेटा दो पल छटपटाकर चला गया। आठ-आठ ओझा आकर इकट्ठा हुए। पर उसे बचा नहीं पाये।"

"नीचे रखो।" ओझा ने गम्भीर होकर आदेश दिया।

आदेश का पालन हुआ। लालटेन की रोशनी में युवक के चेहरे को परखा ओझा ने। उसके सीने पर हाथ रखकर कुछ देर तक वह चुप बैठे रहे। उसके बाद युवक के दाहिने पाँव की उस जगह पर दोनों हथेलियों को रखकर मन्त्र बोलने लगे, जहाँ साँप ने काटा था। वह मन्त्र जैसे अन्धकार में एक तरह के तरंग का सृजन कर रहा था। मानो उस तरंग का एक रूप है, जिसे कोशिश करके छुआ जा सके।

उन्होंने थैली से जड़ी निकाली। पास की एक झोंपड़ी में जाकर लोग उसे घिसकर ले आये। मन्त्र जाप, पानी के छींटे मारना, मुँह में जड़ी का पानी डालना, ये सारी क्रियाएँ दो घंटे तक चलीं। उसके बाद एक घंटे तक ओझा ध्यानमग्न रहे। पास की झाड़ी में रेंगने की आवाज आयी। ओझा के चेहरे पर प्रसन्नता खिल गयी। उन्होंने उठकर अजीब आवाज करते हुए एक मुट्ठी गीला चावल उस झाड़ी की तरफ फेंक दिया।

खबर पाकर युवक की माँ और पत्नी भी वहाँ पहुँच गयी थीं। आधी रात होने के बावजूद वहाँ सौ से ज्यादा ग्रामवासी उपस्थित थे। मृत घोषित युवक की पलकों में हुई हलचल को युवक की माँ ने ही पहले देखा। विस्मय और पुलक की गूँज चारों तरफ फैल गयी। युवक ने आँखें खोल दीं।

युवक की माँ अपने आँसू रोक नहीं पायी। वह ओझा के कदमों में गिर गयी। "मेरे बेटे को जीवन दिया बाबा?" इससे आगे वह और कुछ बोल नहीं पायी।

"माँ, जीवन देने वाला मैं कौन होता हूँ? जीवन था, कहीं गहरे में चला गया था।"

युवक को खाने में क्या देना है, हल्दी पानी में कब और कैसे सात दिन तक नहलाना है, सब विधान बताकर ओझा जाने के लिए उठा। उसकी चाल में अपने इस अद्भुत कारनामे के लिए थोड़ी-सी भी पुलक या रोमांच नहीं था। बीच रास्ते में चार घंटे तक रुकना पड़ा, इसके लिए भी कोई क्षोभ नहीं था। उसका धीर स्थिर चेतना और कर्म मानो काल की गति के साथ इस तरह एकान्त, इतनी घनिष्ठ है कि काल के प्रति कोई भी आक्षेप उस चेतना से स्फुरित होना असम्भव है।

ओझा के साथ उसके कुटीर में रहते हुए एक हफ्ता बीता था तब की बात है। शम्भुनाथ के गुरु सम्बोधन को बहुत ही संकोच के साथ ओझा ने स्वीकार कर लिया था।

"गुरु!" शम्भुनाथ ने पूछा, "तान्त्रिक तो मांसाहारी होते हैं न?"

"तान्त्रिक मांसाहारी हो सकते हैं पर तान्त्रिक मांसाहारी ही होते हैं, ऐसा नहीं है। वाम मार्गी तन्त्र की एक निर्दिष्ट धारा में, वह भी एक निर्दिष्ट पर्याय में मांसाहार की जरूरत पड़ती है। पर वह पर्याय भी आसानी से बीत जाता है। जिसने अपनी

रसनेन्द्रियों का जय कर लिया हो, उसके लिए आमिष, निरामिष से कुछ फर्क नहीं पड़ता है, वह तान्त्रिक हो, योगी हो या फिर किसी भी महतपथ का यात्री हो।''

''पर आप निरामिष क्यों हैं?''

''तू मुझे तान्त्रिक समझ रहा है शायद। मैं सिर्फ ओझा हूँ, गुनिया। तान्त्रिक बड़ा होता है।''

''पर आपके सारे जाति भाई तो मांसाहारी हैं।''

''सभी जाति भाई ओझागिरी नहीं कर रहे हैं। मेरा कारोबार ज्यादातर पशु-पक्षियों को लेकर है। धीरे-धीरे समझ जाएगा। साँप से लेकर कौआ तक, कुत्ता से लेकर बाघ तक। ओझा को अनेक प्राणियों के ऊपर निर्भर रहना पड़ता है। मांसाहार करने पर उनके साथ सम्पर्क करते समय भावतरंग कमजोर हो जाती है।''

''वे भी तो मांसाहारी होते हैं। बाघ की बात लीजिए वह तो दूसरे जीवों को खाता है, आदमी को भी।''

''नहीं बेटा, बाघ किसी पशु या मनुष्य को नहीं खाता है।''

''यानी?'' शम्भुनाथ के इस प्रश्न में कुछ विस्मय के साथ खीज भी शामिल थी। इतनी बड़ी अवास्तविक बात ओझा कैसे कह रहे हैं? ''बाघ क्या शाकाहारी होते हैं?'' उसने जिरह सा किया।

''बाघ पशु या मानव को नहीं खाता है। वह ब्स आहार करता है। आहार में भेदभाव का उसे ज्ञान नहीं होता है। पर मनुष्य में यह है।''

शम्भुनाथ का सिर झुक गया।

शायद सातवें दिन रात को ही, खाना खाने के बाद, ओझा शम्भुनाथ को लेकर जंगल के अन्दर गये। एक विशाल बरगद की ऊँची डाल पर बच्चों के पालने के समान एक झूला टँगा हुआ था। चारों तरफ घनी झाड़ी और बीच-बीच में ऊँचे पेड़ थे।

''बाबा, पेड़ पर चढ़कर इस झूले पर बैठो। पर बिल्कुल भी सोना मत। मेरे लौटने तक जागते रहना। सीधा बैठे रहना।''

पहले कुछ दिन कई विषयों पर शम्भुनाथ प्रश्न पूछता रहा। पर एक दिन ओझा ने उसे समझा दिया कि ''बाबा, बाकी सब विषयों पर प्रश्न पूछना। पर मैं तुझे जो कुछ करने के लिए कहूँगा उस पर सवाल मत करना, नहीं तो सारी तरकीब मिट्टी हो जाएगी।''

शम्भुनाथ पेड़ पर चढ़ गया। जब तक वह झूले में बैठता, तब तक ओझा वहाँ से जा चुके थे। ऊँचाई पर बैठे किसी पक्षी ने शम्भुनाथ के ऐसे असमय आने पर पंख झाड़-झूड़कर अपना विरोध प्रदर्शित किया। पेड़ के नीचे एक सियार आशंकित रूप से इधर-उधर घूमते हुए शम्भुनाथ की तरफ ब -बार देख लेता। उसकी

ज्वलन्त नीलाभ आँखें अगर उन सभी अदृश्य और अशरीरी वस्तुओं को देख पाने में समर्थ हैं, जो मनुष्य के लिए अदृश्य हैं, तो फिर अन्ततः वह क्या देख रहा था?

शम्भु को डर ने जकड़ा, मगर एक पल के लिए ही। वहाँ मौजूद उन दो आँखों से कुछ देर तक आँखें मिलाने के बाद उसे लगा, उसकी आँखों में भी जैसे कोई अनुभूति शक्ति का संचार हो रहा है। साधारण मनुष्य की नजर से अदृश्य किसी दृश्य को चाहे उसने न देखा हो, पर नजर आने वाले पेड़-पौधे, टिमटिमाते जुगनू झरते असंख्य स्निग्ध अग्निबूँद, आसमान की कोई उल्का या कोई नक्षत्र से अचानक गिर जाने पर उसे पकड़े रखने के लिए जाल की तरह बिछा हलका मेघ, इन सबके अन्दर जैसे उसने कुछ अलग रहस्य का सन्धान पाया। जीवन के एक विशेष उद्दाम, पर प्रशान्त अर्थ में वे सब जीवन्त थे। भाषा में शायद वह अपने इस अभिनव अनुभव को कभी व्यक्त नहीं कर पाता।

सबसे झीने बादल को खींचकर कमजोर चाँद ने ओढ़ लिया और सो गया। अदृश्य ओस का जादू भेजकर मानो वह शम्भुनाथ को भी वही करने के लिए प्रेरित कर रहा था।

अरण्य का अन्धकार एक अलग जहान की सृष्टि करता है, जिसके अन्दर प्रवेश करना सहज नहीं है। आज पहली बार खुद को अन्धकार के अन्दर नहीं, अपने अन्दर वह इस वनैले अँधेरे को अनुभव कर रहा था। एक अवास्तविक ख्याल उसे आया कि जैसे आज दिन को ही जीवनयात्रा के लिए स्वाभाविक समय के रूप में स्वीकार कर लिया गया है, वैसे ही कभी, आदमी जाति की सृष्टि के बहुत पहले, रात को ही मानव से इतर आदिम अधिभौतिक सत्ता समूह की जीवनयात्रा के लिए स्वाभाविक समय माना जाता होगा।

शम्भुनाथ काफी देर तक जगता रहा, फिर आदेश का पालन नहीं कर पाया।

जिस समय उसकी नींद टूटी, उस समय ओझा नीचे खड़े थे।

''उतर आ।'' ओझा ने कहा।

बहुत शर्मसार हुआ शम्भुनाथ। कब वह झूले में सो गया? पर उस बात को ओझा ने उठाया नहीं। लौटते समय हर दिन की तरह वह जड़ी-बूटी से उसका परिचय कराते चले। पहले सिखाए गये मन्त्रों को पढ़ने के लिए कहकर उसे सुधारते रहे।

कई तरह के पेड़-पौधे और सरीसृपों के बारे में जानते-समझते एक साल बीत गया। इसके साथ-साथ ओझा उसे प्रेततत्त्व भी सिखाते रहे।

जिस दिन पहली बार साँप के द्वारा काटे गये एक लड़के के पास खुद बैठकर शम्भुनाथ को झाड़-फूँक करने के लिए ओझा ने सुयोग दिया, उस दिन वह दृश्य कई ग्रामवासी देख रहे थे, बेहोश लड़के ने आँखें खोलीं। गाँव वालों के प्रशंसा भरे

शब्द और नजरों के बीच वह प्रसन्न हो गया।

लौटते समय उसने पूछा, "गुरु, आपने तो उस बालक को परहेज के लिए नहीं कहा और ना ही कोई विधि-विधान बताया।"

"क्यों बताता? उसके शरीर में जहर कहाँ था? वह तो बस डरकर बेहोश हो गया था। उसे एक अन्धाहि ने काटा था।"

शम्भुनाथ बहुत हताश हुआ।

"तो फिर मेरे झाड़-फूँक करने का क्या अर्थ हुआ?"

"इतना भी नहीं समझा? वह जीने का हकदार है, यह वह कैसे जानता कैसे? साँप काटने का अर्थ है मौत, इस भय से वह कैसे उबरता? कौन-सा साँप जहरीला है और कौन नहीं, यह विद्या अभी तूने नहीं सीखी है। अगर लड़का सचमुच मरणासन्न होता तो, तो तुम्हारे हाथ कैसे सौंप देता भला?"

किसी मन्त्रित जड़ी-बूटी सूँघने से विषग्रस्त पर कोई प्रतिक्रिया नहीं होगी पर दूसरा तुरन्त काँप जाएगा, कौन जहरीला है कौन नहीं, यह सारी विद्या उसी दिन से ओझा ने उसे सिखाना शुरू किया।

जैसे जहर से प्रभावित न होने पर भी कोई बेहोश हो सकता है, और मान लेता है कि मौत अनिवार्य है, वैसे ही कोई भूत से प्रभावित न होने पर भी यह महसूस कर सकता है कि उस पर भूत का साया है। शम्भुनाथ को इन दो नये तथ्यों के बारे में जानकारी देने के बाद दोनों स्थितियों में कैसे तारतम्य रखा जाए, भैरव ने इसका उपाय भी बताया और वह उपाय बहुत स्पष्ट था।

ओझा क्या अपने सूक्ष्म तत्त्वज्ञान से शम्भु के जीवन में घटने वाली किसी घटना को देख पा रहे थे?

और बहुत जल्दी ही शम्भुनाथ ने उस अविस्मरणीय आघात का अनुभव किया। उस दिन ओझा घर पर नहीं थे। उनके छोटे-से परिवार के बाकी दो सदस्य भी पास के अपने किसी रिश्तेदार के यहाँ रुक गये थे। दोपहर को तूफान ने ऊधम मचाया। कभी प्रकोप बढ़ जाता, तो कभी घट जाता। कुछ झोंपड़ी या कुछ कमजोर छप्परों के घर का समावेश था वह अदना-सा गाँव। जंगल से बस्ती अलग होने पर भी उसे जंगल का फैला हुआ सीमान्त कहा जा सकता है।

शाम होने से पहले ही वर्षा थम चुकी थी। पर ठंडी हवा का बहना जारी था। बिजली और उसकी कड़कती गर्जना के जरिये तूफान मानो याद दिला रहा था कि उसने अपना अधिकार नहीं छोड़ा है। किसी भी पल वह इसे जाहिर कर सकता है।

तूफान की तरह शम्भु को चौंकाते हुए एक युवक एक युवती को खींचते हुए कुटिया में घुसा। और एक तरह से उस युवती को फर्श पर धकेल कर उस अँधेरे

में चिल्लाया, "ओझा, सँभालो इस औरत को। बीती रात से इस पर प्रेत का साया है। हमने बहुत मारा-पीटा, पर वह नहीं जा रहा है। अब यह तुम्हारे हवाले है।"

युवक के मुख से शराब की बू आ रही थी। वह सामने वाले को पहचानने की स्थिति में भी था या नहीं, पता नहीं। कुटिया के अन्दर फर्श पर मुँह के बल गिरी औरत के चारों तरफ डगमगाते कदमों से वह घूमता रहा।

शम्भुनाथ दोनों को पहचानता था। युवक की पत्नी सिर्फ परिचित ही नहीं थी, उससे कुछ अन्तरंग रिश्ता भी था उसका। वह लड़की उसके गाँव की थी। उसे सभी बुनि कहकर बुलाते थे। इसके अलावा उसका कोई सामाजिक नाम था, उसे पता नहीं था या फिर बिल्कुल था ही नहीं।

बुनि उसके गाँव की सबसे सुन्दर लड़की थी। बचपन में जब दोनों काफी छोटे थे, तो कई बार साथ खेले थे। गाँव में और भी कई बच्चे थे। पर किसी और के साथ की याद इतनी मधुर नहीं थी।

बड़े हो जाने के बाद शम्भुनाथ को देखने पर बुनि हँस देती और शम्भुनाथ भी मुस्कराता। दोनों की हँसी में छिपा रहता एक अस्पष्ट कृतज्ञता का भाव और उससे कुछ ज्यादा स्पष्ट भाव पीड़ा का रहता। दोनों की जाति अलग थी, शादी होने का सवाल ही नहीं था।

बुनि के पिताजी का देहान्त हो गया। बहुत मुश्किल से उसकी गरीब माँ परिवार चला पा रही थी। जिस दिन बुनि की शादी पड़ोसी गाँव के नट और नाटक दल के ढोलवादक बसन्त के साथ हो गयी, उस दिन शम्भुनाथ के मन पर घने बादल छा गये। उस दिन की वह घनी उदासी उसने फिर कभी नहीं महसूस की।

"ओझा नहीं हैं?"

"इसे यहीं छोड़े जा रहा हूँ।"

बसन्त कितना सोच-समझ कर बात कर रहा था, उसे पहचान रहा था या नहीं, शम्भुनाथ को कुछ भी समझ में नहीं आ रहा था।

"आदमी ब्याह करके स्त्री को घर में क्या इसलिए लाता है कि उसके द्वारा भूत-प्रेत अपनी मनमानी करें? भात-हाँड़ी तोड़ दी। एक लगाया जमाकर। चिल्लायी, फिर एक लगाया। बेहोश हो गयी। मुझे क्या लड़की नहीं मिल रही थी? चाहता तो किसी राजकुमारी से ब्याह कर लेता। रूप देखकर शादी की। देखो वह रूप कैसा हो गया है?"

बसन्त ने अपने पैरों से नीचे पड़ी बुनि के चेहरे को सीधा करने की कोशिश की।

"सावधान!" चिल्लाया शम्भुनाथ, "जो प्रेत इसे लगा है, उसका अपमान करोगे, तो तुम्हारा सर्वनाश होगा। उसके सिर पर पैर लगा रहे हो? तुम्हारा पैर

अचल हो जाएगा। लकवा मार जाएगा।''

डर गया बसन्त। जीभ निकालकर लाचार हँसी हँसकर अफसोस का भाव प्रकट किया। ''तो फिर मैं चलता हूँ। ओझा आकर भूत भगा देंगे, तो मुझे बुला लेना। मैं लड्डु कलाल के आँगन में बैठा रहूँगा। नहीं-नहीं और पिऊँगा नहीं। उससे कुछ बात करनी है।''

डगमगाते कदमों से बसन्त चला गया।

शम्भुनाथ का हाथ काँप रहा था। उसने बुनि को उठाने की कोशिश की। ब्याह के समय उसका चेहरा-मोहरा भरा-भरा नहीं था, पर कितना संयमित था। आज वह पिंजर समान हो गयी थी। चेहरा फूल गया है। पीठ पर मार के निशान हैं। माथे पर कुछ खून बहकर सूख गया था। शम्भुनाथ का विह्वल और दुख का भाव धीरे-धीरे भीषण क्रोध में तब्दील हो गया। दोनों हथेलियों में उसने एक व्याकुल उग्रता का अनुभव किया। अगर बसन्त का गला नहीं दबा दिया, तो उसकी हथेली तेज उत्ताप से फट जाएगी।

कुछ असमंजस की स्थिति में वह बाहर चला गया। अँधेरा घिरंने लगा था। फिर से धीरे-धीरे बरसात शुरू हो गयी थी। कुछ दूरी पर है गाँव के प्रधान का घर। वह ओझा के सजग पृष्ठपोषक थे। ओझा को किसी भी समय कुछ भी चाहिए, तो उन्हें वह तुरन्त मिल जाए ऐसा उन्होंने अपने स्वच्छ परिवार के सदस्यों को खास निर्देश दिया था। शम्भुनाथ वहाँ से ताजा भात और कुनकुना दूध ले आया।

''बुनि!''

बुनि ने आँखें खोलीं। शायद बहुत दिनों से ऐसे स्वर में अपना नाम पुकारा जाना उसने सुना ही न था। ताज्जुब का भाव था उसके चेहरे पर, वह कहाँ है, उसे पता नहीं था। जिन्दा भी है या नहीं, यह भी नहीं पता।

''बुनि! मुझे नहीं पहचान रही है? मैं शम्भुनाथ। शम्भुनाथ।''

दरवाजा लुढ़काकर उसने दीया जलाया।

बुनि की स्मित आँखों में बाति की कँपकँपाती लौ प्रतिफलित हो रही थी।

''तुझे उस बर्बर ने मारा, बुनि?''

''शम्भु भाई!!''

''बुनि!''

''शम्भु भाई!!''

''हाँ बुनि!''

''मैं कहाँ हूँ?''

शम्भुनाथ पसोपेश में पड़ गया। बोला, ''ओझा के घर।''

''ओझा के घर?''

"हाँ बुनि।"

"तुम ओझा के शिष्य हो, ऐसा सुना था मैंने। शम्भु भाई मेरे अन्दर से भूत को भगा दो।"

"तुझ पर किसी भी भूत-प्रेत का साया नहीं है, बुनि। तुझे मारने वाले उन राक्षसों को भूत लगा है।"

"पर मैंने तो भात हाँड़ी फोड़ी। भूत का साया ना हो तो क्या घर की बहू भात हाँड़ी फोड़ देती है?" कहते हुए बुनि रोने लगी।

रोते-रोते कुछ बेतरतीब ढंग से उसने जो कुछ कहा, उसका सारांश कुछ ऐसा था कि सास और ननद की नाराजगी का शिकार होने के चलते दिनभर उसे भूखा रहना पड़ा। रात में शराब के नशे में धुत्त बसन्त घर पहुँचकर उसे गाना सिखाने बैठ गया। डाँट खाकर गाने के लिए मुँह खोलने की कोशिश करती, तो उसका गला भर आता, जिसे वह दबा देती। इस तरह वह गा नहीं पायी, तो बसन्त ने खीजकर शपथ ली कि वह उसे निकाल बाहर कर एक अप्सरा को ब्याह करके लाएगा।

पूरी रात छटपटाती रही बुनि।

सुबह पानी गिरने लगा। उसे बहुत उदास-उदास-सा लगा। गाँव की बात याद आयी, माँ की बात, साथी-सहेलियों की बात। दोपहर होने से कुछ देर पहले वह नहाकर घर लौट रही थी, घने झंखाड़ के नीचे पहुँचकर उसका पैर और आगे नहीं बढ़ा। पेड़ पर जैसे मेघों की मालाएँ थीं। कोई जैसे उसे पुकार रहा था, 'अरे चली क्यों नहीं आ रही है? पेड़ की चोटी पर आ जाओ, तो हम तुम्हें वहाँ से उठा लेंगे। मेघमालाओं में तू छिप जाएगी। कोई भी तुझे ढूँढ़ नहीं पाएगा।' वह अधीर हो उठी।

ननद ने आकर उसका झोंटा पकड़कर खींचा तो, वह बेतहाशा दौड़ने लगी, हँसने लगी, मुक्ति की उद्दाम हँसी। उसे लगा सिर्फ ससुराल के अँधेरे बन्दीगृह से ही नहीं अपनी काया से भी मुक्त हो गयी है वह। उसे पकड़ेगा कौन?

लेकिन आस-पड़ोस के लोगों ने दौड़-धूपकर उसे पकड़ ही लिया, पर कब, यह उसे पता नहीं। घर पहुँचकर उसने तोड़-फोड़ शुरू कर दी।

शम्भुनाथ अपने आँसू रोक नहीं पाया। अपने व्यवहार से खुद ही चकित हो रही इस लड़की को कैसे समझाएगा? उसने उसे आगोश में ले लिया। फिर तो और भी जोर से रोने लगी बुनि। शम्भुनाथ समझ रहा था, आजन्म अपने अन्तरंग परिवेश से उखड़कर प्रतिरोपण, वहाँ एक की पत्नी होने पर बाकी सब की नौकरानी होने की मजबूरी, जवानी के अनेक अधखिले सपनों का एक साथ विलय, हाड़-तोड़ परिश्रम, सहानुभूति शून्य पति के स्वार्थ भरे प्रेम का अत्याचार, इन सबों का समाहार और इस पीड़ा को अभिव्यक्त करने का सम्पूर्ण अभाव बुनि के अनजाने में ही अचानक मुक्ति के लिए उत्कट क्षुधा में तब्दील हो गया था और फिर परिणत हो

गया प्रचंड विद्रोह के उद्‌गार में। उसे भूत लग जाए, यह कामना उसने खुद की थी। ताकि इस सांसारिक विधि-विधान से बाहर निकल जाने की उसे स्वतन्त्रता मिल जाएगी। उस पर भूत का साया है, ऐसा विश्वास भी उसे हो गया।

''बहुत दर्द झेल चुकी, बुनि।''

''हाँ, और कितना झेलना होगा शम्भु भाई। कब अन्त होगा?''

उसके पास इस प्रश्न का कोई उत्तर नहीं था। शम्भुनाथ को चक्कर आने लगा।

अगले ही पल उसने अप्रत्याशित आवाज में प्रतिप्रश्न किया, ''बुनि! तुम्हारी यह तकलीफ मैं बर्दाश्त नहीं कर पा रहा हूँ। कहो, क्या करूँ?''

''मैं बताऊँगी?''

''बुनि! मेरी बात मान। यह थोड़ा-सा दूध-भात खा ले।''

''शम्भु भाई, इसे मन्त्रित किया है? इसे खाने पर मेरा दुख खत्म हो जाएगा?''

''तू खा ले, बुनि! तुझे मेरी कसम है।''

''छी: ऐसे कसम मत दो।''

कटोरी उठाकर दीवार की तरफ चेहरा घुमाकर उसने खाना शुरू किया। उसकी आधी खुली पीठ पर गहरे लम्बे लाल निशान उसके ऊपर किए गये मनमाने अत्याचार के हस्ताक्षर थे— उसके रूखे, अनसुलझे बाल, खाते समय भी अपनी सिसकी को थामने की कोशिश में धीरे-धीरे काँपता उसका शरीर— शम्भुनाथ पर मानो पागलपन-सा छाने लगा। वह खुद अपने गुस्से और रुदन को रोकने की असफल कोशिश करने लगा।

बाहर जाकर तालाब में हाथ-मुँह धोकर और अपनी प्यास बुझाकर बुनि लौटी, काफी मुश्किल से वह चल पा रही थी, शायद पैरों पर भी मार पड़ी थी।

''शम्भु भाई!''

बुनि नीचे गिर जाती, अगर शम्भु ने उसे थामकर नीचे बिठा न दिया होता।

''सो जा बुनि, सो जा। थोड़ा-सा आराम कर ले। मैं तेरा हाथ-पैर सेक दूँगा। तुझे अच्छा लगेगा।''

''नहीं-नहीं, शम्भु भाई। इतनी बदी की मुझे जरूरत नहीं है। पर फिर भी मैं सो जाती हूँ। बहुत दर्द है। पूरे शरीर में दर्द है। फिर भी इतनी शान्ति ससुराल आने के बाद से कभी नहीं पायी थी। इतनी निश्चिन्तता से कभी खाना भी नहीं खाया, शम्भु भाई! तुमने मुझे अमृत दिया।''

शम्भुनाथ ने एक फटी चटाई बिछा दी। बुनि सो गयी।

बरसात बढ़ती गयी। हवा भी मतवाली हो चली थी। दीवार से टेक लगाये शम्भुनाथ सपना देख रहा था। इस बरसात में, यह रात खत्म होने से पहले, बुनि को लेकर क्या वह यहाँ से कहीं दूर किसी दूसरे देश में चला नहीं जा सकता?

चाहे वह सहारा मरुभूमि हो या फिर उत्तर दक्षिण के मेरु। वैसी कोई विद्या ओझा उसे सिखा नहीं सकते थे?

वह सपना देख रहा था। एक जोड़ा पक्षी बन वे दोनों उड़ते जा रहे हैं। वह सपना देख रहा था। दो पुच्छलतारा बन वे दिग्वलय में विलीन हो जा रहे हैं।

उसे कुछ न कुछ करना होगा। बुनि को वह फिर से उस जलते नर्क-कुंड की गहराई में धकेल नहीं सकता।

''बाबा!''

चौंकते हुए उठकर खड़ा हो गया शम्भुनाथ। पानी में पूरी तरह भीगे हुए ओझा उसके सामने खड़े थे।

''गुरु! यह मेरे गाँव की लड़की है, बुनि।''

''जानता हूँ बाबा। उसका पति आ रहा है। बहुत पैसा बकाया था, तो कलाल ने और शराब नहीं दिया। अब वह शान्त है। अपनी स्त्री को ले जाने के लिए दो पखिआ (ताड़ के पत्तों से बना एक तरह का रेनकोट, जो सिर से जाँघ तक वर्षा पानी से बचाव करता है) की खोज में गया है।''

''गुरु! बुनि को वह नहीं ले जा सकता।'' शम्भुनाथ सख्त लहजे में बोला।

ओझा एकटक बुनि की तरफ देखते रहे। अपने स्वर को धीमा करके बोले, ''नहीं ले जाएगा, बाबा!''

शम्भुनाथ खुश हो गया। साथ ही चिन्तित भी। बसन्त उसे नहीं ले जा सकता। पर उसके बाद?

ओझा बुनि के पास बैठकर उसके सिर पर हाथ फिराने लगे। शायद आँखों से ऊपर भी।

''बुनि को कोई नहीं ले जा सकता। वह सबके अधिकार के बाहर चली गयी है।'' ओझा ने कहा।

''यानी? नहीं...! नहीं...!!'' चिल्लाते हुए निश्चल बैठ गया शम्भुनाथ।

चार

दोमंजिले के दक्षिण और उत्तर तरफ के दोनों बरामदे काफी चौड़े थे। दक्षिण तरफ के बरामदे में बैठे रहने पर उस तरफ की सड़क से गुजरने वाले पुरुष अभिवादन

करते। औरतें उम्र के हिसाब से आँचल खींच लेती थीं, पल्लू ठीक कर लेतीं। बदले में शम्भुनाथ को कुछ करना नहीं पड़ता था। इस तरह के सम्भ्रम प्रदर्शन का वह उपभोग करता या नहीं, वह कह नहीं सकता। पर वैसा व्यवहार नहीं मिलता, तो उसे अटपटा लगता, यह सच है। उसे लगता, बटोही जैसे अपने प्रति एक अपराध कर रहा है। एक सुयोग से अपने को वंचित कर रहा है।

शम्भुनाथ एक प्रतीक मात्र नहीं है, वह एक प्रतिनिधि है— जमींदार के नायब के रूप में समाज में शासन व्यवस्था का प्रतिनिधि; पर इससे भी जो ज्यादा महत्त्वपूर्ण है, वह यह कि वह जीवन और जीवनोत्तर दो राज्यों के बीच दोनों की तरफ से, दोनों का राष्ट्रदूत है; जीवित लोगों के लिए वह जीवन और मृत्यु के सीमान्त के उस पार के अधिभौतिक सत्तासमूह के क्रियाकर्मों का व्याख्याकार; फिर उन सब सत्ता के सामने जीवितों का वकील। उसे ससम्मान स्वीकृति न देने का अर्थ है दोनों जगत के बीच के अनिवार्य और महत्त्वपूर्ण सम्पर्क के प्रति अवज्ञा प्रकट करना।

जमींदार विनयभूषण शम्भुनाथ के मित्र हैं। भीषमपुर के जागीर को देखभाल के लिए तन मन लगाकर सुव्यवस्था स्थापित की है। उन्होंने खुद तालीम देकर योग्य गुमाश्ता और दूसरे कर्मचारी तैयार किये हैं। उनका खुद पर काम का भार कम हुआ है। पर अपने जीवन की दूसरी भूमिका के लिए उन्होंने उत्तराधिकारी तैयार किया है कि नहीं, इस पर वह खुद संदिग्ध हैं। गुरु भैरव ओझा असाधारण हैं। ज्ञान के साथ नम्रता का ऐसा संजोग किसी दूसरे चरित्र में अब तक शम्भुनाथ ने नहीं देखा है। भैरव ओझा अपने को सिर्फ ओझा ही मानता था। उसे तान्त्रिक कहने पर संकोच के साथ उस सम्बोधन को वह अस्वीकार कर देता था। पर कभी उसने आशा की थी कि शम्भुनाथ ऐसा बने, पर शम्भुनाथ असफल रहा था। निर्जन जंगल में पेड़ की डाल पर झूला बाँधकर शम्भुनाथ को उस पर चढ़ाकर उसे रातभर जागते रहने का निर्देश दिया था ओझा ने। पर शम्भुनाथ रात के आखिरी पहर में सो गया था। गुरु आज्ञा का पालन करने और पूरी रात जगे रहने में वह कितना सक्षम था। ओझा ने उस परीक्षा द्वारा यह भाँप लिया था, शम्भुनाथ को बहुत बाद में यह अहसास हुआ था।

अभागिनी बुनि की मौत से शम्भुनाथ जिस तरह से गमगीन हो गया था, उसे देखते हुए और बाद में घटी कुछ और घटनाओं से भी ओझा समझ गये थे कि झाड़-फूँक के ऊपर सच्चे तन्त्र पथ का साधक होना शम्भुनाथ का प्रारब्ध नहीं है। सांसारिक जीवन ही उसकी नियति है। यह बात एक दिन ओझा ने शम्भुनाथ से कह भी दी, पर अपनी स्वभाव सुलभ नम्र शैली के साथ।

"समझ गया गुरु, मेरी वैसी योग्यता नहीं है," आहत स्वर में शम्भुनाथ बोला।

"योग्यता है बाबा, पर प्रस्तुति नहीं है।" खुद के बारे में शम्भुनाथ की धारणा

को संशोधित करते हुए ओझा बोले, ''योग्यता एवं प्रस्तुति के बीच की सीमा रेखा किसी के सन्दर्भ में कमजोर होती है तो किसी में घनी।''

''और मेरे सन्दर्भ में।''

''यह सवाल तो तुझे अपने आप से करना होगा बाबा।'' ओझा ने अपनी वही चिरपरिचित स्निग्ध हँसी को बिखराते हुए दूसरे प्रसंग पर बात करना शुरू कर दिया। पर गुरु से छुपाकर रो पड़ा शम्भुनाथ।

आज शम्भुनाथ द्विमंजिला मकान के उत्तरी बरामदे में बैठकर यादों में खो गया था। वहाँ पर दूसरों की नजर पड़ने की सम्भावना नहीं रहती। अहाते के कुछ दूरी पर ही है नदी। नदी के उस पार विस्तृत शस्य क्षेत्र। उसके बाद हरे रंग की लकीर की तरह दिखते एकाध गाँव।

शम्भुनाथ की नजर अब तक तेज थी। ओझा के द्वारा दी गयी त्राटक शिक्षा का फल था। वह नदी के अप्रखर स्रोत को देख पा रहा था। गति का विज्ञापन न देते हुए अब तक वह बहती जा रही है। असतर्क मन के लिए समय की गति भी अदृश्य होती है। उस गति के बारे में कई सालों तक शम्भुनाथ सचेतन नहीं था। पर आजकल जागरूक है वह। समय की गति बहुत प्रखर है, यह समझ पा रहा है।

सिर्फ प्रखर ही नहीं है, समय की गति बहुत रहस्यमय भी है। ओझा के साथ तीन साल बिताने के बाद की एक घटना उसे याद आयी। एक दिन उद्‌दंड डुबेई दारोगा की माँ ने ओझा के पास आकर रोते हुए, उसकी बहू यानी डुबेई की तीसरी पत्नी को भूत लगने की बात बतायी। इस बात को काफी दिन हो गये हैं। पर डुबेई का यह मानना है कि उसकी पत्नी पर कोई भी प्रेतात्मा सवार होने का साहस कभी नहीं करेगी। चोर-डाकू जिस तरह से उससे डरते हैं, भूत-प्रेत भी उससे डरते हैं। पर बूढ़ी जानती थी अपनी बहू के अस्वाभाविक आचरण का कारण।

आपत्ति किये बिना ओझा बुढ़िया के साथ हो लिये। ओझा का अनुसरण किया शम्भुनाथ ने। कुछ असन्तोष के भाव के साथ। सिपाही से हवलदार के पद पर पहुँचा था डुबेई। लोगों का मत था कि उसकी उन्नति की हर सीढ़ी अनेक तरह के पापाचार से बनी थी।

वह सोयी हुई थी। साँस बहुत मुश्किल से ले पा रही थी। पता चल रहा था कि वह गर्भवती है।

बुढ़िया और ओझा की बातचीत से शम्भुनाथ को पता चला कि दारोगा की दूसरी पत्नी के गुम हो जाने के कुछ ही महीने बाद उसने इस तीसरी शादी का निर्णय लिया। ब्याह करके आने के छह महीने बाद ही बहू के अन्दर पागलपन के लक्षण दिखाई देने लगे। उसी अवस्था में उसने एक मृत सन्तान को जन्म दिया। अब वह फिर से गर्भवती है। लगता था कि प्रसव के लिए ज्यादा दिन बाकी नहीं

हैं। गाँव के गुनिया ओझाओं को अपने पास फटकने नहीं देता डुबेई। पर गाँव के गुनिया की सलाह से ही बुढ़िया भैरव ओझा की शरण में पहुँच गयी। अगर उचित सुरक्षा न मिले, तो इस बार भी बच्चे को बचाया नहीं जा सकता।

पागल होने के बावजूद बहू दासी की तरह खटती। किसी के सवाल का उत्तर नहीं देती, पर बुदबुदाकर बातें करती रहती। मक्खी को भी मर जा नहीं कहती। दारोगा पति थाना से लौटकर उसकी कोई न कोई गलती के बदले एक-दो थप्पड़ जड़ देता, तो वह हँस देती। कभी-कभी रोती और कभी बेहोश हो जाती। पर कभी शिकायत नहीं करती। उसकी बात कोई इनसान समझ पाएगा इसका उसे विश्वास नहीं था इसलिए अदृश्य किसी सत्ता को वह सब बताती रहती। सभी के खाना खा लेने के बाद, सारे जूठे बर्तन धोने तालाब ले जाने से पहले वह बचा-खुचा खाना खा लेती। अगर कुछ बचा नहीं होता, तो भूखी रहती।

रात में उसके पति के कमरे में उसे धकेलकर अन्दर भेजा जाता। इस काम को ननद या सासू अंजाम देती। कभी-कभी कमरे से डुबेई दारोगा की अश्लील धमक की आवाज आती और साथ ही पत्नी के रोने की आवाज, पर उसके रोने के कारणों को जानने की कोई कोशिश नहीं करता। ऐसा होना बड़ी बात भी नहीं थी। एक पगली का हँसना क्या? रोना क्या?

सारी बातों को सुनते-सुनते शम्भुनाथ के सिर पर खून चढ़ने लगा। पगली को बच्चा पैदा करने के लिए मजबूर करने वाले दारोगा को नीचे पटक देने की इच्छा हुई उसकी।

ओझा ने बहू को जाँचा-परखा। मन्त्र बोलते हुए उसके चटाई के चारों तरफ पाँच बार घूमे। एक जड़ी निकाल कर जलायी और उसके सिरहाने घुटने के बल कुछ समय तक नीरव बैठे रहे।

अचानक पगली दर्द से चीखने लगी। उसका निस्पन्द शरीर छटपटाने लगा। लगातार कराहने की आवाज आने लगी।

ओझा उठकर खड़ा हो गये और बुढ़िया के पास जाकर मृदु स्वर में बोले, "माँ, तू वैद्य विशु रथ और गाँव के माणिक धाय को बुला ला। तेरी बहू की हालत ठीक नहीं है। मुझे जो करना था मैंने कर दिया है। जो कुछ और बाकी है, वह उन लोगों का काम है।"

"मूर्ख!" धमकाया था स्वयं डुबेई दारोगा ने। वह अचानक पहुँच गया था।

"बेटा! ओझा से इस तरह बातें करते हैं?" माँ के प्रतिवाद में आक्रोश से ज्यादा डर था।

"चुप रहो!" डुबेई दारोगा ने पैर पटककर कहा।

"मेरी पत्नी को भूत लगेगा। कौन भूत करेगा ऐसी हिमाकत? बोलो ओझा!

बता दो। उस भूत के वंश में जो भी होगा, सभी को बाँध लूँगा। विशु बुड्ढे को बुलाने के लिए तो कह दिया, पर आजकल शाम ढलने के बाद वह बिना पालकी के आसानी से घर से पाँव नहीं निकालता। यह बात तुम्हें पता है? डुबेई दारोगा चाहे तो स्वयं धन्वन्तरी को बाँधकर ला सकता है। पर दो कोस रास्ता तय कर अभी उसके घर जाऊँगा मैं? मेरा घोड़ा तो लँगड़ा हो गया है। ओझा, तुम्हीं जो कुछ व्यवस्था कर सकते हो, करो। पता हो तो दवाई दो। इलाज करो। नहीं तो यहाँ से जा नहीं पाओगे। लाठी मारकर लँगड़ा कर दूँगा।''

''दारोगा! ओझा से इस तरह की कड़वी बोली बोलने वाले तुम कौन होते हो? राजा मन्दरधर राय जैसे व्यक्ति भी ओझा को मानते हैं। तुम्हें पता है यह बात? उनका लड़का मेरा दोस्त है। मैं राय से कह दूँगा। वह तुम्हारे हाकिम से कह देंगे, तो तुम्हारी नौकरी रहेगी?''

''वाह रे छोकरा!'' चौंक गया दारोगा। शायद शम्भुनाथ की ऊँची पहुँच के बारे में उसे कुछ पता था।

कुछ न कहकर ओझा वहाँ से बाहर आ गये और आगे बढ़ने लगे। चौक पर पहुँचकर उन्होंने शुम्भनाथ से कहा, ''अब तू घर जा, बेटा!''

''नहीं।''

उसके बाद रास्ते भर गुरु-शिष्य दोनों के बीच किसी तरह की बातचीत नहीं हुई। फिर भी शम्भुनाथ को एहसास हुआ था, मानो यह सिर्फ राह नहीं है, बल्कि धैर्य, क्षमा, अनुकम्पा का पथ है। इतना समझ में आ जाए, तो सिर्फ चलना ही शिक्षा और सन्तोष में परिणत हो सकता है।

मंजिल तक पहुँचते-पहुँचते रात हो गयी थी। ऊँचे कद-काठी के सहृदय वैद्य ने ओझा को आलिंगन में भर लिया। वह शिष्य और ओझा के लिए खाने-पीने की तैयारी भी करने लगे। ओझा तैयार नहीं हो रहा था, पर शिष्य के ऊपर नजर पड़ते ही चुप्पी लगा गया। शम्भुनाथ थका था और भूखा भी था यह ओझा समझ गया थे।

वैद्य के तैयार होने तक दोनों खाना खा चुके थे। अब रास्ते भर ओझा और वैद्य बातें करते चले। शम्भुनाथ चकित था साथ ही आमोदित भी। आभिजात्य पंडित ब्राह्मण विशु रथ और निरक्षर गरीब, निम्न जाति का भैरव ओझा मानो सगे भाई हों।

फुल पैंट पहनकर एक युवक के साथ डुबेई बरामदे में बैठा था। पास में रखी हुई थी खाकी रंग की टोपी। शायद सद्‌भावना के साथ दोनों ने शराब पी रखी थी।

''तुम्हारी और कोई जरूरत नहीं है यहां वैद्य! इन्हें पहचानते हो? खास साहबी न होने पर भी साहबी डॉक्टर हैं। बिजली सेन। कलकत्ता के डॉक्टर बिजली सेन। जैसा नाम वैसी करामात, झटपट! बिजली का अर्थ जानते हो न? एक इंजेक्शन और

और चुप। कमबख्त हल्ला मचा रही थी!'' डुबेई ने अपने साहबी मेहमान की पीठ पर हाथ घुमाते हुए गर्व-सा अनुभव किया।

थाना के पास वाले बाजार में जाने कहाँ से आकर बिजली सेन ने डॉक्टरखाना खोला था। वह नकली डॉक्टर है, यह बात तब तक पता नहीं चली थी।

''बिजली सेन का इंजेक्शन? विशु रथ और भैरव ओझा तुम्हारे चौदह पुरखों को भी पता नहीं होगा। एक इंजेक्शन। भूत भी चला गया, बीमारी भी खत्म हो गयी। औरत गहरी नींद में सो गयी।''

किंकर्त्तव्यविमूढ़ खड़े रहे वैद्य, ओझा और शम्भुनाथ।

''बेटा! कितनी दूर से इतनी रात में तकलीफ सहकर वैद्य आये हैं...'' डुबेई की बूढ़ी माँ ने दीनता से कहा।

''तो क्या नहीं आते? डुबेई दारोगा के यहाँ खुद नहीं आते, तो बाँधकर लाये जाते, क्यों? हा... हा...'' डुबेई को नशा चढ़ने लगा था।

''मेरी बहू को एक बार देख लीजिए, बाबा!'' वैद्य को प्रणाम करते समय बुढ़िया ने निवेदन किया।

''खबरदार!'' डुबेई दारोगा चिल्लाया।

''बीमार को रात भर सोना चाहिए। मर्फिन इंजेक्शन दिया हूँ। तुम लोगों को यह बात समझ में नहीं आएगी।'' बेकाबू आवाज में बिजली सेन ने कहा, ''यह विलायती चिकित्सा है।''

इस बीच ओझा कभी पाँव के नीचे मिट्टी को, तो कभी आसमान की तरफ देख रहे थे। उसके इस तरह की भंगिमा को शम्भुनाथ कुछ-कुछ समझ पा रहा था। ''चलो।'' कहकर ओझा घूम गया। वैद्य भी लौटे।

चौक के पास पहुँचते ही ओझा से वैद्य ने कहा, ''नहीं, मुझे छोड़ने जाने की बात मत सोचो, घर जाओ।''

''तकलीफ दी आपको।'' वैद्य को प्रणाम करते हुए ओझा ने कहा।

''मुझसे ज्यादा तकलीफ तो तुम्हारी है ओझा।'' प्रति अभिवादन करते हुए वैद्य ने कहा। दोनों के बीच सम्भाषण खत्म हो गया।

मिट्टी और आकाश को देखते हुए रात के पहले प्रहर में ओझा ने जो कुछ जान लिया था, सुबह होते ही डुबेई दारोगा की माँ के मन में भी वही बात शंका के रूप में उभरी। पर डुबेई का बीमार को ना उठाने का सख्त आदेश था। रोगी विलायती इंजेक्शन के जादुई प्रभाव से गहरी नींद में सोयी है, उठने में समय लगेगा।

दिन के पहले प्रहर का समय खत्म होकर दूसरे प्रहर का आधा समय हो गया। तब तक डुबेई भी नशा के प्रभाव से पूरी तरह मुक्त हो चुका था। दो-तीन बार पत्नी

को उठने का आदेश दिया। पर आदेश पालन न होने पर उसे हिलाया और अगले ही पल उसका अभिज्ञ दारोगा मन समझ गया कि यह नींद अब टूटने वाली नहीं है।

डुबेई हुँकारा। उसकी बूढ़ी माँ और बहन विलाप करने लगे। पड़ोसी दौड़कर पहुँचे।

''बिजली सेन को बाँधकर लाऊँगा और जिन्दा अपनी पत्नी के साथ एक चिता में जला दूँगा।''

डुबेई ने घोषणा की, ''तुम सब जाओ, उसे पकड़कर लाओ।''

पर कोई नहीं गया। बिजली सेन फुल पैंट पहनता है, सिर पर अँग्रेजी टोपी पहनता है यानी वह गोरा साहब की प्रतिछाया है। देशी दारोगा उसे बाँध सकते हैं इस बात पर किसी को विश्वास नहीं हुआ।

''मैं खुद जाऊँगा, नहीं तो बेटा कलकत्ता भाग जाएगा।''

डुबेई दौड़ा।

दोपहर को ओझा की कुटिया के सामने हल्का कोलाहल सुनाई पड़ा। चार-पाँच प्रतिवेशियों के द्वारा खींचकर लाया गया था डुबेई दारोगा। उसके पीछे-पीछे रोती हुई आयी थी बुढ़िया माँ।

ओझा के निकलते ही डुबेई शरमा गया। एक काल्पनिक आँचल से चेहरा ढँकने का नाटक किया। अपने स्वभाव के विरुद्ध नम्र स्वर में वह विनती कर रहा था, ''मुझे और बाँधकर मत रखो। बहुत तकलीफ हो रही है। जाने दो मुझे।''

लोगों ने बताया, डुबेई दारोगा ने बिजली सेन को पकड़कर लाने का अपना निर्णय सुनाकर दौड़ना शुरू किया। पर बिजली सेन के घर की तरफ न जाकर जल्दी पहुँचने की कोशिश में शायद वह अपने घर के पिछवाड़े से निकलकर पहुँचना चाहता था और इसी चक्कर में तालाब के किनारे स्थित इमली के पेड़ से उसका सिर टकराया। वह वहीं गिरकर बेहोश हो गया। होश में आया तो उसका व्यवहार विचित्र था। असंलग्न होने पर भी उसके वक्तव्य का सारांश यही था कि मुझे मुक्ति दो। पास-पड़ोस की स्त्रियों को देखने पर उनका संग चाहने को आतुर हो रहा है और पुरुषों को देखने पर शरमा रहा है।

''क्या हुआ मेरे बेटे को, बाबा?'' ओझा के पैर पर गिरकर उसकी माँ ने पूछा।

''किसी दुखी प्रेतात्मा का साया है उसके ऊपर माँ! पर चिन्ता मत करो। ईश्वर उसे शान्ति देंगे। वह तुम्हारे बेटे को छोड़कर चली जाएगी।'' ओझा ने आश्वासन दिया। चुपचाप दोनों घुटनों में मुँह छिपाकर उद्दंड डुबेई दारोगा बैठा था। शम्भुनाथ

विस्मय के हिलोर से सिहर उठा।

पाँच

दुर्दान्त डुबेई दारोगा के उस अकल्पनीय विचित्र व्यवहार का एकमात्र शम्भु ने ही उपभोग नहीं किया। वहाँ एकत्रित नर-नारी सभी चित्र प्रतिमा की तरह तटस्थ नजर आ रहे थे। उस विषम परिस्थिति ने उनके सोचने-समझने की शक्ति को एक तरह से कुन्द कर दिया था। सिर से लेकर पाँव तक अस्वाभाविक श्वेतांग अँग्रेज, गाँववासियों की चेतना में प्रेत-पिशाच गोत्रीय एक अधिभौतिक जाति के रूप में बसे थे और उन्हीं का प्रतिनिधि था डुबेई दारोगा, जिसकी एक धमकी सभी को गतिविधिहीन कर सकती थी, उसी को एक अदने गरीब गाँव के प्रेत, वह भी किसी नारी के, ने काबू कर लिया ऐसी अविश्वसनीय वास्तविकता का सामना कर वे हतप्रभ नजर आ रहे थे।

"सुनिए, आप सब अपने-अपने घर जाइए।" भैरव ओझा ने अपने चिरपरिचित नम्र स्वर में, पर एकतरफा आदेश दिया।

पहले तो जैसे किसी का पैर उठा ही नहीं। पर एक बुजुर्ग व्यक्ति ने चलने की तैयारी करते हुए दूसरों को चेतावनी-सी दी, "मूर्खों की तरह खड़े क्यों हो? तमाशा देख रहे हो? देखते रहो। पर डुबेई दारोगा के अन्दर से ओझा जिस प्रेतनी को निकाल बाहर करेंगे, वह अगर तुम लोगों में से किसी के ऊपर सवार हो जाए, तो फिर ओझा को दोष मत देना।"

गहराती गोधूलि में पेड़-पौधों की छाया जिस तरह मिट जाती है, वैसे ही वहाँ जमी भीड़ अदृश्य हो गयी।

चारों तरफ सन्नाटा था। अँधेरा धीरे-धीरे घिर रहा था। कुटिया के द्वार पर शम्भुनाथ ने एक दीया जलाकर रख दिया।

डुबेई दारोगा अपने दोनों घुटनों को दोनों बाँहों में घेरकर बैठा था। अचानक वह उठा और वहाँ टँगी एक फटी अँगोछी को खींचकर आँचल की तरह सिर पर डालकर माथे तक खींच लिया। शर्मीली नजरों से वह छुप-छुपकर कभी ओझा की तरफ, कभी सिर पर हाथ रखे माँ की तरफ और कभी शम्भुनाथ की तरफ देख लेता।

"चार चीजें लाओ, बाबा!" ओझा ने शम्भुनाथ को निर्देश दिया।

आगे बढ़कर शम्भुनाथ गुरु और डुबेई दारोगा के बीच में नीम पत्ता, गाय घी, गुग्गल और गोखर साँप का एक बित्ता केंचुल रख दिया।

"शुरू करो।"

"जी?" चौंक पड़ा शम्भुनाथ।

"शुरू करो!" अपने आदेश में गम्भीरता का पुट मिलाकर ओझा बोले।

तीन महीने तक प्रस्तुति के अन्त में सूर्यपराग के समय एक हजार आठ बार जिस मन्त्र का जाप कर शम्भुनाथ ने सिद्धि लाभ किया था, आज पहली बार उसी का प्रयोग करने का अधिकार गुरु उसे दे रहे थे। थोड़े से संकोच के बाद, तालाब में पैर, हाथ, मुँह धोकर शम्भुनाथ आया और ओझा को प्रणाम कर बैठ गया। ताँबे के पात्र में चारों चीजों को एक साथ चूर्ण बनाकर श्लोक पढ़ा—

ॐ नमो भगवते भूतेश्वराय
किल, किल तर बाय,
रुद्र दृष्टकरालाय वक्त्राय,
त्रिनयन भीषणाय,
घगघगित पिशांग ललाट नेत्रम
तीव्र कोपनलायिमित तेजसे,
पाश-शूल-खड्ग-डमरूक,
धनुबणि मुद्गर भूपदंड त्रास मुद्रा,
वेग देश दोर्दंड मंडिताय,
कपिल जटाजुट कुटार्द्ध चन्द्रधारिणे,
भस्मि रागरंजित विग्रहाय,
उग्रफनपति पटाटोप मंडित कंठदेशाय,
जय-जय भूत डामरय आत्मरूपं,
दर्शे-दर्शे निरते-निरते सर-सर चल-चल
पाशेन बन्ध-बन्ध हुंकारेण त्रासय-त्रासय,
वज्रदंडेन हन-हन निशति खड्गेन,
छिन्न-छिन्न शूलाग्रे भिन्न-भिन्न,
मुद्गरेण पूर्णय डुब्र सर्व ग्रहाणां,
आवेशय आवेशय।

श्लोक की आवृत्ति करते समय शम्भुनाथ उस चूर्ण को डुबेई दारोगा के शरीर पर छिड़कता जा रहा था।

अँगोछी रूपी चुनरी को और भी नीचे तक खिसकाकर डुबेई एक अजीब-सी

दबी-दबी दर्दनाक आवाज करने लगा। उसमें भाषा नहीं थी, पर थी गहरी विनती, अनुनय, विनय।

''कौन है तू?'' ओझा की शैली की भरसक नकल करते हुए शम्भुनाथ ने पूछा।

''मैं हूँ।''

''नाम बताओ।''

''ल...ल...ललिता।''

तब तक अपने बेटे के पीछे आकर खड़ी हुई बुढ़िया माँ चिल्लाकर रो पड़ी।

''ललिता कौन है माँ?'' ओझा ने पूछा।

''मेरी बहू। डुबेई की दूसरी पत्नी।''

''वही बहू, जिसके बारे में सुनने में आया था कि खो गयी थी।''

बुड्ढी ने प्रश्न का जवाब न देकर ओझा के प्रश्न में निहित सम्भावना का रोते हुए समर्थन किया।

ओझा ने बुड्ढी की तरफ एक पल के लिए देखा। उस नजर का अर्थ शम्भुनाथ समझ रहा था।

क्या बहू सचमुच खो गयी? उस नजर में यही जिज्ञासा छिपी हुई थी।

इस बार डुबेई दारोगा के ऊपर नजर को स्थिर रखते हुए, फिर से उस विशेष चूर्ण को जरा-सा लेकर उस पर छिड़कते हुए, शम्भुनाथ ने पूछा, ''ललिता! तू क्यों अपने पति को इतना तंग कर रही है? तू क्या चाहती है?''

डुबेई की आँखों से आँसू गिरने लगे। वह सिसकने लगा।

''क्या पाने पर तू इसे छोड़ देगी, बेटी?''

''मेरा भाग!'' आँसुओं के बीच डुबेई के गले से यह करुण उक्ति निसृत हुई।

''मेरे सवाल का जवाब दे, बेटी! क्या करने पर तुझे शान्ति मिलेगी?''

''इनके पाप के भार को दूर करो।''

''तेरे पति के पाप का भार? उसके कर्म के लिए वह दायी है। तुझे खुद के लिए क्या चाहिए वह बता!''

''मुझे मुक्ति दीजिये। इसी से इनके पाप का भार दूर होगा।''

डुबेई की माँ फिर एक बार जोर से रोने लगी।

एक बेजार-सी शंका की घनी धुन्ध से आच्छन्न हो गया शम्भुनाथ का मन।

''क्या करने से तुझे मुक्ति मिलेगी, बेटी!'' उसने गम्भीर आवाज में पूछा।

''मुझे वहाँ से उद्धार करो।''

''कहाँ से?''

डुबेई दारोगा उठकर खड़ा हो गया और सिर झुकाये कुटिया से बाहर निकल

आया। उसका अनुसरण किया शम्भुनाथ, ओझा और उसकी माँ ने।

रास्ता सुनसान था। हल्की चाँद की रोशनी में हर कदम शम्भुनाथ को एक अनजाने मुल्क की खोज की यात्रा-सा लग रहा था। आदमी बनाम प्रेतात्मा के साथ उसका यह पहला प्रत्यक्ष आदान-प्रदान था। उसका शरीर बार-बार सिहर उठता।

''लालटेन एक ला दूँ ओझा।'' ग्राम प्रधान के घर से जब वे गुजरे, तो अपने बरामदे से आवाज देकर उन्होंने उससे पूछा।

''बाबू! यह लड़की रोशनी पसन्द नहीं करेगी।''

''लड़की?'' बरामदे से उतरते हुए ताज्जुब होकर प्रधान ने पूछा।

''हाँ बाबू। आमतौर पर नारी प्रेतात्मा पुरुष का सहारा नहीं लेती है, पर डुबेई का सहारा लिया है।''

प्रधान चुपचाप ताकता रहा।

उसके बाद और किसी बटोही का सामना उन्हें करना नहीं पड़ा था। गाँव पार धान के खेत थे। उसे कमजोर कोहरे ने घेर रखा था, मानो वह फैलाव दिगन्तहीन हो।

खेत के बीच से टेढ़ी-मेढ़ी पतली मेंड़ें गुजर रही थीं। एक आदमी को चलने के लिए जितनी जगह की जरूरत होती है, उससे सूई की नोक बराबर जमीन भी अधिक ना हो, इसका ख्याल दोनों तरफ के खेतों के मालिकों ने बखूबी रखा था। इस कारण से बार-बार डुबेई चलते समय गिर जाता था। बहुत मुश्किल से ओझा और शम्भुनाथ अपना सन्तुलन रखे हुए थे।

शम्भुनाथ को विचित्र लग रहा था उस यात्रा का स्वाद। गिनती में चार लोग ही चल रहे थे। पर वास्तव में वे पाँच थे। डुबेई दारोगा के भीतर की सत्ता अभी दबी हुई थी और साथ ही थी एक दूसरी सत्ता।

पास ही में लोमड़ियों की लगातार चीत्कार शम्भुनाथ को एक स्पष्ट मन्तव्य-सी प्रतीत हो रही थी, जिसका अनुवाद कुछ इस तरह होगा कि ''क्या कुछ देखना पड़ता है ओहो!''

धान के खेतों के बाद एक और छोटा गाँव। उसके बाद डुबेई का अपना गाँव। रात का पहला प्रहर बीतने को था। किसी-किसी के घर के झरोखे से धीमी रोशनी रोंआसी-सी लग रही थी। कभी-कभी किसी बच्चे के रोने की आवाज सुनाई पड़ती या किसी कुत्ते की ससंकोच आत्म-घोषणा।

डुबेई दारोगा अपने अहाते में घुसा। घर के अन्दर न जाकर पिछवाड़े स्थित तालाब के किनारे धप् से बैठ गया। तालाब के पुश्ता पर लगे हुए बड़े-बड़े पेड़ और झाड़ियों की मालाओं ने तालाब को छुपा रखा था। वह एक अन्धकार से भरी गुप्त दुनिया थी।

"मुझे यहाँ से उद्धार करो।" डुबेई ने नाक में बोलते हुए कहा और रोने लगा। शम्भुनाथ को कुछ समझ में नहीं आ रहा था। पर भैरव ओझा और डुबेई की माँ को सब समझ में आ रहा था। डुबेई के साथ-साथ उसकी माँ भी रोने लगी थी। दोनों की उस कुंठित, दबी हुई रोने की आवाज एक समान लगने पर भी शम्भुनाथ उसमें छिपी विषमता को पहचान रहा था। डुबेई के अन्दर से आते, ललिता के रुदन में थी भीषण वेदना और शिकायत की अभिव्यक्ति— वहीं डुबेई की माँ के रोने में थी कातर असहायता और अशेष अनुताप।

इन तमाम सालों में कई तरह के अनुभवों से गुजरते हुए उम्र के इस पड़ाव पर आकर आज भी दोनों के रोने के अलग-अलग कारणों को याद कर काँप उठता शम्भुनाथ। उनके रोने की पृष्ठभूमि में निहित थी एक क्रूर कहानी। डुबेई दारोगा के मुख से निकले, ललिता की असंलग्न विवृत्ति और डुबेई की माँ की स्वीकारोक्ति में से ओझा को जो किस्सा समझ में आया, वह कुछ यों था।

उस समय डुबेई दारोगा नहीं था। थाना पर्यवेक्षण के लिए आये बड़े बाबू इन्स्पेक्टर ने, डुबेई की सेवा और निर्देश पालन करने की क्षमता से प्रभावित होकर उसे एक विशेष किस्म की सेवा और आज्ञापालन के लिए मौका दिया था। "तुम्हें हवलदार बना देने की सिफारिश मैं करता, मगर उसके लिए तुममें कितनी योग्यता है, उतना जाँच न लूँ तो किस बलबूते पर तरक्की कर दूँ? मुझे अपने दायित्व के प्रति भी तो ईमानदार रहना होगा।" एक अर्थपूर्ण हँसी के साथ बड़े बाबू ने कहा।

बड़े बाबू किस तरह से सच्चे रास्ते पर रहकर उसके पदोन्नति का विधान कर सकते हैं, यह जानने के लिए डुबेई ने विनीत अनुरोध किया। बड़े बाबू ने अनुग्रह करते हुए उसका मार्गदर्शन किया। एक निश्चित किस्म की सेवा पाये बिना उन्हें नींद नहीं आती है। नींद न होने से वह अपने गुरु दायित्व को ठीक तरह से निभा नहीं पाते हैं। उनके कहने से पहले भी हाकिम के विभागीय लोगों के द्वारा प्रचारित कानाफूसी के जरिये उस जरूरी सेवा के बारे में उसे जानकारी हासिल थी, पर उसे पूरा करने के लिए हाकिम उसी पर निर्भर करेंगे, यह उसकी कल्पना से परे था।

बहुत ही दम्भ के साथ उनकी माँग को पूरा करने का वचन दे दिया डुबेई ने, पर थाने से बाहर आते ही शाम के घिरते अँधेरे के साथ उसकी विचार-बुद्धि का अन्धकार मिलकर एक हो गया।

अब वह क्या करे? बड़े बाबू की प्यास मिटा सके ऐसी कोई पेशेवर औरत उस जमींदारी में नहीं थी। गाँव के मुहाने पर ही झोंपड़ी में एक अकेली गरीब विधवा रहती थी। वह उसके दूर के रिश्ते की बहन थी। अकेली विधवा युवती के चरित्र के बारे में एक पुख्ता आम धारणा रहती है। अँधेरे में टिमटिमाते दीये की तरह उसका चेहरा डुबेई की आँखों के सामने झलक उठा। कुछ पैसा दे कर या

दूसरी तरह का कोई उपहार दे कर या फिर डरा-धमका कर शायद उसे राजी कर सकेगा।

रास्ते में कलाल का घर था।

डुबेई ने कुछ ज्यादा मात्रा में शराब पी ली।

झोंपड़ी के अँधेरे में ढिबरी की रोशनी में युवती का चेहरा सचमुच चमक रहा था— पर था फीका-सा। तेज बुखार के चलते वह बेहोश-सी थी। एक बिल्ली के अलावा वहाँ कोई नहीं था।

उसने डुबेई को पहचाना। "डुबेई भाई, मेरी दुर्दशा के बारे में तुमसे किसने कहा? जो कृपा करके आ ही गये हो, तो ललिता को मेरे पास भेज दो। हो सके तो वैद्य से दवाई भी ला दो।" बहुत मुश्किल से उसने इतना कहा। बिल्ली ने भी पूँछ उठाकर डुबेई के शरीर से अपने शरीर को घिसते हुए बीमार की तरफ से पैरवी की।

"ललिता को भेज दो!" यह आग्रह सुनकर डुबेई के शराब के नशे में चूर दिमाग में एक अद्भुत खाका खिंच गया।

वह अपने घर जा पहुँचा। "चलो, चलो बड़े बाबू बीमार हैं। थोड़ी-सी सेंक-वेक देना। मैं अकेला कर नहीं पा रहा हूँ।"

"बड़े बाबू को मैं सेंक दूँगी?" किसी के आगे कभी कुछ न बोलने वाली ललिता ने चकित होते हुए बहुत ही संकोच के साथ प्रश्न किया।

"अरी बेवकूफ! बड़े बाबू की पत्नी बीमार हैं। चलो-चलो। समय गँवाने के लिए फुरसत नहीं है।"

पहनी हुई साड़ी से थोड़ा और साफ दूसरी साड़ी पहनकर निकलने के अलावा ललिता के पास और कोई चारा नहीं था। रास्ते में दोनों के बीच बातचीत की कोई सम्भावना भी नहीं थी।

थाना आधा मील की दूरी पर था। बड़े बाबू अपने कमरे में बेसब्री से इन्तजार कर रहे थे। लालटेन उठाकर उन्होंने ललिता का चेहरा देखा। "बहादुर लड़का है डुबेई।" कहकर लालटेन नीचे रख वह हँसने लगे।

"जा! बाबू जो कहेंगे, मानना। मैं बाहर पहरा दे रहा हूँ। बाद में घर तक छोड़ आऊँगा।" डुबेई के लौटते ही, ललिता भी लौटने लगी। पर बड़े बाबू ने उसका हाथ पकड़कर घसीट लिया।

शराब के नशे के बावजूद डुबेई को लगा, जैसे किसी ने निर्ममता के साथ उसकी बाँह को पकड़कर झंझोड़ दिया है। फिर भी वह बाहर चहलकदमी करते हुए उजले चाँद की तरफ देखते हुए अपने भविष्य की तरफ नजर दौड़ाता रहा।

उस पूरे इलाके में किसी का हवलदार बनने का सपना पूरा हो जाना हाथ में

चाँद आ जाने जैसा था। अपनी तात्कालिक बुद्धि के चलते आज रात उसके जीवन में वह सपना साकार होने वाला था।

कमरे से एक हल्की चीत्कार सुनाई दी। उसी समय एक बार फिर डुबेई ने अपनी बाँह को निर्ममता से खींचे जाने से उत्पन्न यन्त्रणा का अनुभव किया। उसने अपनी बाँहों को चाँद की तरफ उठाया। दर्द कुछ कम होने-सा लगा।

'पकड़ो! पकड़ो!' की तेज आवाज सुनाई पड़ी। बिजली की तेजी से ललिता भाग आयी और सड़क पर कुछ देर किंकर्त्तव्यविमूढ़ हो साथ खड़ी रहने के बाद फिर दौड़ने लगी। उस समय बादल ने चाँद को ढँक लिया था। अँधेरे में एक पतली चाक की रेखा के समान ललिता विलीन हो गयी।

डुबेई दौड़ने लगा। मानो उसके काबू में से पूर्णिमा का चाँद छिटका जा रहा था, पूर्णिमा का चाँद अर्थात उसका हवलदार का पद।

ललिता इतनी तेज दौड़ती है, इसका अन्दाज डुबेई को नहीं था। शराब ने उसको उन्मत्त कर रखा था और हताशा ने उन्मादी बना दिया था।

जहाँ से सड़क दो भागों में बँट गयी थी और एक पतली-सी सड़क ललिता के मायके की तरफ जाती थी, उसी रास्ते पर पहुँच ललिता जैसे ही आगे बढ़ने लगी डुबेई उसका रास्ता रोककर खड़ा हो गया। उसने ललिता की बाँहें पकड़ लीं और उसे थाने की तरफ खींचने लगा। ललिता उसकी बाँह में दाँत गड़ाकर फिर भाग निकली। पर बाप के घर की तरफ जाने का मौका न पाकर वह ससुराल की तरफ दौड़ने लगी। शायद सास की शरण में जाती, पर उससे पहले, घर के अन्दर घुसने से पहले ही डुबेई ने उसे पकड़ लिया।

चाँद बादल में से निकल आया था। डुबेई ने देखा, ललिता विवस्त्र है।

वह पतला, सुडौल तन उसकी सम्पत्ति है। पर वह सम्पत्ति कितना ऐश्वर्यमय है, यह बात वह आज खुले आसमान के नीचे; चाँद के उजाले में समझ पाया।

समझ पा रहा था बड़े बाबू की कृपा से।

बड़े बाबू! उस बदजात ने इस ऐश्वर्य का सुख भोगा। डुबेई ने एक अश्लील चित्कार किया। फिर उसने महसूस किया कि ललिता बहुत ही दयनीय दिखाई पड़ रही थी। बड़े बाबू ने ही उससे इस तरह मनमाने ढंग से व्यवहार किया है।

शायद वह फिर वैसा करने के लिए व्यग्र हो उठे, इससे अच्छा है कि वह इस सम्पत्ति को छुपा ले। बड़े बाबू के प्रति उसका। हिंस्र रवैया और ईर्ष्या, ललिता पर उसका सार्वभौम अधिकारबोध और सर्वोपरि अपने ऊपर क्रोध ने कब उसे एक पैशाचिक यन्त्र में परिवर्तित कर दिया था, शायद इस बारे में वह सचेत नहीं था। ललिता के कोमल गले पर उसके दोनों पंजे का शिकंजा धीरे-धीरे कसता जा रहा था। शराब के नशे में डूबी उसकी चेतना समझ नहीं पा रही थी कि उसके दोनों

हाथों की यह करामात कितनी क्रूर हो सकती है।

जब कीचड़ भरे तालाब के किनारे में ललिता को दफनाकर, दो-चार बार पानी में डुबकी लगा डुबेई किनारे पर उठ आया, तो देखा कुछ दूरी पर गाज गिरे पेड़ के तरह खड़ी उसकी माँ शायद उसकी इस नारकीय क्रिया का साक्षी होने के लिए मजबूर हुई थी।

माँ के सामने आकर खड़ा हो गया डुबेई।

"तूने यह क्या किया बेटा!" कहते हुए थरथराते हुए नीचे बैठ गयी।

"माँ! इस बारे में एक बार भी जबान खोला, तो तेरा भी वही हाल होगा जैसे इसका हुआ है। चाहे उसके बाद तालाब में कूदकर मैं अपनी जान दे दूँ।" धमकाया डुबेई ने। उसका नशा अब तक काफूर हो चुका था।

उस पल बुढ़िया का मन यह कहने को हुआ था, "ऐसा हो, तो कुछ बुरा नहीं होगा।" पर ऐसा बोल पाने से पहले ही वह बेहोश हो गयी।

ललिता अपने मायके जाते समय रास्ते में ही कहीं लापता हो गयी। आस-पास के गाँव में उस समय उत्पात मचा रहा शैतान भालू इसके लिए जिम्मेदार हो सकता है, ऐसी कैफियत दिया डुबेई ने। यूँ कैफियत देने की खास जरूरत नहीं पड़ती थी तब, वह एक अलग युग था।

तालाब के किनारे बैठा ओझा कुछ समय के लिए ध्यानमग्न रहा। उसके बाद 'ॐ नमो काली कपाली दही दही स्वाहा' कहकर डुबेई दारोगा के ऊपर कटोरी में से थोड़ा-सा मन्त्रित तेल लेकर छिड़क दिया।

"जा रही हूँ।" नाक से डुबेई बोला।

"जा! रानी बेटी! तेरी अस्थि को गंगा में विसर्जन करने की व्यवस्था करूँगा। मैं तेरे लिए सात दिन जागरण करूँगा। जगत जननी चंडी माँ तुझे शान्ति दें।" ओझा बोला।

डुबेई उठकर खड़ा हुआ और कुछ दूर जाकर इमली के पेड़ के नीचे पछाड़ खाकर गिर पड़ा। शम्भुनाथ ने उसके ऊपर मन्त्र पढ़कर पानी का छींटा मारा। कुछ देर बाद उसने आँखें खोलीं।

"मेरा फूटा नसीब, जो इस पिशाच को गर्भ में रखा।" रोते-रोते उसकी माँ ने कहा। आज तक आतंकित रहने के बाद बुढ़िया अचानक हिम्मती हो गयी थी। दुर्दान्त डुबेई टुकुर-टुकुर देखता रहा। प्रतिवाद करने की ताकत, धमकी देने की ताकत वह गँवा चुका था।

"माँ, तेरा बेटा अब तेरी बहू की प्रेतात्मा से मुक्त है। पर अभी स्वस्थ नहीं है। वैद्य विशु शायद इसे ठीक कर पाएँ।"

छह

प्रवीण शम्भुनाथ की स्मृति में ओझा की कुटिया में घटे उसके तरुण शिक्षार्थी जीवन की जो घटना सबसे ज्यादा नाटकीय रूप में एक अविस्मरणीय याद की तरह उसकी स्मृति में बस गयी थी, उसका तार उसके मित्र और भावी जमींदार विनयभूषण से जुड़ा हुआ था।

ओझा उस समय अस्वस्थ थे। बिस्तर के नाम पर थी एक घिसी हुई चटाई। उसी पर लेटकर वह तड़प रहे थे। पास की झोंपड़ी में ओझा के युवा भतीजे का परिवार रहता था। ओझा की देखभाल करने में, उनकी जरूरत को पूरा करने में वे कभी भी कंजूसी नहीं बरतते थे। उन्हीं की रसोई से ओझा और उनके सहकर्मी शम्भुनाथ को खाना मिलता। उन्होंने बेंत, बाँस को काटकर, लचीलापन लाकर, माप-जोख कर रोजमर्रा की तमाम वस्तुओं को बनाने के पैतृक पेशे को छोड़ देने का अनुरोध ओझा से कई बार किया था। जितना वे कमा रहे हैं उतना काफी है; यह बात भी परिवार वालों ने बार-बार समझायी, पर ओझा पर इसका कोई प्रभाव नहीं पड़ा। शम्भुनाथ समझता था कि अधिभौतिक विद्या को ओझा अपने पेशे के रूप में अपनाने के लिए तैयार नहीं थे, वैसे ही जैसे आशीर्वाद देना किसी भी महापुरुष का पेशा नहीं हो सकता।

ओझा के सबसे बड़े कद्रदान थे अमीर गाँव के प्रधान। एक दिन आकर वह बुखार से पीड़ित ओझा के पास बैठकर मनुहार करते हुए बोले, "ओझा बाबा! मेरी नजरों में तुम संन्यासी से भी बड़े हो। संन्यासी सर्वत्यागी होता है; पर वह दूसरों की सेवा नहीं करता..."

उन्हें रोकते हुए ओझा बोले, "पार्थिव जगत में सेवा ही एकमात्र सेवा नहीं है, प्रधान! संन्यासियों का महात्म्य दूसरे स्तर का कारोबार है। मेरी उनके साथ तुलना मत करो।"

प्रधान ने ओझा के कथन को शायद नहीं समझा। अपनी बात पूरा करते हुए

बोले, ''तुम भी संन्यासियों की तरह सर्वत्यागी...''

फिर से ओझा ने उन्हें रोका, ''बेटा! मेरा सपना था ही क्या, जो मैं सर्वत्यागी होता।''

पर प्रधान अपनी रौ में बोलते रहे, ''अनगिनत दुर्गतों की सेवा में अपना समय और शक्ति जाया करते रहे हो...''

''समय और शक्ति मेरे नहीं हैं, बेटा!'' जैसे अपने आप से ही कह रहा हो, ओझा ने अपना विचार व्यक्त किया।

''अपनी जीविका के लिए तुम परिश्रम करते रहोगे, यह बात हमें साल रही है। जितना कर लिया, कर लिया, अब और नहीं। मेरे घर से अलग पर मेरे घर से सटे हुए दो कमरे खाली पड़े हैं। तुम और शम्भुनाथ चलकर वहीं रहो। ईश्वर ने मुझे बहुत कुछ दिया है। सभी के खाने-पीने का बन्दोबस्त हो जाएगा। चलो ओझा। मुझे मना मत करना।''

बीमार ओझा उजली हँसी हँसे। ''बाबू, आप महान हैं। ईश्वर तुम्हारा मंगल करे। पर मुझे इसी कुटिया में रहना होगा।''

ओझा का उत्तर सहज और संक्षिप्त था। पर जिस तरह से चारों तरफ उसने निगाहें फिरायीं, उससे शम्भुनाथ और प्रधान ने महसूस किया कि ओझा को घेरकर वहीं ढेरों अन्तरंग अदृश्य सत्ताएँ भी विद्यमान हैं। उनका कहीं और चला जाना उन्हें अच्छा नहीं लगेगा। उनसे दूर हो जाने पर मानो ओझा की भी शक्ति क्षीण हो जाएगी।

प्रधान के चले जाने के बाद शम्भुनाथ ने प्रस्ताव दिया— जिसे वह पहले भी कई बार दे चुका था, ''मैं जाकर कविराज विशु रथ को बुला लाता हूँ। नहीं तो बाद में वह नाराज हो जाएँगे।''

''नहीं बाबा, मुझे बीच-बीच में ऐसी दशा भोगनी होगी। यह रोग या व्याधि नहीं है।''

''फिर?''

''कह सकता है, आक्रमण।''

''क्या कह रहे हैं ओझा! आप पर कौन आक्रमण करेगा? आपके शत्रु कौन हैं?''

''भगवती माता की कृपा से कोई आदमी मेरा शत्रु नहीं है, बाबा। पर अशरीरियों की बात अलग है। हाँ, हम इनसानों के विचार और भाषा के तहत वे शत्रु जैसा आचरण करते जरूर हैं, पर उद्देश्य निहित शत्रुता वे नहीं करते। तू साँप के ऊपर पैर रखेगा, तो वह तुझे काटेगा। वह साँप की शत्रुता नहीं है, वह उसकी प्रकृति है। साँप पर पैर रखना साँप का कुसूर नहीं है, न ही आदमी का कुसूर है।

अनजाने में इनसान साँप पर पैर रख देता है और प्रतिक्रिया में साँप उसे काट लेता है।''

''पर जिन प्रेतात्माओं को आप इनसान के शरीर से निकाल बाहर करते हो, उनकी अभिलाषा पूरी करते हो, उनके लिए शान्ति विद्या के लिए मन्त्र पाठ करते हो, यज्ञ भी करते हो, वे आप पर क्यों आक्रमण करेंगे? वरन् वे खुश होते हैं ऐसा मैं महसूस करता हूँ।''

''वे आक्रमणकारी नहीं होते हैं। तुम जिन्हें प्रेत कह रह हो, वे मृत की प्राणसत्ता है। कभी-कभी वह प्राणसत्ता बहुत कमजोर हो जाती है इसलिए कोई दूसरी शक्ति उन्हें ताकत देती है। प्राणसत्ता को निकाल देने से उन सारी शक्तियों को भी निकल जाना पड़ता है। इनसान के शरीर का आश्रय उन्हें बहुत आराम देता है। इसलिए वे खिन्न हो जाते हैं, और एकजुट होकर आक्रमण करते हैं। वह उनकी प्रतिक्रिया है।''

शम्भुनाथ बहुत ध्यान देकर सब बातें सुन रहा था— थोड़ा-सा चिन्तित भी लगा। ओझा शायद उसकी चिन्ता का कारण समझ रहे थे।

''बाबा, थोड़ा स्वस्थ हो जाऊँ, तो इस बार तुझे सिखा दूँगा कि किसी आधार को किस मृतक की तुच्छ प्राणशक्ति ने वाहक बनाया है और कहाँ उसने प्रेतों के साथ एक गुट बनाया है, और दोनों को पहचानने का क्या सूत्र है, सिखा दूँगा। इस दूसरी अवस्था का इलाज अपने हाथों करते समय तुम्हें कुछ विशेष नियम का पालन करना होगा। तो फिर वे तेरे ऊपर अपनी करामात आजमा नहीं सकेंगे।''

शम्भुनाथ हँसा, ''पर वे तो फिर भी आपके ऊपर अपना जोर आजमा रहे हैं।'' उसने अपना विचार प्रकट किया।

''बाबा! जब तक मैं उनके आक्रमण के प्रतिरोध करने की शक्ति के बारे में जान पाया, तब तक उसे साधने की उम्र बीत चुकी थी। अगर मैंने पहले से उस पर सिद्धि प्राप्त कर ली होती, तो इस उम्र में भी जटिल मन्त्र-तन्त्र को आयत्त कर पाता। पर मेरा तो वैसा सौभाग्य नहीं हुआ।''

दोपहर धीरे-धीरे धूमिल होती जा रही थी। तालाब के उस पार के घने बाँस के जंगल के साथ हवा के कभी मृदु, तो कभी तीव्र आवेग के आदान-प्रदान के अलावा चारों तरफ सन्नाटा बिखरा हुआ था।

गुरु के शरीर पर हाथ फेरते हुए शम्भुनाथ सोच रहा था। अगर वह और अधिक एकाग्र, निष्ठावान और धैर्यशील हो जाए, तो शायद भैरव ओझा की समग्र सिद्धि का उत्तराधिकारी बन जाए, पर उस तरह के अहंकाररहित, उच्च अभिलाषाविहीन अपरूप व्यक्तित्व का क्षीण प्रतिनिधि भी क्या वह हो पाएगा? अन्तत: इस जीवनकाल में अहंकार और संसार के जटिल बन्धन से मुक्त हो जाने का इतना बड़ा

स्वप्न देखना उसके लिए अकल्पनीय है।

ओझा सो गये थे।

कुटिया के बाहर बिखरे धुँधले उजाले के ऊपर एक पतली-सी परछाईं पड़ी। आगन्तुक की काँख के नीचे छाता था। यानी कोई विशिष्ट व्यक्ति थे। शम्भुनाथ कुटिया से बाहर आया।

"आप!" आगन्तुक को विनम्र नमस्कार किया शम्भुनाथ ने।

भद्र व्यक्ति चंडीनगर के बाशिन्दा हैं। वहाँ रहकर पढ़ाई करते समय शम्भुनाथ का उनसे परिचय हुआ था। वह जमींदार राजा मन्दरधर राय के परिवार से सम्बन्धित थे। पैसों की तंगी होने के बावजूद उन्हें कुर्ता पहनना होता था और हाथ में छाता लेना पड़ता था। मान-मर्यादा पर समय के थपेड़ों से पड़े कई छेद-समूहों को छिपाने के लिए उन्हें काफी मशक्कत करनी पड़ती थी।

"ओझा घर में हैं न?"

"जी!"

"उनसे कहो। बहुत मुसीबत में पड़कर मैं आया हूँ। मेरा नाम याद है न? चंडीनगर का दिवाकर राय।"

"ओझा की तबीयत ठीक नहीं है।" संकोच के साथ शम्भुनाथ बोला।

"बाबू, अन्दर आइए।" ओझा निर्देश देने के साथ-साथ चटाई पर उठकर बैठ गये।

आगन्तुक का भारी हो आया चेहरा हलका हो गया। कुटिया के अन्दर विनम्रता के साथ प्रवेश कर, छाता नीचे रखा और घुटनों के बल बैठकर ओझा को प्रणाम किया।

उसके बाद उन्होंने सविस्तार अपनी रामकहानी सुनाई। बाद में उनके घने सम्पर्क में आकर शम्भुनाथ और भी बहुत कुछ जान पाया था। वह व्यापार-अव्यापार, घटना-दुर्घटना, सारे पर्याय अभी तक उसकी याद में ताजा थे।

लड़की को जन्म देने के तीन साल बाद उनकी पत्नी का देहान्त हो गया। बहुत मुश्किल में पड़ गये थे दिवाकर राय। लड़की को पाल-पोसकर बड़ा करने के लिए अपना कोई रिश्तेदार नहीं था। लड़की भी ऐसी थी कि माँ को खोकर जो रोना शुरू किया, तो बन्द ही नहीं किया। जैसे उसका रोना अन्तहीन था। रोते-रोते बेहोश समान हो जाती। नींद टूटती, तो इधर-उधर देखने के बाद फिर रोना शुरू कर देती।

पास-पड़ोस की कई हमदर्द ममतामयी महिलाएँ उसका रोना बन्द करने की कोशिश करके विफल हुईं, आखिर में लड़की की दूर के रिश्ते की एक मामी सफल हुईं। दिवाकर के नि:सन्तान साले नवकिशोर कोलकाता में नौकरी कर रहे थे। मामा-मामी लड़की को अपने साथ ले गये। उन्होंने उसका नाम रखा कुसुमिता। बेटी की

कुशलता की खबर दिवाकर को मिलती रहती, अब वह निश्चिन्त थे।

बेटी बेशक सुख से थी। पर तेरह साल बाद आज की सुन्दर नवयुवती कुसुमिता ही उनके दुख का कारण बन गयी थी।

कोलकाता में नवकिशोर के मकान से सटकर गुलाब बाई नाम की बाईजी का मकान था। उसकी संगीत की प्रतिभा उम्दा थी। उसकी मानवीयता अपूर्व थी। कुसुमिता को वह प्यार करती, उसे संगीत सिखाती। कुसुमिता के चलते उसकी मामा-मामी भी बाईजी से उपहार पाते, और पक्का भोजन पाकर खुश होते।

पिछले तेरह साल में दिवाकर सिर्फ दो बार कोलकाता गये थे। बेटी को गाँव लाकर उसकी शादी कर देंगे, ऐसी कल्पना भी की है कई बार। पर जिस ढंग से जिस लाड़-प्यार से वह बड़ी हुई है, जितनी बुद्धिमती और गुणवन्ती है, उसे इस निपट गाँव में लाकर किसके गले में बाँध देंगे? कुसुमिता के योग्य गाँव में जितने भी गले उन्हें नजर आ रहे थे, सारे उन्हें चिता की लकड़ी सरीखे लग रहे थे। इससे अच्छा है कोलकाता में नौकरी करने वाले किसी उत्तम युवक के साथ कुसुमिता का ब्याह हो जाए। ऐसा प्रस्ताव नवकिशोर ने उनके सामने रखा। दिवाकर ने उस पर अपनी सहमति जता दी थी।

पर सब कुछ उलट-पुलट हो गया। पास में किसी दर्शनीय स्थल को देखकर कुसुमिता अपने मामा-मामी और कुछ दूसरे यात्रियों के साथ लौट रही थी कि हुगली नदी में नाव डूब गयी। आधे यात्रियों की जल-समाधि हो गयी और आधे बच गये। कुसुमिता के मामा-मामी तो डूब गये पर वह बच गयी।

अब कुसुमिता के सामने दो रास्ते हैं। या तो वह गाँव आ जाए; या फिर बाईजी के आश्रय में रहे।

पिता-पुत्री के संकट का अनुमान किया जा सकता था। बाईजी के आसरे पर रहने का अर्थ था उसके पेशे को अपना लेना। कुसुमिता के लिए नवकिशोर ही दूल्हा ढूँढ़ता, पर बाईजी का समाज अलग है।

गरीब होने के बावजूद सम्भ्रान्त पिता दिवाकर के लिए अपनी बेटी को बाईजी के हाथों समर्पित कर देने का सवाल ही पैदा नहीं होता था। रोने-धोने के बीच बाईजी से कुसुमिता को अलग कर दिवाकर गाँव ले आये थे।

कुसुमिता के लिए चंडीनगर अनजान जगह थी; और चंडीनगर के लिए अजनबी थी विदेशिनी कुसुमिता। खूब जल्द ही दिवाकर यह बात समझ गये कि बाईजी की नजदीकी ने उसको जितना गुणवती बनाया है उतना ही उसे लाचार भी बना दिया है। लग रहा था मानो कुसुमिता गाँव के लिए संक्रामक किसी सम्भावित विपदा का उत्स थी।

दिवाकर ने बेटी को गीत गाने से मना कर दिया था। एक तरह से वह बन्दिनी-

सी रह रही थी। गाँव में उसकी कोई सहेली नहीं थी। बाहर निकलती तो उसे लोगों के कुतूहल और संदिग्ध नजरों का सामना करना पड़ता। उस अजनबी दुनिया और अपने बीच की इस दूरी को मिटाने के लिए वह होंठों पर मुस्कराहट ले आती, तो उनकी नजरें और संदिग्ध हो उठतीं। उसके तुरन्त बाद उनकी नजर पेड़ के शिखर पर या दिग्वलय की तरफ टिक जाती और तब तक टिकी रहती जब तक कि कुसुमिता से निरापद दूरी तक चले नहीं जाते।

एक दिन शाम को, खिड़की से सूर्यास्त के समय के आकाश की तरफ देखते हुए कुछ पल के लिए कुसुमिता अपनी परिस्थिति को भूल गयी थी और उसी बेखुदी के आलम में उसके गले से बेसाख्ता संगीत झरने लगा।

पास के बगीचे से मन्दरधर राय लौट रहे थे। संयोग कहा जा सकता है या फिर विडम्बना, उनके परिषद वर्गों के बीच स्वयं दिवाकर उपस्थित थे।

मन्दरधर ने अपनी चाल धीमी कर ली। उन्हें अनुसरण करने वाले परिषद वर्ग ने भी अपनी चाल धीमी कर ली।

पर ऐसा करना मुमकिन नहीं था।

कुसुमिता के गीत के गुनगुनाहट में बदलते ही जमींदार की चमत्कृत और प्रश्नाकुल आँखें दिवाकर पर जाकर ठहर गयीं।

''मेरी ही मातृहीन बेटी है हुजूर! आपको तो पता होगा, बचपन से कोलकाता में रहकर, मामा-मामी को गँवाकर हतभागिनी मेरा बोझ बन गयी है। पता नहीं कहीं-से दो-चार गीत सीख गयी है। अपने आप भूल जाएगी हुजूर! थोड़ा वक्त लगेगा।'' दिवाकर अपराधी की तरह कैफियत देने लगे।

जमींदार घर के अन्दर चले गये। कुसुमिता चौंककर उनकी तरफ देखने लगी। नमस्ते करने के लिए हाथ जोड़ने लगी थी कि पीछे से दिवाकर के अधीरता भरे इशारे को समझ घुटनों के बल बैठकर प्रणाम किया।

मन्दरधर ने उसके सिर पर अपना हाथ फिराया। उसे बड़े गौर से देखा फिर दिवाकर की तरफ उनका ध्यान गया।

''दिवाकर! इतनी बड़ी दौलत को आज तक तुमने छुपाकर रखा। तुम इतने कृपण हो? कह रहे हो बस यूँ ही कुछ गीत सीख गयी है। कौन-सा गीत साधारण है और कौन-सा असाधारण क्या यह मुझे तुमसे सीखना होगा?''

इस घटनाक्रम ने एक अप्रत्याशित मोड़ ले लिया। जमींदार के महल से सटे हुए मन्दिर में शाम के समय भक्ति संगीत गाया जाता था। कामचलाऊ दो-चार गाने-बजाने वाले थे। पर उस शाम खुद राजा मन्दरधर की उपस्थिति में उनके सराग भरे निर्देश पर कुसुमिता ने जब भक्ति गीत गाया, तो सिर्फ मन्दिर का आँगन ही नहीं, सिर्फ महल का परिसर नहीं, सारा चंडीनगर गाँव जैसे एक नूतन परिचय की

तरफ बढ़ चला।

फिर तो शाम-दर-शाम लोगों की भीड़ लगातार बढ़ने लगी। इसके पीछे दो कारण थे। एक कुसुमिता के अनिंद्य कंठस्वर में लोगों के दिल में सुप्त पड़े भक्ति भाव को जगाने की क्षमता और रोज वहाँ मन्दरधर का उपस्थित होना, जिनके दृष्टि आकर्षण और सान्निध्य में अपने को गौरवान्वित करना लोगों का मकसद रहता था।

पर इसके बाद से दिवाकर राय को रात जागकर काटनी पड़ी। बेटी की इस आकस्मिक मर्यादा को लेकर वह क्या करेंगे?

हिम्मत जुटाकर उन्होंने एक दिन निःसंकोच अपनी समस्या को जमींदार के आगे व्यक्त किया।

मन्दरधर भी सजग हो उठे। उन्होंने कुसुमिता का अविष्कार किया था। अपने अविष्कार से खुद ही आमोदित हुए थे; पर अविष्कृत की हानि-लाभ के प्रति ध्यान नहीं दिया था।

''दिवाकर, क्या तेरी बेटी मेरी बेटी नहीं है?'' भावना से ओत-प्रोत प्रश्न के जरिये मन्दरधर ने आश्वासन दिया। कुछ सोच-विचार करने के बाद उन्होंने उसी पल में कुछ और निर्णय लिये। कुसुमिता की देखभाल के लिए दिवाकर के घर में कोई स्त्री नहीं है। अपने परिवार के दूर की रिश्तेदार असहाय विधवा नारी दुलाली, जिसने उनके महल में ही आश्रय लिया था, को दिवाकर के घर जाकर रहने का आदेश दिया। महल से दोनों के लिए रसद भेजने की भी व्यवस्था की गयी। दिवाकर को उन्होंने यह भी भरोसा दिलाया कि कुसुमिता के लिए वह खुद योग्य वर ढूँढ़ेंगे और उसके ब्याह की पूरी जिम्मेदारी वही निभाएँगे और यही एक भरोसा दिवाकर की आँखों में नींद वापस ले आया।

मन्दधर को आशा थी कि अब कुसुमिता नियमित संगीत साधना कर सकेगी।

लगभग तीन महीने तक सब कुछ ठीक-ठाक चला। पर बस ठीक-ठाक चलने का आभास ही दे रहा था। दिवाकर जानते नहीं थे कि जमींदार की दया से धन्य हुई विधवा दुलाली व्यवहार में जितनी निर्दोष लगती थी, हृदय और मन से उतना ही विपरीत थी। कुसुमिता की सेवा करने का दायित्व उसने जमींदार के अनुगत के कारण नहीं लिया था, न ही कुसुमिता के प्रति ममता इसका कारण था। जमींदार के आदेश की अवमानना करने की असमर्थता और महल से मिलने वाली सुख-सुविधा का भोग करना ही इसका कारण था।

दृश्य घटनाक्रम के अन्तराल में जिन अदृश्य तरंगों को स्फुरण हो रहा था, वे सब मुख्य रूप से दो धाराओं में गति कर रहे थे। पहला, कुसुमिता के प्रति जमींदार के पुत्र विनयभूषण आसक्त होते जा रहे थे। मन्दिर के आँगन में होने वाली सान्ध्य भक्ति संगीत सभा के एक नियमित श्रोता की भूमिका से एक कदम ऊपर जाते हुए

एक दिन दोपहर को, दिवाकर की अनुपस्थिति में, लगभग निर्जन राह पर, विनयभूषण ने उनके घर पहुँचकर धीरे-से दरवाजे पर दस्तक दी।

''मैं कोलकाता जा रहा हूँ, कुसुमिता! तुम्हें कुछ मँगाना है?''

''कोलकाता?'' कुसुमिता चौंक पड़ी।

''मैं भी जाती, एक बार गुलाबो मौसी के पास।'' अनायास वह यह बात बोल गयी।

विनयभूषण पुलक से भर उठा। उसके साथ कुसुमिता कोलकाता जाने के लिए तैयार है। उसे अगर यह मौका वह दे पाता, तो उसे लगता कि खुद यह उसके लिए एक सुनहरा अवसर है पर इतने बड़े रोमांचकारी स्वप्न के साकार होने की सम्भावना नहीं थी।

अपनी आकांक्षा को अभिव्यक्त करते ही कुसुमिता शर्म से झुक गयी। चेहरा नीचे झुकाकर उसने अपने असंयत आबदार के लिए कैफियत दी, ''मौसी बहुत याद आ रही हैं। उनसे कुछ और नये गीत सीखकर आती।''

''काफी सीख गयी हो कुसुम, और ज्यादा सीखकर क्या करोगी? राजा बाबू तो तेरे लिए दूल्हा ढूँढ़ रहे हैं, जो जाहिर है कहीं का नवाब या बादशाह तो होगा नहीं। कब वह खेती करेगा, कब तेरा गीत सुनकर रासलीला करेगा?'' पीछे से दुलाली ने अपना मत व्यक्त किया। दुलाली की यह टिप्पणी घटना के प्रवाह की दूसरी धारा को सूचित कर रही थी।

विनयभूषण अब चौंक पड़ा। दुलाली की उपस्थिति की उसे याद नहीं थी। पर यूँ चौंक जाना सिर्फ इसी बात के लिए ही नहीं था, बल्कि कुसुमिता के भविष्य का जो खाका उसने खींचा था, वही बात उसे कुछ ज्यादा चौंका गयी। दुलाली की सज़ग, प्रखर नजरों से विनयभूषण की वह चौकसी छिपी नहीं थी। वह खूब खुश नजर आयी।

इधर-उधर की दो-चार बातें कर विनयभूषण उस दिन लौट आया।

दुलाली ने ठीक कहा था। मन्दरधर ने एक उत्तम परिवार में कुसुमिता के विवाह का प्रस्ताव भेजा था। वर पक्ष के लोग लगभग राजी हो गये थे। दिवाकर यह बात जानकर खूब खुश हुआ था, क्योंकि ऐसे उच्च परिवार में वह कभी भी अपनी बेटी के विवाह प्रस्ताव को लेकर जाने का साहस नहीं कर पाता।

पर सम्बन्ध पक्का होने से पहले ही आश्चर्यजनक रूप से वर पक्ष मुकर गया।

''जानते हो विनु भाई, लड़की कोलकाता जाने के लिए छटपटा रही है। मौसी के प्रति प्रेम के लिए नहीं, अपने प्रेमी के लिए!'' एक दिन सुयोग पाते ही दुलाली ने विनयभूषण से यह बात कही।

''यानी?''

"तुम भी राजा बाबू की तरह भोले हो। शहर तो शहर, वह भी कोलकाता। बाईजी से गीत सीख रही थी, तो फिर और भी कई बातें सीखी होंगी। बाईजी के घर हजार रसिक आते-जाते होंगे। तो क्या कुसुमिता के ऊपर किसी की नजर पड़ी नहीं होगी या फिर कुसुमिता की नजर किसी पर नहीं पड़ी होगी।"

अपने दूर के रिश्ते के भाई के सामने दुलाली ने सरल भाषा में अपनी बात कही, जिसे सुनकर विनयभूषण दयनीय दिखा और उसकी इस स्थिति का भी दुलाली ने खूब उपभोग किया।

उसके बाद तीन और जगहों पर अचानक ही सम्बन्ध बनने से पहले टूट गये।

दुलाली की उपरोक्त व्याख्या और कुसुमिता के लिए प्रस्तावित वर पक्ष के लोगों के यूँ मुकर जाने में आपसी सम्बन्ध था, शम्भुनाथ यह तथ्य बहुत बाद में जान पाया था।

अब की बार प्रस्ताव गया दुलाली के पति के चचेरे भाई, यानी उसके देवर के लिए। स्वामी की मौत के बाद जिस समृद्ध एकन्नवर्त्ती परिवार के उदासीन व्यवहार को न सह पाकर दुलाली आज शरणार्थी बनी थी, वही परिवार कुसुमिता का स्वागत करने वाला था। शायद इस परिवार के सदस्यों में एक-दो कहते, हमने विछुयाती (एक तरह से खुजाने वाला पौधा) गँवाया, पर पायी तुलसी।

देवर ने मन्दिर के आँगन में शाम के भजन के समय भीड़ के अन्दर रहकर लड़की को देखा और उसके रूप-गुण पर मुग्ध हो गया। शरमाते हुए भाभी दुलाली से बोला, "तुम तो इस रत्न की अभिभावक हो! फिर मुझसे कैसे छुपा लिया?"

"रत्न में भी गन्दगी हो सकती है।" वितृष्ण आवाज में दुलाली बोली।

"भूल कर रही हो भाभी, गन्दगी के अन्दर ही रत्न छिप कर रहता है।"

"तुम्हारा कहना है, हम गन्दगी हैं? तुम जानते हो किस गन्दगी के अन्दर वह भी गन्दगी बनकर थी? राजा बाबू उसके ऊपर रंग चढ़ाकर रत्न का रूप नहीं देते, तो वैसे ही रहती वह!"

"ओहो, भाभी! अतीत अतीत है, वर्तमान में तो उसके विरुद्ध कोई अभियोग नहीं है न।"

दुलाली गम्भीर हो गयी। अभियोग अतीत में नहीं था। आज भी नहीं है। पर अतीत के कुछ तथ्यों पर जोर देकर अगर वह अभियोग का माहौल बना सकी, तो फिर वर्तमान को भी लेकर वैसा क्यों नहीं कर पाएगी? अपने मत में दुलाली खुद कुसुमिता से ज्यादा सुन्दर थी। फिर भी विनयभूषण और देवर दोनों कुसुमिता के प्रति आकर्षित थे। उनका व्यवहार ऐसा था मानो दुलाली का कोई अस्तित्व ही नहीं है। उसकी एकमात्र प्रासंगिकता कुसुमिता के चलते ही थी।

यदि दुलाली के अन्दर के परिवेश को कोई देख पाता, तो देखता, भयंकर एक

ज्वलन, ऐसी ज्वलन जो जलाती जाती है, पर राख बनाने में असमर्थ है। जिसका एकमात्र परिणाम है अधिक से अधिक प्रदूषण।

एक दिन भोर में ही उठकर दुलाली कहीं गयी। जब लौटी तो शाम हो चुकी थी। उसके चेहरे पर क्लान्ति के साथ-साथ एक उत्तेजक आशा अंकित थी।

उस शाम एक अप्रत्याशित घटना घटी। हर दिन की तरह कुसुमिता ने भक्तों की भीड़ के सामने गीत गाना शुरू किया। पर एक पद्य गाने के बाद ही वह आगे और गा नहीं पायी। बार-बार कोशिश करने के बाद भी उसका गला नहीं खुला। उसके चेहरे पर भय का भाव झलकने लगा। वह रोने लगी।

"ऐसा होता है, बेटी! क्या कभी गला एकाध-बार खराब नहीं होता है!" मन्दरधर राय ने आश्वासन दिया।

कुसुमिता उठ खड़ी हुई। इन्तजार करते पुराने गायकों ने उसका स्थान ले लिया। कुसुमिता को सहारा देकर ले जाते समय श्रोता मंडली की आखिरी पंक्ति में अलग-अलग जगहों पर खड़े विनयभूषण और देवर की तरफ कनखियों से देखती गयी दुलाली।

कुसुमिता आधी रात को पागलों की तरह बकबक करने लगी। धीरे-धीरे उसका यह पागलपन ज्यादा असंलग्न और असंगत होने लगा। दूसरे दिन उसने खाना-पीना छोड़ दिया। बहुत उत्साह के साथ दुलाली उसकी सेवा-टहल कर रही थी। मर्माहत दिवाकर ने बहुत पसोपेश में पड़कर आखिर में जमींदार मन्दरधर को बेटी की अवस्था के बारे में बताया।

एकान्त में मौका पाते ही दुलाली ने अपने स्वर में जितनी मासूमियत और मधुरता भर सकती थी, भरकर मन्दरधर को बताया, "हुजूर, कुसुमिता के व्यवहार को देखकर अचम्भित होने की क्या जरूरत है?" फिर कुछ अलग भाषा में उसने खुद के प्रिय तत्त्व को परोसा।

मन्दरधर के अन्दर उदार प्रतिक्रिया हुई। उन्होंने दिवाकर से गुलाब बाई का पता लाकर उसे चिट्ठी लिखी। सच में अगर कुसुमिता कोलकाता में किसी से प्यार कर रही थी और उस पात्र के साथ उसका सम्बन्ध असंगत नहीं हुआ होगा, तो फिर उस तरफ उचित कदम क्यों नहीं बढ़ाएँगे?

उसके दूसरे दिन मन्दरधर को कहीं जाना पड़ा। उधर कुसुमिता की तबीयत बिगड़ने लगी। जानकार लोगों ने कहा, उसे भूत लगा है।

इसी घटनाक्रम के चलते दिवाकर राय भैरव ओझा के दरवाजे पर आये थे।

"तू चला जा, बाबा," ओझा ने शम्भुनाथ को निर्देश दिया। वैसे शम्भुनाथ ने अपनी आपत्ति जरूर दर्ज की। बीमार ओझा को छोड़कर जाना उसके लिए अनुचित है, यह तर्क दिया। पर तर्क ओझा के आगे बेकार था, यह बात समझने के साथ-

साथ चंडीनगर का आकर्षण, बल्कि बहुत दिनों से मित्र विनयभूषण से मुलाकात नहीं हुई थी, सो उससे मिलने की आकांक्षा का भी एहसास था उसे।

गन्तव्य स्थल पर जब पहुँचे तो रात का प्रथम प्रहर खत्म नहीं हुआ था, कुसुमिता गहरी नींद में सो गयी थी उसकी शैय्या के पास बैठकर शम्भुनाथ विहित मन्त्रों का पाठ करने लगा। अभिमन्त्रित चावल एक मुट्ठी उस पर छिड़का और कुसुमिता और वातावरण की प्रतिक्रिया को देखने लगा।

नहीं, कुसुमिता पर किसी भूत का साया नहीं है। पर किसी विषम आघात ने उसे लहूलुहान किया है। कहने की जरूरत नहीं कि वह आघात दैहिक नहीं है। सुदृढ़ जीवन शक्ति से सम्पन्न न होने वाला कोई भी व्यक्ति उस आघात से सामयिक रूप से अपना सन्तुलन खो सकता है। कुसुमिता के साथ वही हुआ था।

उस आघात से उत्पन्न हुई दुरावस्था से उसे निकालने के लिए जरूरी वस्तुओं का सुबह से पहले संग्रह करना सम्भव नहीं था। अच्छा है कुसुमिता सोयी रहे। शम्भुनाथ को भी आराम की जरूरत है।

''छोटे बाबू अपने महल में आपके रहने की व्यवस्था की है। आपका और ओझा का वह इन्तजार कर रहे होंगे।'' नौकर से खबर पाकर शम्भुनाथ कोठी की तरफ गया। देखा सच में ही विनयभूषण गहरे आग्रह और उत्कंठा के साथ उसका इन्तजार कर रहा था। ओझा नहीं आये हैं, सिर्फ शम्भुनाथ आया है इस बात से विनयभूषण खुश दिखा।

ओझा की जगह वह एक महत गुनिया का दायित्व निभाने योग्य हो चुका है यही बात विनयभूषण के खुश होने का सबब है। शम्भुनाथ ने ऐसा सोचा था पर रात के भोजन के बाद शम्भुनाथ के लिए तय किए गये कमरे में उसे ले जाकर सारे संकोच को दूर कर अपने खुश होने के असली कारण को विनयभूषण ने व्यक्त किया।

''तुम मेरी सहायता करो शम्भु, नहीं तो मैं पागल हो जाऊँगा।''

शम्भुनाथ को चौंकाने के साथ-साथ भावी जमींदार के इस असहाय आवेदन ने उसके शरीर को कँपकँपा दिया। वह अवाक् विनयभूषण को देखता रहा।

विनयभूषण ने लम्बी भूमिका न बाँधकर सहज सरल भाषा में अपनी बात रखते हुए कहा, ''मैं कुसुमिता से प्यार करता हूँ, शम्भु। उसे अपना नहीं बना पाया, तो मेरा क्या होगा यह मैं भी नहीं जानता।''

''तुम उससे ब्याह करना चाहते हो?''

''चाहता हूँ। पिताजी उसे बहुत स्नेह करते हैं। वह आपत्ति नहीं करेंगे, ऐसा मेरा विश्वास है।''

''फिर समस्या कहाँ है?''

''कुसुमिता गाँव की दूसरी लड़कियों की तरह नहीं है। कोलकाता में पली-बढ़ी है। अप्सराओं की तरह गाना गाती है। अगर वह मुझसे प्यार नहीं करती होगी, तो उससे ब्याह कर मैं क्या सुख पाऊँगा भला? शायद वह किसी और से प्यार करती हो।''

इन सारी सम्भावनाओं के बीच उसकी भूमिका क्या हो सकती है, यह समझ न पाकर शम्भुनाथ उसकी तरफ टुकुर-टुकुर देखता रहा।

''तुमने क्या वशीकरण विद्या सीखी नहीं है, शम्भु?'' बेहिचक विनयभूषण ने पूछ लिया।

''सीखी है, पर कभी प्रयोग नहीं किया।''

''मेरे लिए करो।'' विनयभूषण ने शम्भुनाथ का हाथ पकड़ लिया।

विनयभूषण ने पहले कभी किसी से इस तरह से विनीत प्रार्थना की नहीं होगी, और बाद में भी कभी ऐसी जरूरत पड़ी हो, इस बारे में सालों बाद जब वह पीछे मुड़कर देख रहा है तो उसे शक की कोई गुंजाइश नजर नहीं आ रही है।

आधी रात बीत जाने तक दोनों मित्र गपशप करते रहे। अचानक कैसे कुसुमिता का गला रुँध गया, इस बारे में शम्भुनाथ ने सुना। उसका अपना शक सही है इसे उसने महसूस किया। किसी ईर्ष्यालु या फिर शत्रु ने कुसुमिता के कंठस्वर को सामयिक रूप से बन्द करवा उसे विकल और मानसिक रूप से कमजोर करने की मंशा लेकर अपनी अपशक्ति का प्रयोग किया है या कराया है। उस 'बाण' की चोट ने कुसुमिता की समग्र प्राणसत्ता को हिलाकर रख दिया है।

शम्भुनाथ को वशीकरण विद्या सिखाने से पहले ओझा ने चेतावनी दी थी, अगर उसका प्रयोग ठीक जगह पर न किया जाए, यानी दुरूपयोग किया जाएगा तो पाप लगेगा। असहाय नारी का पति अगर शराबी है या लम्पट तो उसे वशीकरण का उपाय बताया जा सकता है, या फिर गहरा जरूरी उपादान उसे दान किया जा सकता है। पर किसी साधारण परिस्थिति में इस विद्या का प्रयोग करना बिल्कुल वर्जित है।

पर विनयभूषण की स्थिति असाधारण जरूर है— क्योंकि वह साधारण युवक नहीं है— शम्भुनाथ ने अपने आपको समझाया। इससे बड़ा कारण यह भी था कि शक्ति होने के बावजूद विनयभूषण की तरह एक परम मित्र की पहली माँग को वह भला कैसे न पूरा करे?

शम्भुनाथ ग्लानि-बोध को दबाकर राजी हुआ।

सुबह दिवाकर के आँगन में यथाविधि यज्ञ कर उपयुक्त मन्त्रों के जरिये शम्भुनाथ ने कुसुमिता पर झाड़फूँक किया। कुचक्री बाण के प्रभाव का अन्त होने के बावजूद कुसुमिता निर्जीव पड़ी रही। पर वह जान रही थी कि शम्भुनाथ बहुत

ही सँभालकर चिकित्सा कर रहा है।

इस बीच, शम्भुनाथ ने बगल में स्थित मैदान और झाड़-झंखाड़ में से दूसरे काम के लिए जरूरी कुछ चीजों का संग्रह कर लिया था और उन सारी चीजों को पान में रखकर मन्त्रित कर अपने पास में रख लिया था। जो भी अपने हाथों से उस पान को कुसुमिता को खिलाएगा, उसके प्रति कुसुमिता अद्‌भुत आकर्षण अनुभव करेगी, ऐसी आशा की जा सकती थी। जिन गुणों के रहने पर इस वशीकरण मन्त्र का प्रभाव बेकाम हो जाता, वे सारे लक्षण कुसुमिता के व्यक्तित्व में नहीं थे।

कुसुमिता के सुन्दर और निस्पन्द चेहरे को देखते हुए एक पल के लिए शम्भुनाथ के मन में लोभ जागा कि क्यों न यह पान की गिलोरी वह खुद ही खिला दे?

पर अगले ही पल अपने गाल पर एक जोरदार थप्पड़ मारने के लिए भी वह तैयार हो गया था।

कोई एक विशेष वस्तु की जरूरत बताकर शम्भुनाथ ने उस बहाने से दुलाली को बाहर भेजकर छुपकर इन्तजार करते विनयभूषण को अन्दर आने का इशारा किया। विनयभूषण काँपते हाथों से नीमबेहोश कुसुमिता के मुँह में गिलोरी को ठूँसकर तुरन्त वहाँ से हट गया।

आँख खोलकर देखा कुसुमिता ने।

"उसे खा लो, कुसुमिता। वह दवाई है।" शम्भुनाथ बोला।

कुसुमिता शरमाते हुए उठकर बैठ गयी और धीरे-धीरे पान चबाने लगी।

धीरे-धीरे वह ठीक होने लगी। शम्भुनाथ दूसरे दिन भी वहाँ रुक कर, ओझा के पास लौट आया।

उसके बाद चंडीनगर में जो कुछ घट गया उसका विशद विवरण पाने का मौका उसे नहीं मिला। फिर भी, उसका एक सम्यक् खाका उसे यथासमय मिल गया था।

प्रथम पर्याय में, सभी के अनजाने में, विनयभूषण और कुसुमिता के अन्दर सौहार्द्र बढ़ने लगा। दोनों का गोपन मिलन भी सम्भव हुआ। धीरे-धीरे दोनों का सम्बन्ध लोगों के सामने आने लगा। अब तक कुसुमिता का संरक्षक बनने वाले राजा मन्दरधर गुस्से से आगबबूला हो गये। उस समय एक विशिष्ट सामन्त परिवार से पुत्र के लिए विवाह प्रस्ताव आया हुआ था। कुसुमिता दूसरों की तरह एक आश्रिता ही थी— बस उसमें इतनी ही विशेषता थी कि वह गायिका थी। वह गायिका ही बनी रहे। आश्रिता के रूप में उसकी दूसरी जरूरतों को यथासम्भव पूरा किया जाएगा। पर उसे पति की जरूरत है इसलिए, उन्हीं के उत्तराधिकारी को उस भूमिका में अवतीर्ण होना होगा, इससे बड़ा अपमान भला और क्या हो सकता है? यही था मन्दरधर राय की भावना का गतिपथ।

"और फिर, जिस कन्या को पाँच-पाँच मामूली परिवार अस्वीकार कर चुके हैं," दुलाली यही बात दोहराती रही, जिसने इस बीच एक बार जमींदार की बीमारी के समय उनकी देखभाल कर उनका मन जीत लिया था और हर शाम उनकी पद सेवा को अपने अधिकार की सूची में शामिल कर लिया था।

उस नयी प्राप्त जमींदारी का हाल-चाल समझकर उसे अपनी मुट्ठी में करना देखना जरूरी है यह तर्क जताकर विनयभूषण को जमींदार के निर्देश पर भीषमपुर महल जाना पड़ा। पर वास्तव में वह एक तरह का निर्वासन था। वहाँ वह एक उदास और खामखयाली जिन्दगी बिताने लगा। उसका सुगठित शरीर क्षीण होने लगा, उज्ज्वल चेहरा विवर्ण दिखने लगा।

दिवाकर की छोटी-सी गृहस्थी के लिए सारी सदिच्छा और सहायता रखने वाले जमींदार को दुलाली ने यह विलक्षण ज्ञान दिया था कि कुसुमिता के मन्त्र कटने के कारण ही विनयभूषण इस स्थिति में पहुँच गया है। बाईजी अपने ग्राहकों को अपने वश में करने के लिए कई तरह के अलौकिक उपायों का प्रयोग करती हैं, यह बात भला कौन नहीं जानता है? ऐसे में कौन विश्वास कर सकता है कि एक प्रसिद्ध बाईजी की प्रिय पात्री ऐसी कौशल विद्या से अनजान होगी?

विनयभूषण के प्रति अदम्य आकर्षण अनुभव करने वाली कुसुमिता की स्थिति मर्मान्तक होने लगी। उसने अन्न-जल का त्याग कर दिया था। उसे छोड़कर दुलाली के चले जाने के बाद उसका ख्याल रखने वाला कोई नहीं था। कभी हजारों लोगों के दिल की मानसी, राजा उपाधिधारी सम्भ्रान्त जमींदार की स्नेहपात्रा सुगायिका कुसुमिता धीरे-धीरे उन्मादिनी होने लगी। निष्प्राण दिवाकर राय हर तरह से निश्चेष्ट हो चुके थे।

वह कुसुमिता को मन्दिर के पास जाने पर दुत्कारते, वहाँ से धक्का खाकर, अन्यमनस्क वह गाँव के अलग-अलग घरों में ताकझाँक करती। फटे कपड़े, खुले बिखरे बालों वाली उस कन्या की आँखों में विह्वलता रहती।

वह किसे ढूँढ़ रही है?

इस प्रश्न का निर्मूल उत्तर सिर्फ शम्भुनाथ और विनयभूषण को पता था। पर तब तक भीषमपुर की मनोरम अट्टालिका में निर्वासित विनयभूषण दूसरे एक आकर्षण में मन रमाने लगा था। उसके टूटे हुए दिल के स्वास्थ्य में तेजी से सुधार हो रहा था।

कुसुमिता की अस्वाभाविक नजर की व्याख्या एक दूसरे घटनाक्रम के तहत हो गयी। तीन-तीन परिवारों के नवजात शिशुओं की मृत्यु हो गयी। उसमें से एक शिशु के ऊपर कुसुमिता की नजर कुछ पल के लिए टिक गयी थी, इसका प्रत्यक्ष प्रमाण तो मिल गया। पर बाकी दोनों शिशुओं के ऊपर सबके अनजाने में उसने नजर

डालकर उनका सर्वनाश न किया होगा, इस बात से कैसे कोई इनकार कर सकता था भला?

लिहाजा कुसुमिता डायन है, इस रहस्य के प्रकट होने और स्वीकृत होने में देर नहीं लगी। जादूगरनी, मायाविनी नहीं होती, तो इतने बड़े जमींदार के बुद्धिमान सुपुत्र की मति मार सकती थी?

यहाँ तक कि कुसुमिता की संगीत प्रतिभा उस जादुई शक्ति की ही करामात है, इस सिद्धान्त को कुछेक दूरदृष्टि सम्पन्न व्यक्तियों ने जनसाधारण के सामने व्यक्त किया।

एक दिन किसी तरह भटकते-भटकते, पगली कुसुमिता भीषमपुर की कोठी के अहाते में घुस गयी। उस जागीर के विवेकी गुमाश्ता, जो इस सारे माजरों से परिचित थे, ने उसे विनयभूषण से मिलने का मौका नहीं दिया। उसे जबरदस्ती दो विश्वस्त रखवालों के साथ वापस चंडीनगर भेज दिया।

दुलाली की सिफारिश पर उसके सुसराल के गाँव से एक गुनिया को जमींदार ने बुलाया। ओझा बीमार है इसलिए चलने-फिरने में सक्षम नहीं है; और शम्भुनाथ विनयभूषण का मित्र होने के नाते विश्वासयोग्य नहीं है, दुलाली के इस तथ्य को जमींदार ने स्वीकार कर लिया था।

गाँव के चौराहे पर स्थित बरगद के पेड़ के नीचे पगली का हाथ बाँधकर बिठाया गया था। भयंकर दिखने वाला गुनिया उसके शरीर पर मन्त्र-तन्त्र का उपयोग कर डायन को वहाँ से निकाल भगाने वाला था। डायन और गुनिया के चारों तरफ थे गाँव के विशिष्ट पुरुष वर्ग, उनके साथ थे हाल ही में नवजात शिशुओं को खोने वाले पितागण। पुरुष वर्ग के पीछे औरतों का जमघट था। दुलाली इस अनुष्ठान का नेतृत्व, बहुत ही उत्साह के साथ कर रही थी।

असह्य तीव्र गन्ध निकलने वाले एक जलते हुए मिट्टी के पात्र को गुनिया ने कुसुमिता की नाक के सामने रखा। जैसे ही उसने सिर झुकाया, उसकी चोटी पकड़कर चेहरे को गुनिया ने ऊपर उठा दिया।

कुसुमिता दबे स्वर में कराही। जलते हुए पात्र से उसके गाल पर दाग दिया। कुसुमिता चुप रही। उसकी आँखें मुँदने लगीं।

उसी सन्त्रस्तु, विस्मित, फुसफुसाती जनता के बीच अचानक ओझा और शम्भुनाथ पहुँच गये। उन दोनों को अपने साथ लेकर आने वाला हतभाग्य दिवाकर अपने आँसू को सँभालते हुए पीछे-पीछे चला आ रहा था।

शम्भुनाथ की आँखें कुसुमिता के चेहरे पर स्थित हो गयी थीं। उस दिन उसे विमुग्ध, विचलित करने वाली अनन्या की यह बदहाली? इसके लिए वह खुद कितना जिम्मेवार है?

शम्भुनाथ को लगा, वह खुद विदीर्ण हो जाएगा। कुसुमिता डायन नहीं हो सकती, ऐसे गुरु गम्भीर आवाज में वह घोषणा करेगा कि वहाँ उपस्थित सभी नर-नारियों का हृदय चाक-चाक हो जाएगा।

पर उसका वह तीव्र भावावेग आँसू बहाने तक ही सीमित रह गया।

ओझा को देखते ही वह भयंकर गुनिया उन्हें प्रणाम कर घुटनों के बल चुपचाप बैठ गया।

ओझा की दृष्टि कुसुमिता को घेर कर खड़े अवाक् नर-नारियों के ऊपर से गुजरती हुई दुलाली के ऊपर जाकर टिक गयी।

वाकई दुलाली काँप रही थी। धीमे-धीमे कोई मन्त्र पढ़ते हुए ओझा धीरे-धीरे दुलाली की तरफ बढ़ रहा था।

एक पल के लिए शम्भुनाथ ने देखा, दुलाली की आँखें मानो आँखें नहीं हैं, अदृश्य अलौकिक, एक तरह की विवर्ण रोशनी से स्पन्दित दो भयावह सुरंग हों।

अचानक दुलाली घूम गयी और अपने रास्ते में अनजाने में खड़े चार, पाँच ताकतवर पुरुषों को बड़े आराम से धक्का देकर दौड़ने लगी।

बिना उत्तेजित हुए ओझा बोला, ''वही है अपशक्ति का आधार। हो सके, तो उसे रोको। उसका उपचार जरूरी है।''

दुलाली के पीछे दो-तीन युवक दौड़े।

कुसुमिता के सामने ओझा बैठ गया। शम्भुनाथ उसका बन्धन खोलने लगा, तो बाकियों ने भी उसकी सहायता की।

पात्र में रखे आग पर बालू उड़ेल दिया ओझा ने। उस पात्र के निर्माता गुनिया ने एक अच्छे बच्चे की तरह सारे अंगारों को बालू से ढँक दिया।

''मासूम बच्ची को इतना सताया आप लोगों ने।''

किसी महापापी के विरुद्ध भी ज्यादा तीखी भाषा में शिकायत दर्ज करना ओझा के लिए सम्भव नहीं था।

सात

कभी-कभी शम्भुनाथ अपने बचपन को याद करता। एक आम आदमी का सुख-स्वप्न, आशा-निराशा और बाधा-विघ्न में सीमित था वह जीवन। सीमित होने पर

भी एक बेपरवाह भाव ने उसे आन्दोलित कर रखा था। पेड़-पौधे, नदी, समुद्र, पशु-पक्षी यह सब थे उसके जीवन के आयाम थे। सब बहुत स्वाभाविक था। उस फलक का एक रंगीन कोना था तीज-त्योहार पर आविर्भूत होने वाले या फिर मन्दिरों में चुपचाप विद्यमान देवी-देवता। कभी-कभार एक अँजुरी भर फूल या प्रणाम ही होती उनकी प्रत्याशा। थोड़ी-सी भक्ति और सम्भ्रम भाव मिलाकर उन्हें अर्पण कर देने पर ही उनके प्रति दायित्व का पालन हो जाता।

खेलना-कूदना, बैठना-दौड़ना, पेड़ पर चढ़ना इन सभी कार्यों से भरे उस जीवन का स्वाद ही अलग था, अनन्य था।

अचानक सब कुछ उलट-पुलट गया। विचित्र घटनाक्रम में उसके निरीह पिता रघुनाथ पर देवी का साया पड़ने लगा। उनका सुपुत्र होने के नाते एक कदम और आगे बढ़कर मन्त्रविद्य बना। देखते ही देखते उसके अति परिचित संसार के साथ एक अलग दुनिया गुँथ गयी। उसके साथ ही गुँथ गयी उस विचित्र जगत की विचित्र चिन्ता, चैतन्यहीनता, कभी असहाय तो कभी दुष्ट, कभी अज्ञात ममता द्वारा चालित तो कभी आतंकित बाशिन्दा वर्ग।

भूत-प्रेतों से भरी उस दूसरी दुनिया के साथ, गुरु भैरव ओझा की तरह वह सहज स्वाभाविक नहीं हो पाया, पर उधर अपने स्वाभाविक स्थूल मानव जगत से काफी कुछ कट गया, जुदा हो गया। इस भीषमपुर जमींदारी में उसका प्रताप असामान्य है और फिर शरीर धारण करने वालों को अशरीरी के प्रभाव से, उनकी शैतानियों से बचाने के लिए वह एक सतर्क प्रहरी था। लोग इस पर श्रद्धा रखते हैं या नहीं, वह नहीं जानता, पर उससे डरते हैं इसमें कोई शक नहीं। यूँ उसके अपने गणित के अनुसार तीन भाग भय है, तो एक भाग शक्ति का भी है।

पर उसका यही गणित अपनी एकमात्र सन्तान पर कितना लागू होता है इस बारे में वह दुविधाग्रस्त था। भय के नाप-जोख में उससे भूल नहीं हुई थी, पर भक्ति की जगह पुत्र पुंडरीक के हृदय में जो कुछ था, वह विद्वेष नहीं, तो विद्रोह जरूर था।

पुंडरीक बचपन से ही मातृहीन था। जमींदार का जो महल आज शम्भुनाथ के आवास में बदल गया है, उसमें आस-पास के बच्चे तो क्या बड़े भी घुसने में संकोच करते। इसलिए पुंडरीक का कोई हमउम्र दोस्त नहीं था, एक कुमुदिनी के सिवा।

कोठी के पीछे के मैदान में किसी प्राचीन दुर्ग या समृद्ध बस्ती का ध्वंसावशेष विद्यमान था। चारों तरफ बिखरे पत्थर और झाड़-झंखाड़ के बाद श्मशान था। उसके बीच में स्थित एक कुटीर में विधवा सती अपनी बेटी कुमुदिनी के साथ रहती थी।

सुन्दर चंचल गुड़िया-सी थी कुमुदिनी। शिशु पुंडरीक से तीन-चार साल छोटी वह बालिका उसके खेल की साथी और खिलौना थी। कुमुदिनी से कभी-कभार

पुंडरीक ईर्ष्या भी करता था। कितनी भाग्यवती है वह कि उसकी माँ है। कुमुदिनी के प्रति सती की ममता में वह कभी-कभी अपना हिस्सा भी जमा लेता था। अपना प्यार ममता उस मातृहीन बच्चे पर अनवरत उड़ेल देने में सती भी कभी कंजूसी नहीं करती थी। पर उसमें एक सीमा होनी चाहिए यह बात कई तरह से शम्भुनाथ ने उसे समझाने की कोशिश की थी। उसे सचेत भी किया था। अपनी भाषा में उसने कहा था, "लाड़-प्यार में पुंडरीक बढ़ेगा, तो आगे उसे तकलीफ झेलनी पड़ेगी, इसलिए विधाता ने उसे मातृ-स्नेह से वंचित रखा। बेटे को सिर्फ मेरा ही पथ अनुसरण करना होगा, सिर्फ इतना ही नहीं बल्कि मैं चाहूँगा कि वह मुझसे बहुत आगे जाए। उसे बहुत दृढ़ होना होगा।"

सती अपनी सहजात बुद्धि और करुणामय मन लिये यही समझती कि बेटा मातृप्रेम से वंचित हो, यह शायद शम्भुनाथ की अभिलाषा नहीं है, पर सती ही उस आवेग की धारा हो, यह भी उसे अभीष्ट नहीं था।

लम्बी साँस भरकर सती हँसते-खिलखिलाते झाड़-झंखाड़ टीलों के पीछे छिपा-छिपी खेलते पुंडरीक और कुमुदिनी को देखती रहती।

शम्भुनाथ खुद अचरज करता, सीने में बेटे के प्रति बहुत कोमल भाव रहने के बावजूद क्यों वह अपने व्यवहार में इतना कठोर लगता। क्यों उसकी आवाज इतनी कर्कश हो जाती? प्रेतग्रस्त व्यक्ति के अन्दर से प्रेत शक्ति को निकाल बाहर करने के लिए उसे प्राय: धमकाना पड़ता; कठोर दंड देना पड़ता। आम आदमी भी जब उससे बातें करते, तो प्रेत बाधाग्रस्त व्यक्ति ऐसा ही व्यवहार चाहता है वैसा भाव जताते। इन सारी बातों की प्रतिक्रिया उसके व्यवहार में दिखने लगी जो कि निन्दनीय थी।

यहाँ तक कि मृत पत्नी के प्रति भी वह सहृदय व्यवहार नहीं कर पा रहा था। जिस परिस्थिति में पड़कर उसने शादी की थी, उसके लिए वैवाहिक जीवन के पहले दौर में शम्भुनाथ ग्लानि का अनुभव करता। एक के बाद एक गर्भपात होने लगा था। लगता, शम्भुनाथ जिन अशरीरियों के गुस्से का कारण बना है, उन्हीं के षड्यन्त्र के कारण यह सब घट रहा था। उसके काफी सतर्कता बरतने पर भी उसकी जीवनधारा में कहीं किसी झिर्री से घुसकर वे बदला ले रहे थे।

पत्नी धीरे-धीरे अधिक से अधिक विमर्ष नजर आने लगी। वैवाहिक जीवन के गुजरते दौर में दोनों के बीच मानसिक व्यवधान बढ़ने लगा था।

आज उसे अब तक प्रभावित करने वाली कई अविस्मरणीय घटनाओं में से एक की याद आ रही थी, जिसने उसके वैवाहिक जीवन का भविष्य तय कर दिया था।

तब ओझा बीमार थे। उधर वैद्यराज विशुरथ ने भी बिस्तर पकड़ लिया था। एक दिन शाम को, एक पड़ोसी ने दौड़ते हुए आकर खबर दी, "वैद्य के पुत्र आ

रहे हैं।''

भैरव ओझा की कुटिया के आगे एक सवारी आकर रुकी। आगन्तुक का स्वागत करने के लिए शम्भुनाथ बाहर आया। पर वैद्य पुत्र विनोद रथ सवारी के पीछे चलते आ रहे थे। वह बहुत क्लान्त और विमर्ष नजर आ रहे थे।

सवारी का कपाट तब तक खुला नहीं था। वैद्य का पुत्र अन्दर जाकर ओझा को प्रणाम कर बोला, ''ओझा! आप तो जानते हो कि मेरी हतभागिनी पत्नी ने आत्महत्या की थी। अब मेरी बेटी को उसकी आत्मा ने पकड़ रखा है और उसे आत्महत्या करने के लिए उकसा रही है। वह दो बार जहर खा चुकी है। दोनों बार उसे पिताजी ने बचा लिया। एक बार अपनी साड़ी में आग लगाने लगी थी; पर आग लगी नहीं। आप लोगों के आशीर्वाद से उसी समय मेरी काकी वहाँ पहुँच गयीं। 'मुझे मेरी माँ बुला रही है', कहकर काकी से लिपटकर वह रोने लगी। अगले महीने ही उसकी शादी है और उसकी करामात देखिए!''

''तुम्हारी पत्नी की आत्मा का साया बेटी पर है, ऐसी धारणा तुम्हें क्यों हुई बाबू?''

''बेटी ने खुद ही तो कहा था, इसके अलावा मेरी पत्नी ने भी मुझसे कहा...''

''कब और कैसे?''

अँगोछा से चेहरा पोंछ लिया विनोद ने। फिर चारों तरफ डरते हुए एक बार नजर दौड़ायी। पास में शम्भुनाथ के अलावा कोई नहीं था।

''ओझा, कल शाम को मैं अपने घर के पिछवाड़े के रास्ते से घर के अन्दर जा रहा था। तालाब के किनारे जो नारियल का पेड़ है, उसके ऊपर से एक पल में कूदकर मेरी तरफ देखते हुए हतभागिनी व्यंग्यात्मक लहजे से हँसी। ओझा! पहले कभी उसने मुझे सीधी नजर से देखा नहीं था। पर मर जाने के बाद कितनी प्रखर थी वह नजर। वह जितनी बड़ी सिन्दूर की बिन्दी लगाती थी, उससे पाँच गुना बड़ी बिन्दी लगायी थी। मुझे डर-सा लगा कि कहीं वह सिन्दूर की बिन्दी उड़कर मेरे सिर पर लगकर उसे फोड़ न दे...''

''फिर?''

उसने कहा, ''मेरी लड़की को तू मार दे इससे पहले मैं उसे ले जाऊँगी।'' फिर वह हँसी। वही हँसी मेरे गाल पर, सीने पर मुक्के की तरह लगी। मैं गिर गया और बेहोश हो गया।

''तुम कहाँ से लौट रहे थे बाबू?'' ओझा ने पूछा।

''कहाँ से? अपने दोस्त भजन पाढ़ी के यहाँ से।''

''भजन तो गाँजा पीता है। तुमने भी पिया था।''

विनोद रथ शरमाकर चेहरा पोंछने लगे। फिर थोड़ा-सा खाँसकर बोले,

"ओझा! आपसे भला कोई क्या छुपा सकता है। पत्नी की मौत के बाद मैं काफी टूट गया हूँ। चिलम ने ही मुझे बचाकर रखा है।"

शम्भुनाथ ने सुना था, चिलम ने चाहे उसे बचाकर रखा हो या ना रखा हो, पर उसकी पत्नी को उसकी इसी आदत ने मौत के मुँह में धकेल दिया था। जिस दिन पत्नी ने अपने गहने के बक्से को खाली देखा; और जाना कि उसके पति ने चोरी कर बेच दिया था, वह बिल्कुल टूट गयी। वैद्यराज उस समय शैयाशायी हो चुके थे और विनोद रथ गांजे में पिता की मेहनत से कमाई गयी सम्पत्ति को भी उड़ा रहे थे।

एक दिन वैद्यराज की दुरावस्था के बारे में आलोचना करते समय शम्भुनाथ ने ओझा से पूछा था, "कहते हैं, अधर्म के रास्ते कमाया गया धन जल्दी-जल्दी उड़ जाता है। पर विशुरथ जैसे एक पुण्यवान, दूसरों के हितैषी वैद्य की सम्पत्ति इतनी अस्थायी कैसे हो सकती है?"

शम्भुनाथ ने जब अपना प्रश्न दोहराया, तब ओझा ने उत्तर दिया, "बेटा! मैं किस मर्ज की दवा हूँ कि तू मुझसे इतने बड़े सवाल के उत्तर की आशा कर रहा है। बेटा, मैं इससे भी आसान एक सवाल तुझसे करूँगा : जो वैद्यराज अपनी महिमा के द्वारा असंख्य शैयाशायी लोगों को चंगा कर चुके हैं, वही खुद आज शैयाशायी हैं, तो इसका क्या अर्थ है? आदमी के अपने बूते जैसे बहुत सारी बातें हैं, वैसे ही बहुत कुछ उसके बूते के बाहर है। आदमी का ज्ञान, विद्या, चेष्टा, प्रचेष्टा सबका मूल्य बहुत है। पर इससे भी ज्यादा ताकतवर और प्रचंड शक्तियाँ हैं। सम्पत्ति की बात कर रहा है। वैद्य न्याय के रास्ते उपार्जन कर रहा है; उसमें उसका पुण्य है। वही पुण्य अभी सम्पत्ति है। उस सम्पत्ति का कोई अपहरण कर नहीं सकता, ना ही गाँजा पीकर उड़ा सकता है। स्थूल सम्पत्ति के साथ उनके पुत्र का भाग्य भी तो जुड़ा है। बेटा हतभाग्य है। वैद्य क्या कर सकते हैं?"

विनोद रथ ने कुटिया से बाहर निकलकर सवारी में बेटी के साथ बैठी काकी को बाहर आने के लिए निर्देश दिया। काकी लड़की को पकड़कर कुटिया के अन्दर ले गयी।

शम्भुनाथ चौंक गया। कभी जिस लड़की के लिए बहुत व्याकुल होकर कामना की थी कि वह जिन्दा रहे, पर निराश हुआ था, उसी बुनि के साथ इस लड़की की सिर्फ आकार-प्रकार में ही समानता नहीं थी, बल्कि दोनों की नजर में अद्‌भुत सामंजस्य था। बुनि की उस निराश, विह्वल दृष्टि में उसके पति की निर्दयता की कहानी लिखी हुई थी। पर वैद्यराज की दुलारी कुँवारी नातिन की आँखों में भी उसी दृष्टि की यर्थाथता क्या थी?

पर कुछ देर में ही शम्भुनाथ ने उस लड़की की वैसी दृष्टि के अर्थ को महसूस

कर लिया। उसके पिता ने दिगम्बर पाणि नामक एक हितैषी से काफी कर्ज ले रखा था। उस कर्ज को माफ करके आगे और भी कर्ज देने की उदार आशा कई सालों से विधुर रहने के बाद, फिर से संसार के प्रति अपने कर्तव्य को पूरा करने के लिए उत्सुक, पाणि ने विनोद को दिया था। इसके बदले उनकी माँग बहुत ही साधारण थी, उनकी बेटी का पाणिग्रहण। खुशी से राजी हुए थे विनोद। वर-वधू के उम्र में पैंतीस साल का अन्तर, वर के दुर्गुण, यह सब बातें उसकी चिलम के आगे कोई अर्थ नहीं रखती थीं।

सत्पात्र रथ के साथ आये हुए युवक ने शम्भुनाथ से कुटिया के बाहर चुपके से कहा, ''दिगम्बर पाणि रसिक प्रवृत्ति के हैं। वह कह रहा है, घर के लिए दुल्हन तो ले जाऊँगा, पर उसके साथ प्रेतात्मा नहीं और अगर वह प्रेतात्मा उसकी सास की होगी, तो बाप रे बाप! बिल्कुल भी नहीं!''

अपनी आवाज को और भी धीमा करते हुए युवक ने फिर कहा, ''जिस लड़की का दिगम्बर पाणि जैसा नराधम त्याग कर देगा, उसका हाथ माँगने के लिए कौन आगे आएगा? लड़की को भूत लगा है दिगम्बर पाणि ही इस बात का जान-बूझकर प्रचार कर रहा है।''

कुटिया के अन्दर से ओझा ने शम्भुनाथ को पुकारा और इशारे से उसे स्थिति समझा दी। लड़की को सवारी में बिठाने से पहले ओझा ने विनोद रथ को जो कुछ समझाया, वह यह था कि लड़की साधारण अर्थ में प्रेतग्रस्त नहीं है। पर लगातार बीच-बीच में कोई शक्ति उसे कुछ समय के लिए अपने कब्जे में कर ले रही है। लेकिन वह शक्ति उसकी माँ की आत्मा नहीं है। जो व्यक्ति आत्महत्या किया रहता है, उसका प्रेत दूसरे को भी वही करने को उकसाता है। यह बात सच है, पर बहुत ही अस्वाभाविक न हो, तो किसी माँ की आत्मा अपनी ही बेटी को वैसा करने के लिए नहीं उकसाती है, क्योंकि आत्मघाती जानते हैं कि शरीर से प्राण निकल जाने के बाद उन्हें कितना तड़पना पड़ता है और उसकी आरक्षित सत्ता को लेकर कैसे निष्ठुर खेल खेलती हैं वातावरण में स्थित असंख्य दुष्ट शक्तियाँ।

ऐसी स्थिति में उस पर कड़ी नजर रखने के साथ-साथ सुरक्षा कवच पहनाने के अलावा और किसी उपचार की जरूरत नहीं है, अब सिर्फ घर के परिवेश से किसी अमांगलिक प्रभाव को दूर करना जरूरी है।

''सोच रहा था, तुझे अकेला भेज दूँगा। पर सोचता हूँ, खुद जाऊँ।'' कहते हुए ओझा उठ खड़े हुए।

''नहीं बाबा, आप नहीं जा सकते। आपको तकलीफ नहीं देने के लिए ही तो वे सवारी पर लड़की को लेकर आये हैं। फिर आपके जाने का सवाल क्यों खड़ा हो रहा है?'' शम्भुनाथ ने प्रतिवाद किया।

कुछ समय चुप रहकर कुछ सोचा ओझा ने। फिर वह बोले, ''बेटा! वैद्य विशुरथ ने अपनी तकलीफ का ख्याल किये बिना कितने लोगों का हित किया है; आज अगर उनके परिवार पर विपत्ति आयी है तो मैं न जाकर कैसे रह सकता हूँ भला?''

ओझा के साथ तर्क करने की हिम्मत शम्भुनाथ में नहीं थी।

यात्रा शुरू हुई। सवारी के साथ ताल मिलाकर विनोद रथ चलने लगे। बीमार ओझा को बीच-बीच में सहारा देते हुए शम्भुनाथ और साथ आया युवक कुछ धीमी गति से चलने लगे।

सवारी के पहुँचने के लगभग एक घंटे बाद ओझा पहुँचे। ओझा के आने का समाचार पाकर किसी तरह अपने कमरे से निकलकर बरामदे में आकर दीवार पर टेक लगाकर विशु रथ बैठे रहे। ओझा ने पहुँचकर उन्हें प्रणाम किया। दोनों की आँखें छलछला आयीं।

''बहुत तकलीफ उठाया ओझा! भगवान जिसके अवलम्बन हैं, उन्हें मैं अकिंचन भला क्या कहकर धन्यवाद दूँ।''

बहुत ही दुखी होकर इतना कहकर विशुरथ ने चारों तरफ देखा और दूसरों तक अपनी धीमी आवाज नहीं पहुँच रही होगी, इस ओर से निश्चिन्त होने के बाद बोले, ''मेरा लड़का विनोद नकारा हुआ तो हुआ, पर इतना मूर्ख होगा, ऐसा मैंने सोचा भी नहीं था।''

उनकी आवाज में विषाद और क्षोभ भरा था। उनकी लम्बी साँस उनकी असहायता की सूचना दे रही थी।

बातचीत चल ही रही थी कि अचानक घर के पिछवाड़े से कुछ लोगों की चीखने की आवाजें आयीं; ''भागा, भागा, पकड़ो, पकड़ो! रोको, दौड़ो!''

चौड़े बरामदे में दो-तीन पड़ोसियों के साथ खड़ा शम्भुनाथ, ओझा के इशारे पर बात क्या है जानने के लिए घर के पिछवाड़े की तरफ दौड़ा।

लड़की भाग रही थी। उसका पीछा करने वालों की संख्या धीरे-धीरे बढ़ने लगी। पर दौड़ते-दौड़ते लड़की बीच-बीच में कहीं गायब हो जाती।

इतना बड़ा मैदान, उस पर झाड़-झंखाड़ों का रेला, और कई कुटियों के मेल में छुपा-छुपी के खेल की सम्भावना काफी थी। वह छुप जाती, फिर नजर आ जाती। शाम के धुँधले दिग्वलय और आकाश के फलक में वह एक चमकीली कल्पना-सी नजर आती और फिर गायब हो जाती।

वह नदी के किनारे पहुँची। नदी में तब बाढ़ आयी हुई थी। किनारा लाँघने में देरी होने के बावजूद भयंकर भँवरों का सृजन करते हुए नदी की धारा उद्दाम गति से बह रही थी।

नदी के बाँध पर खड़े होकर लड़की कभी नदी, तो कभी पीछे दौड़कर आते हुए लोगों को देखती, पीछा करने वाले लोगों के हुजूम में शामिल थे स्वयं दूल्हे राजा दिगम्बर पाणि।

उन्हें देखकर लड़की हँसी। वह हँसी भयावह थी।

और कहीं भाग जाने का या छिप जाने का उपाय नहीं था। पीछा करने वालों की गति अपने आप धीमी होने लगी थी।

लड़की एक बार फिर हँसी और नदी में कूद गयी।

उस अप्रत्याशित धक्के का पल गुजरते ही हृदय-विदारक चीख गूँज गयी। धारा में बहकर जाती लड़की के समान्तराल में लोग किनारे-किनारे कुछ दूर दौड़े, बस उतना ही।

शम्भुनाथ पीछे रुक गया था। वह कच्छा को ठीक से बाँध रहा था। फिर दौड़ते हुए सभी को पार कर वह जान की बाजी लगाकर नदी में कूद पड़ा।

पहले तो सब स्तब्ध हो गये, फिर शम्भुनाथ को क्या करना चाहिए, इस पर सभी अपना-अपना उपदेश देने लगे। पर वह सारी बातें शम्भुनाथ तक पहुँचाना सम्भव नहीं था। वे बस अपना कर्तव्य निभा रहे थे।

तीव्र स्रोत का चक्रव्यूह भेदकर शम्भुनाथ ने जाकर लड़की की बाँह पकड़ तो ली पर, दोनों साथ-साथ धारा में बहने लगे।

''गये! हाय! हाय! दोनों बह गये।''

किसी ने अपनी चिन्ता व्यक्त की। औरतों की दबी-दबी रुलाई तब गलाफाड़ रुदन में बदल गयी।

लड़की को तैरना आता था और शायद तब तक मरने का उत्साह उसमें घटने लगा था; शायद मौत के भँवर में पिसने के अनुभव ने मौत की सीमान्त आबोहवा का जो स्पर्श उसे दिया था, अन्ततः वही उसके लिए पर्याप्त था।

या फिर यह भी हो सकता है कि अपनी जान की बाजी लगाकर उसे बचाने का वह उद्यम, उसकी वह आत्म-विस्मृत, निर्मल शुभेच्छा से भरी हुई बचाने की वह चाहत लड़की के जीवन को एक गौरवमय दिशा की ओर सचेत कर गयी थी; जीवन के प्रति उसके दिल में आशा का संचार हुआ था।

उसे किनारे की तरफ लाने की शम्भुनाथ की कोशिश में खुद लड़की ने भी सहयोग किया। दोनों बाँहों का सहारा देकर शम्भुनाथ उसे किनारे पर चढ़ाना चाहता था, पर लड़की ने उसे ऐसा करने नहीं दिया। शम्भुनाथ का थोड़ा-सा सहारा लेकर वह खुद ऊपर उठ गयी।

''वाह! तुम एक बहादुर लड़के हो। अब तुम जाओ। हमारी औरतें अब उसकी देखभाल कर लेंगी।'' दिगम्बर पाणि ने शम्भुनाथ को निर्देश दिया। एक विपत्ति से

उबरकर आयी अपनी भावी वधू को मानो इससे भी ज्यादा भयावह दूसरी एक सम्भावित विपदा से मुक्त करना चाह रहा था दिगम्बर।''

''शैतान!'' कहकर चिल्लाते हुए, लड़की ने नदी में कूदने से भी बड़ा नाटकीय कदम उठाया। बहुत ही अप्रत्याशित, बहुत ही अविश्वसनीय।

उसने दिगम्बर पाणि की गरदन पकड़ ली।

''ओहो, ओहो, मर गया'' कहते-कहते दिगम्बर की आवाज धीमी होती गयी। वह नीचे बैठ गया। लड़की को कुछ औरतें पकड़कर ले गयीं।

शम्भुनाथ ने वह दृश्य नहीं देखा। वह नदी के किनारे चित्त लेटा हुआ था। गाँव के दो-चार युवक उसे उठाकर वैद्य के घर ले गये। बीच रास्ते में शायद वह बेहोश हो गया था। युवकों ने वैद्य के निर्देशानुसार उसका यथासम्भव उपचार किया।

कुछ समय बीत जाने के बाद नीम बेहोशी की हालत में उसने ओझा से वैद्य विशु रथ को पछतावा भरे शब्दों में कहते सुना : ''आखिरी साँस लेने से पहले मेरी देवी जैसी नातिन की यह दुर्दशा मुझे देखनी पड़ी, ओझा! उससे शादी करने के लिए दिगम्बर पाणि ने मना कर दिया है।''

''बहुत सुलक्षणी है आपकी नातिन, वह अपने पति की रक्षा कवच साबित होगी। उसके इस सामयिक उन्माद का प्रतिकार मुझे पता है। आपके आशीर्वाद से वह स्वस्थ होगी। उसे मन्त्र-स्नान कराएँगे। घर में यज्ञ करके उसे बीच-बीच में तंग करने वाली शक्ति को विदा करेंगे। वैसे उसकी शादी आप करा दीजिए।''

''वही तो समस्या है, ओझा! उसकी इस बदनामी के बाद उससे कौन शादी करेगा?''

''पात्र योग्य होना चाहिए।'' ओझा ने अनमना-सा होकर जवाब दिया।

''मैं हँसूँ या रोऊँ, ओझा? यहाँ तो लड़का ही नहीं है, फिर सुपात्र कैसे मिले! तुम ला सकते हो, ओझा?''

''आपका आशीर्वाद हो, तो पा सकूँगा।''

नीम बेहोशी की हालत में भी स्पन्दित हो गया शम्भुनाथ।

पर उस सिहरन का कारण क्या है इसका विश्लेषण उसने नहीं किया। उसके बाद क्या बातचीत हुई, वह सब भी उसके कानों में नहीं पड़ी।

दूसरे दिन एकान्त में ओझा ने शम्भुनाथ को समझाया था, सिर्फ लड़की को संकट से उबारने के लिए या वैद्य विशु रथ के प्रति श्रद्धा के लिए वह यह शादी कराना चाहता है, ऐसा नहीं है, बल्कि इसलिए भी चाहता है कि उसकी अन्तरात्मा कह रही है कि यह लड़की उसके लिए उपयुक्त है।

शम्भुनाथ ने अपनी आपत्ति जतायी थी। कहा था, वह शादी नहीं करना चाहता है।

ओझा की हँसी में अँजुरी-भर रहस्य झर रहा था।

"बेटा! मेरी समझ में तेरा गृहस्थ होना ही ठीक है।"

"सोचा था, आपसे शिक्षा प्राप्त करने के बाद वाराणसी जाकर किसी गुरु से तन्त्र विद्या सीखूँगा।"

"पर... ठीक है बेटा! अब तू खुद ही निर्णय ले। मन ही मन देवी की प्रार्थना करता रह।" ओझा ने कहा।

यज्ञ और मन्त्र-तन्त्र में सारा दिन बीता। आराधना नामक उस लड़की ने अपने को उस अनुष्ठान में सम्पूर्ण रूप से समर्पित कर दिया था।

शायद अग्निशिखा और धुएँ के छल्लों के उस पार नजर आ रहे हैं उसके रक्षाकर्ता के उद्देश्य में उसके समर्पण का कुछ अंश मानो धीमी गति से बह रहा था।

"आपका परामर्श शिरोधार्य है।" शाम तक शम्भुनाथ ने ओझा से अपनी बात कह दी। तब तक उस वैद्यपुरी के विषण्ण वातावरण में अनुभूत हुई थी एक अनुच्चारित उत्सव की ध्वनि।

वैद्य धीरे-धीरे निस्तेज होने लगे थे। तीसरे दिन उन्होंने प्राण त्याग दिये। पर उनके मुखमंडल पर उज्ज्वल स्वस्ति और आश्वस्ति थी।

लगा, उस दिन से ओझा की जीवनी-शक्ति का भी तीव्र गति से ह्रास होने लगा है। मानो सभी के अनजाने में वैद्य और ओझा के अन्दर एक रहस्यमय घना सम्बन्ध विद्यमान था, जैसे दोनों एक-दूसरे के पूरक थे।

इस तरह शम्भुनाथ की स्थिति-वलय के अन्दर एक के बाद एक विशेष घटनाएँ सुखकर और दुखभरी घटित होती रहीं।

पहले आराधना और शम्भुनाथ की शादी हुई। तब तक शम्भुनाथ के पिता रघुनाथ जीवित थे, पर ऐसे, मानो अपनी एक छाया मात्र हों! पिता के यन्त्र में बदल गये अस्तित्व को बनाये रखने के लिए शम्भुनाथ ने सारी जरूरी व्यवस्था कर रखी थी। इसके बाद हफ्ते में एक-दो दिन ही घर में बिताना काफी था।

शादी के कुछ दिन बाद ही जमींदार राजा मन्दरधर राय की मौत हो गयी। शम्भुनाथ पारम्परिक श्राद्ध कर्म में उत्तराधिकारी विनयभूषण का सबसे बड़ा सहायक रहा।

उसके बाद रघुनाथ अपनी मौत का इन्तजार करते हुए तीन महीने तक अचल अवस्था में पड़ा रहा। नववधू आराधना चुपचाप अनवरत उसकी सेवा में लगी रही। शम्भुनाथ अचरज करता। उस दिन की वह बिजली की भाँति हँसने वाली चपल

लड़की, नदी में कूद पड़ने वाली जिद्दी तरुणी, दिगम्बर पाणि का गला दबाने का प्रयास करती वह चंडी रूपिणी तरुणी और अब की इस शीलवती पत्नी के बीच मिलान करना उसके लिए कठिन था।

आराधना के साहचर्य में मुग्ध और पिता की देखभाल करने वाले कर्तव्यरत शम्भुनाथ के ऊपर भीषमपुर की जमींदारी सम्बन्धी दायित्वों को एक के बाद एक ऊपर लादने लगा नया जमींदार विनयभूषण। मजबूरन भीषमपुर में ही शम्भुनाथ को रुक जाना पड़ा। ओझा के साथ स्थूल सम्पर्क धीरे-धीरे कम होता गया।

रघुनाथ की मौत के कुछ दिन बाद अपनी मिट्टी की झोंपड़ी की मरम्मत के समय शम्भुनाथ ने सपत्नीक कुछ दिन के लिए हवेली में पनाह ली। उसी समय अपनी जागीर घूमने आये विनयभूषण ने उससे कहा, "इतनी बड़ी हवेली में कोई नहीं रहेगा, तो इसका नुकसान होगा। और तुम्हारे सिवा यहाँ कौन रह सकता है?"

प्रश्न यथार्थ था। उसके बाद हवेली ही शम्भुनाथ का घर बन गयी। निचली मंजिल पर गुमाश्ता, मुनीम की कचहरी, सभाकक्ष और रसोई थी। ऊपरी मंजिल के बड़े हिस्से में शम्भुनाथ की गृहस्थी और उसकी पूजा की कोठरी थी। दूसरा हिस्सा जमींदार विनयभूषण के लिए सुरक्षित था।

भैरव ओझा शम्भुनाथ को स्वतन्त्र रूप से गुनिया विद्या का प्रयोग करने का अधिकार दे चुका था। जमींदारी की देखभाल करने के साथ-साथ शम्भुनाथ प्रेतबाधा ग्रस्त लोगों का उपचार भी करता। उस समय वह अपने पद की मर्यादा को भूल जाता। ओझा के साथ एकीभूत होने की कोशिश करता। जमींदार की सेवा करना उसकी वृत्ति थी, गुनिया विद्या उसके अन्तर की प्रवृत्ति थी। यह कर्म भगवत प्रेरित है, इस बात का अनुभव करने से, या फिर इसे भगवत समर्पित कर पाने पर यही उसका योग मार्ग होगा— एक दिन अपनी सरल सहज शैली में ओझा ने उसे समझाया था। समय के अभाव के कारण साँप-बिच्छू की चिकित्सा से वह खुद परे हट गया। उस काम के लिए उसकी तुलना में ओझा के दूसरे शिष्य ज्यादा योग्य और सुलभ थे।

भीषमपुर में लगभग एक साल बीतते-बीतते उसे खबर मिली कि ओझा की तबीयत बहुत खराब है। शम्भुनाथ गहरे ग्लानिबोध से आक्रान्त हो गया। मानो उसने गुरु के प्रति विश्वासघात किया हो। एक तिनके की भी आशा न करते हुए अपनी विद्या और उसके साथ-साथ अपनी श्रद्धा, शक्ति शिष्य के अन्दर संचारित करने को तैयार ओझा से वह जितना ले पाया, वह कम था। इससे ज्यादा ले पाता, तो ओझा और सन्तुष्ट हो पाते। ओझा की सन्तुष्टि ज्यादा से ज्यादा देने में थी— लेने में नहीं।

शम्भुनाथ जितनी जल्दी हो सकता था, बीमार ओझा के पास पहुँच गया। ओझा की आपत्ति-अभियोग की परवाह न करते हुए गाँव के प्रधान उनकी पूरी देखभाल

कर रहे थे। एक दूर-दराज के कविराज दवांई दे रहे थे।

आनन्द की एक क्षीण लहर ओझा के मुखमंडल पर लहरा गयी। वह अपलक शम्भुनाथ की संकोचभरी आँखों पर नजर गड़ाये रहे। उस नजर में शिकायत का हल्का-सा भी आभास नहीं था। अपने जीवन के उस अन्तिम समय में ओझा शम्भुनाथ को जैसे कुछ और विद्या दान करना चाहते थे, पर उनमें अब उतनी शक्ति नहीं थी।

हमेशा के मितभाषी ओझा अचानक स्मृति प्रवाह में मानो अकृपण हो गये थे। अपने गुरु को याद करते थे। उनका गुणगान कर पाते, तो शायद खुश होते, पर जल्दी ही थक जाते थे।

भैरव ओझा के गुरु कोई साधारण ओझा नहीं थे। वह थे अवधूतपन्थी आध्यात्मिक साधक। तान्त्रिक तथा गुनिया विद्या में पारंगत। एक बार वह शिष्यों के साथ तीर्थ से तीर्थान्तर जाने वाले मार्ग पर, चंडीनगर में् रुक गये थे। आज का ओझा उस समय का बालक था। अपने पिता के लिए चंडीनगर के विख्यात हाट में बेंत के कुछ सामान खरीदने गया था, जहाँ अवधूत की नज़र उस पर पड़ी और यूँ ही वह आकर्षित हो गये थे।

पिता की अनुमति लेकर अवधूत के साथ बालक ओझा ने उनके अन्तरंग सेवक के रूप में पाँच साल इधर-उधर और ज्यादातर वाराणसी में घूमते हुए बिताया। अवधूत ने उसे ओझा में परिणत किया।

अवधूत ने अपने एक और शिष्य को शास्त्रीय तन्त्र विद्या सिखायी थी। आधी रात को अपने गुरुभाई को जब पोथीपत्र में डूबे हुए ओझा देखते, तो उनका भी मन करता कि काश! वह भी तन्त्र विद्या सीखते!

''बेटा! तेरे अन्दर योगी बनने के सारे गुण निहित हैं, साधना के रूप में तन्त्राभ्यास के लिए दूसरी तरह की तैयारी की जरूरत है। तेरा हृदय बहुत कोमल है। उस हृदय को मैं सख्त कर पाता, अगर मेरी लम्बी उम्र होती, पर ऐसा नहीं है। इस जीवन में तू निरहंकार भाव से लोगों की सेवा करेगा। याद रख, यही तेरी योग साधना है। अगर तेरा भाग्यविधाता सिद्धान्त लेगा, तो अगले जन्म में तू तन्त्र साधक होगा, किसी मामूली सिद्धि के लिए नहीं बल्कि अपनी मुक्ति के लिए।'' गुरु ने कहा था।

स्मृतिमन्थन करने के बाद ओझा अपने ऊपर मन्तव्य देते हुए बोले, ''योगी कौन है, यह ओझा कौन है?''

''अगर आप योगी नहीं हैं, तो फिर कौन है?'' यह प्रश्न पूछने के लिए शम्भुनाथ व्यग्र था, पर पूछकर कोई फायदा नहीं था, यह वह जानता था।

''मेरा जाने का वक्त हो गया है। ईश्वर तुम्हारा मंगल करे।'' मानो अपनी

कार्यसूची से भूल गया कोई काम अचानक याद आ गया हो, उसी लय में ओझा ने कोमल स्वर में कहा।

शम्भुनाथ ओझा की इस घोषणा को तुच्छ भावावेश के रूप में ले नहीं सकता था, ओझा हमेशा सत्यवादी थे।

अगर ओझा को इस जीवन से अन्तत: विदाई लेनी ही है, तो क्या वह उसकी सन्तान के रूप में लौट नहीं सकते? उनकी उच्च से उच्च तन्त्र शिक्षा देने की सारी व्यवस्था शम्भुनाथ करता।

''आप पुनर्जन्म लेंगे, ओझा?''

''और कोई गति तो नहीं है बेटा! मैंने निर्वाण की या मोक्ष की तो साधना की नहीं है।''

शम्भुनाथ ने फिर कुछ नहीं कहा, पर वह जानता था, अगर मोक्ष का अर्थ प्रकृति प्रदत्त वासना कामना से मुक्ति है, तो ओझा खुद इस बारे में जानते हों या नहीं, पर वह एक मोक्ष प्राप्त आत्मा हैं।

ओझा ने फिर कहा, ''जन्म तो मुझे लेना होगा, पर जल्दी या देरी से, वह मेरे विधाता जानते हैं।''

गहरी स्नेहभरी नजरों से ओझा बार-बार शम्भुनाथ की तरफ देख रहे थे, मानो शिष्य की वासना को वह समझ रहे थे। फिर, मुस्कराकर, उस प्रसंग से हट जाने के मानस से हो, या जीवन के बचे हुए कम समय का ख्याल करते हुए हो, जो बात ज्यादा महत्त्वपूर्ण थी उसी पर आते हुए ओझा बोले, ''बेटा, अगर किसी ने एक करोड़ की चाहत की हो, पर उसकी एक ही इच्छा पूरी हुई हो, तो वह बहुत दरिद्र है। जिसने कुछ नहीं चाहा, वह अमीर न हो, पर दरिद्र नहीं है। तू संसारी है। तुझे इच्छा करनी होगी। पर ईश्वर ने खुद-ब-खुद तेरी चाहत पूरा करने का बन्दोबस्त कर दिया है। इसलिए जो विद्या तूने सीखी है, उसे लोगों की निर्मल सेवा में लगाना; अपने स्वार्थ के लिए नहीं बल्कि किसी और के स्वार्थ के लिए...''

शम्भुनाथ ने सिर झुका लिया। ओझा से अलग मन्त्र-तन्त्र का उपयोग करने का सुयोग पाते ही उसने अपनी उस स्वतन्त्रता का दुरुपयोग किया था, मित्र विनयभूषण के अनुरोध को टाल न पाकर कुसुमिता पर वशीकरण मन्त्र का प्रयोग करके। क्या ओझा इस बारे में जान चुके हैं?

''अगर तन्त्र के प्रति तेरा आग्रह प्रबल होगा, तो वाराणसी जाकर मेरे गुरुभाई आचार्य भास्कर शास्त्री से भेंट करना। वह तन्त्रसिद्ध महापुरुष हैं। समस्या है कि अगर कोई तन्त्र विद्या के मूल लक्ष्य को भूल जाएगा, तो फिर वह मुक्ति-मार्ग में न जाकर रसातलगामी होगा।''

जो बात कहने के लिए ओझा इतनी सारी बातें करता रहा, आखिर में वह बात

उसे याद आ गयी। उसने पूछा, "तन्त्र-मन्त्र की तुलना में सबसे ज्यादा भरोसेमन्द अवलम्बन क्या है, जानता है?" अपने पूर्व जीवन के एक विशेष अनुभव का वर्णन करके ओझा ने अपने ही प्रश्न का उत्तर दिया। उस अनुभव का संक्षिप्त रूप कुछ यों है :

ओझा के रूप में उन्होंने नया-नया सुनाम अर्जन किया था। एक दिन दस कोस दूर के एक अमीर व्यक्ति के यहाँ से बुलावा आया। पर विशेष जरूरी न होने के कारण, सन्देशहारी से गन्तव्य तक पहुँचने का सविस्तार विवरण लेकर दो दिन बाद अकेले यात्रा शुरू की।

सारा दिन चलने में बीत गया। आधा कोस में व्याप्त खेत पार कर लेने पर मंजिल तक पहुँच जाने की उम्मीद थी।

उस खेत के बीचोंबीच पहुँचते ही पानी बरसने लगा; साथ ही तेज हवा बहने लगी। धुँधला अँधेरा और तेज हवा की लहर को धकेलते हुए वह बढ़ते रहे, कभी-कभी हवा ही उन्हें आगे की ओर ढकेल दे रही थी।

खेत पार करते ही अँधेरा गहरे से गहरा होता गया और बरसात तेज हो गयी। उस तूफान में पूरा गाँव सन्नाटे में गुम-सा था।

उस अमीर व्यक्ति का घर ढूँढ़ना समय की बर्बादी थी। पहले तो आश्रय की जरूरत है। गाँव में घुसते ही जो पहला मकान दिखा उसका फाटक उलटा पड़ा था। ओझा उसे लाँघकर बरामदे पर चढ़ गये। बरामदे पर भी आँधी-तूफान का प्रकोप कम नहीं था। हवा के झोंकों से घर का दरवाजा खुल गया और वह भी मानो अन्दर की तरफ धकिया दिए गये।

यह किसका घर है? अन्दर कहीं कोई है, ऐसा नहीं लग रहा था। तूफान के प्रकम्पन में वह सुन रहे थे, कई तरह की ध्वनि-प्रतिध्वनि, व्याकुल प्रार्थना। वह अपने को प्रेतावेश-निवारक मन्त्र द्वारा सुरक्षित रखे हुए थे। अब वह स्वत:स्फूर्त कई शान्तिमन्त्र पढ़ने लगे।

टूटे हुए छप्पर के रास्ते बिजली चमक रही थी। आलोक के उस विस्फोरण का पीछा ध्वनि का विस्फोरण कर रहा था। कुछ हिस्सा ईंट और कुछ हिस्सा कच्ची मिट्टी से बने उस मकान की पुरानी दीवार आवाज करते हुए गिरी। ओझा के ऊपर कीचड़ भरे पानी का छींटा पड़ा।

और उसी असतर्क पल में उनके सीने में डर समा गया। वह मन्त्र पाठ भूल गये और चिल्ला पड़े, "माँ दुर्गे दुर्गतिनाशिनी! माँ!"

वह नीचे बैठ गये। उन्हें लगा, इससे पहले जीवन में कभी उन्होंने उस तरह से इतनी आन्तरिकता में, इतने अन्तरंग, भरोसेमन्द स्वर में दिव्य जननी का स्मरण नहीं किया था।

साधारण अर्थ में तब उन्हें होश था या नहीं, वह विशेष बात नहीं है। पर वह देख पा रहे थे। अपनी खुली आँखों से— उनकी तरफ ससंकोच नजर डालकर तीन छायामूर्तियाँ उन्हें नमस्कार कर वहाँ से जाने लग गयीं। वह एक अविस्मरणीय अनुभूति थी। 'दुर्गे दुर्गतिनाशिनी' का ध्वनि-तरंग मानो उन्हें बहा ले जा रहा था। धीरे-धीरे वह विलीन हो गये। अपूर्व शान्ति थी उनके लिए और ओझा के लिए भी। सुबह तक ओझा पाठ करते रहे, या देवी सर्वभूतेषु... मातृ रूपेण... शान्ति रूपेण... मुक्ति रूपेण... आदि।

आँधी-तूफान थम गया। सुबह हुई। सिर से पाँव तक भीगे हुए ओझा फाटक की तरफ बढ़े, तो देखा उस दिन का सन्देश दाता उस रास्ते से गुजर रहा है।

उसकी दृष्टि आकृष्ट कर ओझा मुस्कराये, तो उन्हें देखते ही वह चिल्लाते हुए दौड़ा और पास ही एक मकान के द्वार पर गिरकर बेहोश हो गया।

लोग दौड़े। ओझा भी वहाँ पहुँच गये।

जल्द ही इसका रहस्य उद्घाटित हो गया।

ओझा जिस मकान में रात को आश्रय लिये थे, वह उस अमीर व्यक्ति ने कुछ दिन पहले ही खरीदा था। पर भुतहाघर के नाम से कुख्यात था वह मकान। उसी घर के अन्दर से सुबह की धुँधली रोशनी में, कीचड़ के छींटों के कारण अद्भुत नजर आ रहे ओझा को बाहर निकलते देख उन्हें साक्षात भूत समझकर वह डर गया था।

उस मकान को ओझा शापमुक्त करें, यही उस अमीर व्यक्ति का आवेदन था। यही बात सन्देशवाही ने उन्हें बतायी भी थी। पर आश्चर्य की बात, देवयोग से वह उसी मकान में आश्रय लिये रहे। रातभर यह ख्याल उनके मन में नहीं आया।

नहा-धोकर अमीर व्यक्ति के दिए नये परिधान बहुत संक्रोच के साथ पहनकर सभी की सन्तुष्टि के लिए यथाविधि क्रियानुष्ठान किये, मन्त्र पढ़े, पर वह जानते थे कि इस सबकी अब कोई जरूरत नहीं है। मकान नहीं, बल्कि मकान के अशरीर बाशिन्दे रात में ही शापमुक्त हो चुके थे।

"याद रख, बेटा, मन्त्र-तन्त्र, याज्ञ-यज्ञ— इन सबके ऊपर सबसे बड़ा अवलम्बन तेरे अपने अन्तर की प्रार्थना है; तेरे लिए सबसे बड़ी ताकत तेरा अपना विश्वास है; सबसे बड़ा सहारा दिव्य जननी की करुणा है। एक पल में ही यह बात मैं उस दिन समझ गया था। इससे ज्यादा महत ज्ञान मेरे पास नहीं है। तुझे मैंने यह प्रदान किया। तू ले सकेगा तो तेरी भलाई होगी।"

यही था ओझा का आखिरी कथन। उन्होंने आँखें बन्द कर लीं, लगा, सो गये।

अपूर्व संयोग से उसके दूसरे दिन वहाँ उनके गुरुभाई आचार्य भास्कर शास्त्री पहुँचे।

वाराणसी से आचार्य कालीघाट आये थे। वहाँ से पुरी जाते समय ओझा से मिलने की तीव्र इच्छा के चलते अपनी यात्रा की गति कुछ परिवर्तित करते हुए वहाँ पहुँचे। रास्ते में उन्हें ओझा की तबीयत के बारे में पता चला।

'शिव दुर्गा, शिव दुर्गा' कहते हुए शास्त्री कुटिया के अन्दर गये। ओझा ने आँखें खोलीं। कुछ इशारा किया, 'शिव दुर्गा, शिव दुर्गा' कहते हुए आचार्य ने उनके सिरहाने बैठकर सिर पर हाथ रखा।

दोनों ध्यानमग्न रहे। उसी अवस्था में ओझा का जावन-प्रदीप प्रशमित हो गया। भास्कर शास्त्री की प्रत्यक्ष देखभाल में उनका अन्तिम संस्कार किया गया।

आठ

उस दिन शम्भुनाथ ने पुंडरीक को यह बात याद दिला दी थी, कि अगले दिन उसका 18वाँ जन्मदिन है। पुंडरीक को लगा, शम्भुनाथ उसे जन्मदिन याद कराकर यह जतला रहे हैं कि अब तक के उसे याद रहने वाले जन्मदिनों से यह अलग है। पता नहीं क्यों पुंडरीक को यह भिन्नता शुभ-सूचक नहीं लगी।

भोर में, नदी में नहाते समय उसे कुछ परेशानी-सी महसूस हो रही थी। किनारे में झाड़-झंखाड़ों की कतार थी और थे मकानों के ध्वंसावशेषों के ढेर, जो अपनी दयनीयता को प्रकट करते हुए कोठी की महत्ता को प्रतिपादित कर रहे थे। उस विराट महल के बाशिन्दे शम्भुनाथ की प्रचंडता को जाहिर करने के लिए कोठी के परिसर में परिचारकों के अलावा दो मासूम प्राणी— विधवा सती एवं उसकी बेटी कुमुदिनी भी विद्यमान थे। सती ने अपने अस्तित्व को दबा कर रखा था ऐसे कि शम्भुनाथ का व्यक्तित्व और अधिक प्रज्वलित रहे और कुमुदिनी अपनी मधुर, चंचल, पल-पल लालित्य भरी चपलता को धारण किए रहती, ताकि उसके फलक पर शम्भुनाथ का गाम्भीर्य अधिक प्रभावशाली हो सके।

सूर्योदय के साथ ही 19वें वर्ष में पदार्पण करने वाले पुंडरीक को अपने पिता शम्भुनाथ जो कि उसके गुरु भी हैं, को प्रणाम करना होगा। शम्भुनाथ को पिता के रूप में पाने में उसकी पसन्द-नापसन्द का कोई सवाल नहीं था। पर शम्भुनाथ उसके गुरु की भूमिका में अवतीर्ण नहीं होते, तो वह निश्चित रूप से आश्वस्त होता। पर इस होनी को रोक पाने की सम्भावना भी नहीं थी। पुंडरीक के होश सँभालते ही शम्भुनाथ अपनी भूमिका को उजागर करता आया है।

बहुत पास आने पर ही चेहरा पहचानने में आ पाए, उतना ही उजाला फैला था उस समय। पर झाड़-झंखाड़ के बीच से जो आकार बढ़ता चला आ रहा था, एक संकोच और मर्यादा के साथ चला आ रहा था— उसे पहचानने में पुंडरीक को एक क्षण भी नहीं लगा।

पुंडरीक के किनारे पहुँचते ही कुमुदिनी ने उसे प्रणाम किया। अँधेरे के बावजूद वह जगमगा रही थी, पुंडरीक के मन के अन्दर ही नक्षत्र की दीप्ति की तरह।

पुंडरीक की इच्छा थी कि कुछ मधुर बातें कहकर वह कुमुदिनी से अपनी कृतज्ञता जाहिर करता। पर तुरन्त ही उसे लगा कि इस समय किसी भी तरह की बातों का आदान-प्रदान मानो उस महनीय पल के एहसास को आहत कर सकता है। इसलिए दोनों चुप खड़े रहे। उस सन्नाटे में मानो भरपूर जीवन्तता थी और कुछ आखिरी नक्षत्रों की विदाई गीत की गमक। उस गूँज में थी स्वाभाविक मृदु करुणा।

शैशव के आकर्षण की देहरी लाँघने के बाद से ही पुंडरीक और कुमुदिनी इस करुणा का अनुभव कर रहे थे, क्योंकि उनके सम्बन्धों की नियति उनके लिए अन्धकारमय थी।

कुमुदिनी पहले बोली, ''तुम जाओ। बाबू इन्तजार कर रहे होंगे। माँ ने कल रात से ही तुम्हारे लिए मिठाई बनाकर रखी है। जब भी चाहो आकर खा लेना। मैं चलती हूँ।''

दूसरा रास्ता पकड़कर कुमुदिनी वहाँ से हट गयी। पुंडरीक इसका अर्थ समझता था। शायद दोमंजिले मकान के बरामदे से शम्भुनाथ की प्रखर दृष्टि उन पर हो। जो नजर अशरीरियों को देख सकती है, हल्के अँधेरे को पार कर वह नजर कुमुदिनी को कैसे नहीं देख पाएगी?

कुमुदिनी को यह भी डर लगता था कि कहीं शम्भुनाथ की दृष्टि उसके मन को भी न ताड़ जाए। जमींदार विनयभूषण भीषमपुर गश्त में आते, तो सती को रसोई की जिम्मेदारी लेनी पड़ती। कुमुदिनी माँ की सहायता करती। उस समय शम्भुनाथ उसके पास से गुजरता, तो कुमुदिनी अपने असहाय मन को अपने अन्दर सिमटाकर छुपाने की कोशिश करती।

कोठी की सीढ़ी चढ़ते हुए पुंडरीक के मन में 12 साल की एक अविस्मरणीय अभिज्ञता ताजा हो उठी। उस दिन दोपहर के वातावरण में एक सुगम्भीर सन्नाटा घिर आया था। सूर्यास्त होने से पहले ही सिर के ऊपर घने काले बड़े-बड़े दो बादलों ने आपस में मिलकर पूरे आकाश और पृथ्वी पर से मानो सूर्य का परिचय ही मिटा दिया। अचानक तेज हवा बहने लगी, जैसे पेड़-पौधों के बीच में कोने अन्तरे में ढूँढ़ रही हो कि कहीं तिनका भर सूर्य वहीं कहीं छिपा हुआ तो नहीं है।

पुंडरीक के साथ खेल में मगन कुमुदिनी दौड़कर माँ के पास चली गयी। प्रकृति

का वह भयावह रूप, प्रकाश की असहायता और उस पर एक तेज वज्रध्वनि ने पुंडरीक के दिल में एक भूकम्प का सृजन किया। वह भी कुमुदिनी के पीछे-पीछे दौड़ा। सती के गोदी में लेते ही वह रो पड़ा। इससे पहले भय के समय किसी का उसे इस तरह गोदी में भर लेने का अनुभव उसकी स्मृति में भी नहीं था। स्मृति के सुगठित होने से पहले ही वह मातृहारा हो गया था।

निरापद आश्रय में जाकर रोना तज कर प्रकृति के रौद्र रूप को देखने के लिए पूरी तरह आँखें खोलकर देखा, तो उस रौद्रता के साथ एकीभूत हुए शम्भुनाथ के ऊपर ही उसकी पहली नजर पड़ी।

"पुंडरीक! इस तरह से डरपोक होने से काम नहीं चलेगा!" चेतावनी भरी गम्भीर आवाज में इतना कहकर उन्होंने सती की गोद से उतर आने के लिए तर्जनी से उसे निर्देश दिया।

"प्रकृति के विविध रूप हैं। उनमें से यह भी एक है। इसमें डर कैसा? जीवन के भी अनेक रूप हैं। आम इनसान की नजर में कोई रूप कोमल है, तो कोई भयंकर। पर मेरी नजर में तुझे हर रूप एक तरह दिखना चाहिए। समझा?"

छह साल के पुंडरीक में शम्भुनाथ की इस दार्शनिकता को समझने की सम्भावना नहीं थी। तूफान के विस्फोरण के पहले ही उसे कोठी में वापस लौट जाना पड़ा। रात के भोजन के खत्म होने तक तूफान भी खत्म हो चुका था।

"पुंडरीक!"

शम्भुनाथ कभी कभार ही उसे बेटा कहकर बुलाता था। पूरा नाम लेकर बेटे को शायद उसके अपने अस्तित्व के बारे में सचेत कराना उसका उद्देश्य रहा हो।

पुंडरीक ने कुछ डरते हुए पिता की तरफ देखा। शम्भुनाथ उत्तर दिशा वाले बरामदे की तरफ चलने लगा। उनके इशारे पर पुंडरीक भी पीछे-पीछे चलकर उनके पास जाकर खड़ा हो गया। दो मंजिले में ठंडी हवा का झोंका आ रहा था, जो पेड़-पौधों पर जमे बरसात के पानी के अदृश्य कणों के छींटे चारों तरफ दे रहा था।

"सुनो पुंडरीक, तुझे मैं सजा दे रहा हूँ। ऐसी कल्पना तुम्हारे दिमाग में न आये। अँधेरे और निर्जनता को लेकर तुम्हारे मन में एक तरह का डर है, उसे नहीं भगाने से नहीं होगा।"

आगे और कुछ न कहकर शम्भुनाथ ने कोठरी के अन्दर जाकर दरवाजा अन्दर से बन्द कर दिया। बरामदे में बन्दी हो गया पुंडरीक।

कुछ पल के लिए स्तब्ध, हत्वाक रहकर पुंडरीक लकड़ी के खम्भे से टेक लगाकर दबी आवाज में रोने लगा।

आकाश के मेघमुक्त इलाके के कुछ तारे और नक्षत्रों ने अँधेरे के साथ सन्धि की थी। पास ही, नीचे, भीगे हुए तमसा के विस्तृत इलाके के अन्दर एक ही प्रकाश

दिख रहा था— सती और कुमुदिनी के कुटीर में जल रहे दीये की लौ। नक्षत्रमाला और उस कुटीर का प्रदीप— दोनों ने उसे आश्वासन दिया था। दीये के प्रकाश में मानो वह सती के हर समय उदास चेहरे को देख रहा था। कुमुदिनी उसकी गोद में सो गयी होगी।

यूँ कुछ दूर पर श्मशान में एक चिता भी जलने लगी थी। चारों तरफ आर्द्रता उसकी लौ को तेज जलने नहीं दे रही थी। चिता के चारों तरफ खड़े प्रतिबद्ध लोग आसमान से टूटकर गिर गये कुछ काले बादलों के समान छटपटा रहे थे।

उन व्यक्तियों के चाल-चलन, हाव-भाव बहुत हास्यास्पद लग रहे थे। थोड़ा बड़े होने पर पुंडरीक को समझ में आया था कि मृत व्यक्ति के पास में जीवित व्यक्ति हमेशा हास्यास्पद ही नजर आते हैं।

''देख रहे हो इनसान हैं या प्रेत?''

चौंक गया पुंडरीक। उसके अनजाने में कब दरवाजा खोलकर उसके पीछे शम्भुनाथ आकर खड़ा हो गया। प्रश्न का तात्पर्य न समझकर पुंडरीक पिता की तरफ अपलक देखने लगा।

''चिता के पास खड़े हुए जिन्हें देख रहा है, वे मानव हैं या प्रेत?''

''मानव।'' सीने पर दोनों हाथों को आपस में बाँधे सचेत होकर जवाब दिया।

''उन्हें अगर प्रेत समझा जाए, तो गलत होगा क्या?''

इस प्रश्न का उत्तर देने का ज्ञान उस समय पुंडरीक का नहीं हुआ था।

''वे सभी प्रेत हैं, आने वाले कल के प्रेत। कुछ समझ रहा है।''

पुंडरीक को कुछ समझ नहीं आ रहा था। यह उसके हाव-भाव से पता चल रहा था।

''हम सभी जो जीवित हैं, अनिवार्य रूप से मरेंगे। प्रेतात्मा के रूप में कुछ समय रहेंगे। यानी हम भावी प्रेतात्मा हैं। अब समझे।''

समझने के ढंग से पुंडरीक ने सिर हिलाया।

''ठीक है। अब बताओ, तू अपने आपसे डरता है?''

फिर एक बार पुंडरीक निर्बोध नजर आने लगा।

''उत्तर क्यों नहीं दे रहा है? तू मगरमच्छ से डर सकता है, बाघ, भालू से डर सकता है। साँप-बिच्छू से डर सकता है, एक दुष्ट या निर्मम आदमी से डर सकता है; पर तू अपने से डरता है क्या?''

''नहीं।''

''मुझसे डरता है?''

पुंडरीक बोला, ''नहीं।''

उसी समय सती के घर के पीछे स्थित जंगल से लोमड़ियों की एक साथ

चिल्लाने की आवाज आने लगी। मानो वे सारे पुंडरीक का मजाक उड़ा रहे थे, ''नहीं, कितनी सच्ची बात बोला रे साहसी बेटा!''

''हम जैसे खुद से नहीं डरते, वैसे ही भूत-प्रेत से डरने की जरूरत नहीं है। एक दिन जिसे तू मेरा प्रेत कहेगा, आज, इस पल में वह मेरे अन्दर है। मेरे अन्दर तेरे अन्दर, हम सभी के अन्दर। इस बात को अच्छे से याद रख। तो फिर भूत का भय नहीं रहेगा और इनसान के साथ तू जैसा व्यवहार करता है, वैसा ही भूत-प्रेत के साथ भी करेगा। कभी-कभी इनसान के साथ कड़ाई बरतना पड़ता है वैसे ही किसी खास परिस्थिति में भूत-प्रेत के साथ भी कठोर होना पड़ता है। उसमें कुछ अस्वाभाविकता नहीं है।'' शम्भुनाथ ने उसे बताया।

एक अव्यक्त विद्रोह पुंडरीक के पूरे शरीर को थर्रा गया। उसने अभी-अभी पाठशाला जाना शुरू किया था। उसके किसी सहपाठी को भूत-प्रेत के साथ कारोबार करना नहीं पड़ता होगा, ऐसा उसने अनुमान कर लिया था। फिर उसे क्यों करना होगा?

शम्भुनाथ ने मानो उसके मन की बात को तुरन्त ताड़ लिया।

''बेटा!'' कभी-कभार के सम्बोधन से वह पुंडरीक का ध्यान आकर्षित कर बोला, ''किसान के लड़के को खेती का काम करना पड़ता है; पुरोहित के लड़के को पुरोहिती करनी पड़ती है। तुम ओझा के लड़के हो, तो तेरा क्या कर्तव्य है, यह समझ रहा होगा।''

''हाँ।'' पुंडरीक ने अन्ततः अपने दिल में उठ आये आखिरी विषाद के उच्छ्वास को सीने में दबाकर उत्तर दिया।

बारह वर्ष बाद आज भी पुंडरीक कभी-कभी अपने आपसे प्रश्न करता है कि उस दिन क्यों नहीं गला फाड़कर रोया? क्यों नहीं घोषणा किया की पितृवृत्ति उसे पसन्द नहीं है?

अब पश्चात्ताप अर्थहीन है, वह समझ रहा था। नौ साल की उम्र में व्रतोपनयन को जिस तरह वह टाल नहीं सकता था, वैसे ही ग्यारह साल की उम्र में ओझावृत्ति में प्रवेश करने के लिए किए गये अनुष्ठान को भी वह टाल नहीं पाया।

यूँ उसने टालमटोल करने का हल्का-सा प्रयास जरूर किया था। ''बाबा, मैं नहीं कर पाऊँगा।'' कहते हुए वह रो पड़ा।

उस गुप्त अनुष्ठान के समय तीसरा कोई वहाँ उपस्थित नहीं था। पुंडरीक को आशंका थी कि शम्भुनाथ का क्रोध फट पड़ेगा। वह आँख मूँदकर इन्तजार करने लगा। पर अप्रत्याशित मार्मिक आवाज में शम्भुनाथ ने उसे समझाया था, ''बेटा पैदा होते ही तेरी माँ की गोद से एक-एक कर मेरी नौ सन्तान सीधे परलोक चली गयी थीं। क्या वह सब स्वाभाविक था? नहीं। वैसी दुर्दशा उन दुष्ट शक्तियों के कुचक्र

का नतीजा थीं। शायद मेरे गुरु भैरव ओझा उस अमंगलकारी प्रभाव से मेरी रक्षा कर पाते। पर वह इहलोक में नहीं थे। वाराणसी जाकर उनके गुरुभाई आचार्य जगत, जिनके ऊपर कामाक्षा देवी का प्रभाव असीम है उनसे मुझे मनौती माननी पड़ी। पुत्र सन्तान की प्राप्ति होने पर मैं उसे उनकी सेवा में, यानी मन्त्र-तन्त्र मार्ग में उनकी सन्तानों की सेवा के लिए अर्पण करूँगा।''

लहराती दीपशिखा के हल्के प्रकाश में पहली बार पुंडरीक अपने प्रतापी पिता के चेहरे पर असहायता का स्पन्दन देखकर उनके प्रति सहानुभूति से भर गया।

लम्बी साँस लेकर अपनी कैफियत के अन्त में शम्भुनाथ बोला, ''वचन की रक्षा न करने पर उसकी परिणति भयावह होनी सुनिश्चित है।''

कुछ देर चुप रहने के बाद, इस बार आत्मविश्वास से भरकर वह फिर बोला, ''पर तेरे लिए यह विद्या तन्त्र-मन्त्र तक ही सीमाबद्ध रहेगी, ऐसा नहीं है। तेरे अन्दर उचित उत्साह जाग्रत होने पर तू असली तन्त्र विद्या भी सीख पाएगा।''

साहस पाकर पुंडरीक ने पूछा, ''कौन सिखाएगा?''

''भास्कर शास्त्री तो परलोक में हैं। पर वह उपयुक्त शिष्य छोड़ गये हैं। तू वाराणसी जाकर उनके साथ कुछ दिन रह सकता है। ऐसी इच्छा है?''

पुंडरीक ने इनकार में सिर हिलाया।

मुस्कराकर शम्भुनाथ बोला, ''आज नहीं कह रहा है, या तुझे लग रहा है जरूरत नहीं है। पर यदि तेरे प्रारब्ध ने तुझे उसके लिए तैयार किया होगा, तो एक न एक दिन तू खुद ही जाने के लिए उत्साहित होगा।''

पुंडरीक पिता का चेहरा देखता रहा। शम्भुनाथ उसके प्रारब्ध के बारे में जानते हैं? प्रारब्ध पूर्वजन्म से सम्बन्धित रहता है न? क्या शम्भुनाथ उसके पूर्वजन्म के वृत्तान्त के बारे में जानते हैं?

खूब धीरे-धीरे सीढ़ी चढ़ते समय पुंडरीक की स्मृति में बिजली की तरह कौंध रहे थे वे सारे दृश्य। दक्षिण बरामदे में पहुँचने के बाद वह द्वन्द्व में पड़ गया। उत्तर की तरफ वाले बरामदे में शम्भुनाथ उसका इन्तजार कर रहे होंगे। पहले उन्हें प्रणाम करने जाए या फिर पूजा के कमरे में जाकर प्रार्थना करे?

विकल्प पन्थ ही उसने चुना। शम्भुनाथ को जितनी देर तक टाल सकता था, टालने के लिए वह किसी भी कारण का सहारा ले लेना चाहता था।

वह देवी मूर्ति के सामने बैठा था; मशीन की तरह ही सही, पर वह सारे विधि-विधान को पूरा करता चला गया; पर फिर एक बार उसका मन टेढ़ा-मेढ़ा विचित्र चित्रित राह बन गया था, जिस पर स्मृतियों की शोभायात्रा गुजरती रही। उस शोभायात्रा का विशेषत्व था, भिन्न चेहरा, विविध राग-अनुराग, विविध उम्र का एकमात्र व्यक्तित्व। वह थी अन्यन्या, कुमुदिनी।

एक दिन अमावस्या की शाम को ग्यारह वर्षीय पुंडरीक को पिता ने निर्देश दिया था, नदी में तीन बार डुबकी लगाकर, किसी से एक भी बात किये बिना, सीधे पूजा के कमरे में उपस्थित हो। उसी रात पुंडरीक को ओझा की वृत्ति में दीक्षित होना था। पुंडरीक विधि अनुसार नदी में तीन बार डुबकी लगाकर किनारे पहुँचा ही था कि दौड़कर वहाँ कुमुदिनी पहुँच गयी थी और उसके इस असमय स्नान के बारे में पूछते हुए हँसकर उससे बातचीत करने लगी। पर ऊपरी मंजिल से शम्भुनाथ उन्हें देख रहा होगा, यह अन्दाज करते हुए पुंडरीक ने अपना मुँह नहीं खोला था।

"पुंडु भाई, नाराज क्यों हो?" आश्चर्य करते हुए कुमुदिनी ने पूछा।

पुंडरीक ने कुछ उत्तर नहीं दिया।

चुपचाप उसके पीछे-पीछे कुमुदिनी घर के द्वार तक आयी। पुंडरीक को लगा, जैसे वह रो रही थी। उसने भी भरी आँखों से पीछे मुड़कर देखा, पर अपने आँसू के धुन्ध के पीछे से कुमुदिनी उसकी दशा के बारे में जान नहीं पायी होगी।

दूसरे दिन सती से पुंडरीक को पता चला। पूरी रात कुमुदिनी रोती रही।

"नौ साल की गुड़िया है, फिर भी उसका कितना मान है!" सती ने अपनी बेटी की समालोचना करने के बावजूद वह कितनी कोमल है, इस बारे में पुंडरीक को जता दिया था।

कुमुदिनी और उसके सम्बन्ध कितने चरण में गुजर चुके थे। धुँधले शैशव में दोनों प्राय: एक साथ अपने-अपने मौलिक आवेग से परिचित हुए हैं। छुपाछुपी खेलते समय एक के छुप जाने पर उससे बिछुड़ जाने का गम और मिल जाने पर पा लेने की पुलक का दोनों ने अनुभव किया है।

आम, अमरूद, शरीफा और कई तरह के बेर के गुप्त साम्राज्य के रहस्य के बारे में कुमुदिनी को जो कुछ जानकारी थी, वह सब पुंडरीक के मन में सिर्फ अचरज ही नहीं, हल्की-सी ईर्ष्या भी जगाता था। पर जिस उदारता और श्रद्धा भाव से कुमुदिनी अपना उपार्जित ज्ञान पुंडरीक को समर्पित करती थी, वही पुंडरीक के लिए महत शिक्षा बन गया था। मानव की नि:स्वार्थपरता और उदारता के साथ उसका यह पहला परिचय था।

पुंडरीक दो साल बड़ा था कुमुदिनी से, फिर भी दोनों एकसाथ ही परिचित हुए थे बेपरवा तितलियों, मैना, तोता, चील और नेवलों से। एक नेवला तो कुमुदिनी का इस तरह पालतू बन गया था कि उसके पुकारते ही झाड़ी से निकल दो पैरों पर खड़ा हो जाता, पर कई तरह की आवाज देकर पुकारने पर भी पुंडरीक की ओर नजर नहीं डालता था।

पर सर्वोपरि दोनों एक साथ ही पहचाने थे स्वर्गीय सौन्दर्य के आदिगन्त आभास इन्द्रधनुष को; नदी पर उसके प्रतिबिम्ब को। लम्बे समय तक दोनों आकाश और

पृथ्वी के उस नीरव आदान-प्रदान का उपभोग करते थे।

अपने को कुमुदिनी का ऋणी मानते हुए, साथ ही अपनी महत्ता को जताने के लिए प्रेरित होकर एक दिन पुंडरीक ने कुमुदिनी से कहा, "तुम पढ़ाई-लिखाई क्यों नहीं सीखती हो?"

"कैसे सीखती? मैं तो तुम्हारी तरह पाठशाला जाती नहीं हूँ।"

"मैं सिखाऊँगा।"

कुमुदिनी हँसते-हँसते घास पर लौटने लगी।

"तुम सिखाओगे? तुम क्या शिक्षक हो?"

"तुम्हारा शिक्षक बनूँगा।"

"तुम्हें क्या पीटना आएगा?"

कुमुदिनी के इस आशंका भरे प्रश्न में परिहास नहीं था, बल्कि विद्यादान के साथ पिटाई के अनिवार्य आत्मीय सम्बन्ध की उसकी धारणा की अभिव्यक्ति था। दरअसल, पुंडरीक मारने में सक्षम होगा कि नहीं यही उसके लिए चिन्ता का विषय था। पीट नहीं सकेंगे, तो पुंडरीक भैया अपने विद्यादान में सफल नहीं होंगे; सफल नहीं होंगे, तो हताश होंगे!

"सोच रहा हूँ न मारूँ तो भी चलेगा।" सोच-समझकर पुंडरीक ने जवाब दिया।

पुंडरीक अपना फेंका हुआ टूटा स्लेट ले आया। उस पर अक्षरमाला का पहला अक्षर लिखा। झोंपड़ी की दीवार से टिककर, नदी की तरफ पैर लम्बा करके तल्लीन होकर कुमुदिनी उस अक्षर पर खड़िया चलाने लगी।

वह हर दिन एक-एक अक्षर सीखती गयी।

प्रगति खराब नहीं है, शिक्षक पुंडरीक ने मन्तव्य दिया।

कुमुदिनी शिक्षा लाभ करते समय आज्ञाकारी छात्र की तरह आचरण करती। पढ़ाई खत्म होने के बाद गुरु को चने भेंट करती... या फिर पके हुए बेर। और वह पुंडरीक को पेड़ पर चढ़ने की कला के साथ बरगद के तने व डाल को पकड़कर कैसे झूला जा सकता है, उसका कौशल भी सिखाती।

बेशक कुमुदिनी को गुरु का दर्जा हासिल नहीं होता, पर ऐसा वह चाहती भी नहीं थी।

यह पढ़ाई-लिखाई तब तक चली, जब तक पुंडरीक बारह वर्ष का नहीं हो गया। उसके बाद उसे चंडीनगर जाकर जमींदार विनयभूषण के घर पर रहकर बड़े विद्यालय में पढ़ना पड़ा। सुयोग या बहाना मिलते ही वह जो भीषमपुर चला आता, तो अपने पिता के प्रति अनुरक्ति के कारण नहीं; बल्कि कुमुदिनी का साथ पाने के लिए। दोनों की बढ़ती उम्र के साथ-साथ दोनों के साहचर्य को दूसरों से छिपाकर

रखना जरूरी है, यह बात कुमुदिनी समझने लगी थी।

आज पूजा के कमरे में बैठकर कुमुदिनी के कई चेहरों में से जो एक चेहरा उसे लम्बे समय तक आच्छन्न रखे था, वह एक साल पहले का है।

उस समय शम्भुनाथ अनिद्रा का शिकार हो रहा था। उस खीज भरे समय को वह जमींदार विनयभूषण से मिले हुए किसी प्राचीन मन्दिर से प्राप्त कुछ तन्त्र पोथों को पढ़ने में व्यतीत करता था। रात को सो न पाने के एवज में वह दोपहर को सोता था या फिर नींद लाने की कोशिश में दो घंटे से ज्यादा बिता देता।

पुंडरीक के लिए एक सुनहरा मौका था। वह जाकर कुमुदिनी से गप्पें लड़ाने लगता। उस कोठी से श्मशान तक फैले मध्ययुगीय किसी अज्ञात प्रतिष्ठान के ध्वंसावशेष और झाड़-झंखाड़ से भरी उस निषिद्ध हवेली के विश्वस्त परिचारिकाओं के अलावा उन दोनों को और किसी की नजर में आने की सम्भावना कम थी। भय बस था, तो शम्भुनाथ से था। कुमुदिनी की माँ उन दोनों की दोस्ती को देखती थीं। कभी खुश होतीं, तो कभी लम्बी साँस छोड़तीं। उन दोनों का वह समर्थन चाहे करें या न करें, पर पुंडरीक के प्रति अगाध स्नेह और उसके ऊपर प्रगाढ़ आस्था के कारण उसे मना नहीं कर पायी थीं; यूँ कुमुदिनी को जरूर रोकटोक करतीं पर परोक्ष रूप से।

एक साल पहले की उस दोपहरी में भी चहलकदमी करते हुए बातें भी करते जा रहे थे दोनों। ढूह के उत्तर सीमान्त में एक कतार में उगी हुई थी लहलहाते बेर की झाड़ी। उसके तीस फुट के नीचे बह रही थी नदी। पके हुए रसीले बेर का एक गुच्छा नदी की तरफ लटका हुआ था। उसे कोई तोड़ नहीं लेगा, तो उसका अवदान व्यर्थ चला जाएगा, ऐसा ही कुछ सन्देश उस झाड़ से आ रहा था यह पुंडरीक को महसूस हुआ।

वह खतरनाक कदम उठाते हुए बेर तोड़ने की कोशिश करने लगा। और उसी समय उसके पाँव के नीचे की मिट्टी खिसक गयी। उसके साथ-साथ वह भी गिरने लगा। ठीक उसी समय कुमुदिनी ने उसकी कलाई को एक हाथ से पकड़ लिया और दूसरे हाथ से एक छोटे-से पौधे से कसकर जकड़ कर उसे बचाने की कोशिश करने लगी, जिसके चलते पुंडरीक तुरन्त गिर नहीं पाया। पर गिरने से अपने को रोक भी नहीं पाया। देखते-देखते कुमुदिनी ने जिस पौधे को पकड़ रखा था, वह भी जड़ से उखड़ गया। धीरे-धीरे पुंडरीक नीचे की तरफ गिरने लगा और नीचे गिरकर लोटने लगा। कुमुदिनी भी लोट कर उसके ऊपर आकर गिर गयी।

नदी के पानी में आधे से ज्यादा डूब जाने के बाद ही दोनों की गति थमी। मजबूरन हँसने के सिवा पुंडरीक के पास कोई चारा नहीं था। जीवन में पहली बार उस दिन कुमुदिनी पुंडरीक के आगे बहुत शरमा गयी थी।

"क्या दुर्दशा है! उठो जल्दी। चलो।" कुमुदिनी बोली।

"इतनी हड़बड़ी क्यों है? और मिट्टी कहीं खिसक तो नहीं रही है।" एक बार ऊपर की तरफ नजर उठाकर देखते हुए पुंडरीक बोला। कुमुदिनी उसका हाथ पकड़ती, इसके उलट उसने कुमुदिनी का हाथ पकड़ लिया।

"ऐसी अजीब हालत में हम पर किसी की नजर नहीं पड़नी चाहिए।"

"दिमाग तो तुम्हारा ठीक है न?"

"ओहो, तुम मन ही मन बड़ी लड़की बन चुकी हो।"

"मैं पन्द्रह की हो गयी हूँ। मेरा इस तरह तुम्हारे साथ मिलना-जुलना लोगों की नजर में अच्छा नहीं माना जाएगा। माँ मुझे कई बार यह बात कह चुकी है। हमारे बारे में लोग जान जाएँगे, तो मुझसे कोई शादी नहीं करेगा। मेरी उम्र की एक भी लड़की अब कुँआरी नहीं है इस गाँव में।"

"किसकी नजर में क्या अच्छा है क्या बुरा, उसकी मुझे फिक्र नहीं है।"

"मुझसे कोई शादी न करे, तो न सही। मैं खुश हूँ, खुश रहूँगी भी। पर माँ की बात कैसे न मानूँ?"

"मुझे भी सिर्फ अपने पिता से डर लगता है।"

दोनों उठकर नदी किनारे बैठ गये। पानी में पैर डालकर दोनों खेलते रहे। पुंडरीक का एक हाथ कुमुदिनी को आधा बाँधकर रखे था।

"कुमुदिनी! एक बात कहूँ?"

"कहो!"

"मैं अब समझ पा रहा हूँ कि तुझे छोड़कर मैं जिन्दा नहीं रह सकूँगा।"

"इतने दिनों बाद समझ रहे हो।"

"हम शादी कर लें, तो नहीं होगा?"

"सोचना सहज है, कहना सहज है, पर करना सहज नहीं है।" कहते-कहते कुमुदिनी ने अपने को पुंडरीक के बन्धन से मुक्त कर लिया।

"सहज क्यों नहीं है?"

"तुम्हारे पिता राजी नहीं होंगे। हम गरीब हैं। समाज में हमारा एक अन्नी का भी दाम नहीं है।"

नदी के दूसरी तरफ से आते हुए कुछ पथिकों पर पहली नजर कुमुदिनी की ही पड़ी। वह तुरन्त उठकर थोड़ा हटकर खड़ी हो गयी। अलग-अलग रास्ता ढूँढ़कर दोनों ऊपर उठकर आ गये।

अपनी कुटिया के अन्दर जाने से पहले कुमुदिनी ने एक बार पीछे मुड़कर पुंडरीक की तरफ देखा। कुमुदिनी इतनी सुन्दर है उससे पहले जैसे उसे पता नहीं था।

कुमुदिनी ने इशारे से कहा कि कोठी में जाकर वह जल्द से जल्द भीगे कपड़े बदल ले।

इस घटना को एक साल से ज्यादा हो चुका, पर बार-बार उस दृश्य की पुनरावृत्ति होती रही है पुंडरीक के मन में।

कोठी की दूसरी मंजिल के पूर्व भाग में था पूजा का यह कमरा, कोठी का आखिरी कमरा। उदित सूरज की आभा ने पुंडरीक को समय के बारे में सतर्क करा दिया। वह उठकर खिड़की के पास गया।

सूर्योदय कितना निश्छल और सुन्दर है, सूर्यास्त कितना निश्छल और सुन्दर है। समय के इन दो निश्छल सुन्दर बन्धन के अन्दर क्यों घट जाती हैं इतनी सारी जटिल और असुन्दर घटनाएँ?

बरामदे में सुपरिचित खड़ास शब्द कुछ ज्यादा तेज सुनाई पड़ने लगा। पुंडरीक समझ गया, शम्भुनाथ बेचैन हो रहा है। तुरन्त ही शम्भुनाथ के एकान्त विश्वसनीय परिचारक भानू ने पूजा की कोठरी में झाँककर उसी बात का संकेत दिया।

देवी को प्रणाम कर पुंडरीक कमरे से बाहर आया और शम्भुनाथ के कमरे में पहुँचकर सामने खड़े उस गम्भीर मूर्ति को प्रणाम किया। शम्भुनाथ ने उसके सिर पर हाथ फेर दिया।

"कुछ बात करनी है! जरा आना।"

मानो पुंडरीक अपना कर्तव्य भूल गया था और उसे थोड़े-से विनीत स्वर में शम्भुनाथ ने याद दिला दिया था।

दोनों ने शम्भुनाथ के कमरे में प्रवेश किये। बेटे को कुर्सी पर बैठने का इशारा कर खुद पलँग पर बैठ गया शम्भुनाथ। पिता के सामने पहली बार कुर्सी पर बैठा पुंडरीक।

"किसी भी शुभ विषय पर बात करने के लिए जन्मदिन से अनुकूल दिन और कौन-सा हो सकता है?" गला साफ करते हुए शम्भुनाथ ने भूमिका बनायी। पुंडरीक ने चुप रहकर इन्तजार किया।

"तेरे ब्याह की बात। उसका प्रबन्ध कर रहा हूँ।"

पुंडरीक चौंका नहीं, तो भी विस्मत जरूर हुआ।

"बाबा! मेरी परीक्षा नजदीक है। इस समय यह विषय..."

"परीक्षा की जरूरत भी क्या है?"

"जी? मैं इन्ट्रैंस परीक्षा की बात कर रहा हूँ।"

"जानता हूँ।"

"आप जानते हैं। मैं पढ़ाई में कमजोर नहीं हूँ। प्रधान शिक्षक की आशा है कि मैं पहले दर्जे में पास होऊँगा। सच बात तो यह है कि सिर्फ मेरे ऊपर ही उनकी

यह आशा टिकी है।''

''जानता हूँ। और यह भी जानता हूँ कि तेरा सबसे मूल्यवान सहपाठी उत्तीर्ण नहीं भी हो सकता है।''

''जी?'' अहमक-सा नजर आया पुंडरीक।

''मैं जमींदार के लड़के ललित कुमार की बात कर रहा हूँ। उसके पिता विनयभूषण मेरे हमउम्र और मित्र थे। ललित कुमार भी तो तुम्हारा हमउम्र और मित्र है। फर्क बस इतना है कि हम सहपाठी नहीं थे। इसलिए तुझे कुछ त्याग करना होगा। अपितु त्याग ही। पर अपने भविष्य के मद्देनजर यह एक निरापद व्यवस्था है। समझ रहा है न?''

''जी नहीं।''

''आदमी, आदमी के बीच की मित्रता क्षण स्थायी है। उस भंगुरता के लिए दायी है अहंकार; अभिमान। ललित कुमार और तुमने एकसाथ परीक्षा दी। मान लो तू पहले दर्जे में पास हुआ, पर ललित कुमार असफल। तो स्थिति क्या होगी?''

पुंडरीक का सिर चक्कर खा गया।

''बेटा! तुम्हारे इन्ट्रेंस इग्जाम में पास होना और ललित कुमार का प्रिय पात्र बने रहने में सबसे जरूरी क्या है?''

''समझ नहीं पा रहा हूँ।''

''द्वन्द्व स्वाभाविक है। खुद किसी निर्णय पर पहुँचना सहज नहीं है। इसलिए पिता के हिसाब से मैंने खुद निर्णय लेकर तेरी सहायता करना जरूरी समझा। मेरा स्वास्थ्य दिन-ब-दिन गिरता जा रहा है। मुझे तुरन्त यह व्यवस्था करनी पड़ेगी। पहला, तेरा विवाह। दूसरा तेरे रोजगार की सुव्यवस्था। बहुत जल्द तुझे इस भीषमपुर के ताल्लुकात की देखरेख अपने अख्तियार में कर लेनी होगी। भावी जमींदार का प्रिय पात्र होना इस बार इंट्रेंस इग्जाम में उत्तीर्ण होने से भी ज्यादा महत्त्वपूर्ण है। एक बार तेरी तुलना में ललित कुमार समाज के सामने न्यून दिखाई पड़ेगा, तो वह तुझे अपने प्रतिद्वन्द्वी के रूप में देखेगा, मित्र के रूप में नहीं। मेरे बाद इस ताल्लुकात का नायब न होकर सिर्फ ओझा बनकर तुझे दिन बिताना होगा। बेशक तुम्हारे लिए मैंने कुछ सम्पत्ति रख छोड़ी है, पर अपना परिवार आराम से चले उतनी व्यवस्था होनी चाहिए।''

''बाबा! किसी और को गुनिया विद्या दान नहीं दिया जा सकता?''

''दिया जा सकता है। अपनी सन्तान को यह विद्या दान न देकर किसी और को दे सकता है; फिर नहीं भी दे सकते हो। पर मैं मजबूर हूँ। इस वृत्ति के लिए तुम अपनी पैदाइश से पहले ही निवेदित (समर्पित) हो चुके हो। उसी शर्त पर मैंने तुझे पाया है। तू दीर्घजीवी होगा, ऐसी मेरी आशा है।''

"बहुत इच्छा थी कि परीक्षा के बाद वाराणसी जाकर तन्त्र शास्त्र पढ़ता।"

"तेरे मन में उसके प्रति प्रबल आग्रह होगा, तो मैं बाधा नहीं दूँगा।" बहुत ही कमजोर स्वर में शम्भुनाथ बोला। गुरु भैरव ओझा के उसकी सन्तान के रूप में जन्म लेने पर उनकी सम्पूर्ण अस्पृहा को पूरा करने के लिए उन्हें तन्त्र शास्त्र अध्ययन करने का सुयोग देगा, ऐसी कल्पना उनकी मृत्युशैय्या के पास बैठकर शम्भुनाथ ने की थी।

गुरु का क्या उसके प्रति सहृदय होना सम्भव था? यह समझने की शक्ति उसमें नहीं है। वह कई बार सन्देह से भरकर पुंडरीक के अनजाने में उसे बार-बार निहार कर अपने से यह प्रश्न पूछता रहा है।

"बाबा!"

"बोलो।"

"आपका निर्णय शिरोधार्य। पर, मेरी एक प्रार्थना है कि मुझे मेरे विवाह के बार में खुद निर्णय लेने की अनुमति दी जाए।"

"विवाह करना होगा, बेटा!"

"ठीक है। सिर्फ लड़की मनोनीत मेरे मतानुसार हो।"

"तुम्हारे मत के विरुद्ध नहीं होगी।"

"तू चाहेगा, तो तुझे पहले लड़की दिखा दी जाएगी।"

"उसकी जरूरत नहीं।" मृदु स्वर में पुंडरीक बोला।

"उत्तम। मैं और स्वयं विनयभूषण का देख लेना ही काफी होगा, मैं जानता..."

"बाबा, आपने देखा है। जमींदार ने भी देखा है। वह हमारी बहुत ही परिचिता है। आपके और जमींदार की प्रिय पात्री..."

जैसे पूरे आकाश की मेघमाला ने उतर कर शम्भुनाथ के चेहरे को ढँक लिया। गम्भीर नीरवता में कुछ मुहूर्त बीत गया।

"मैं मूर्ख। जब से मेरे मन को यह आशंका छूने लगी थी, तब से मैंने कुछ किया क्यों नहीं! सुनो पुंडरीक, तेरा प्रस्ताव आलोचना के काबिल भी नहीं है; स्वीकार करना तो दूर की बात है।" बहुत ही रूखे स्वर में शम्भुनाथ ने कहा।

"क्यों?"

"क्यों? कुमुदिनी से विवाह करने पर तू मुझे श्राद्ध का अर्घ्य नहीं दे पाएगा। जबकि उस कर्म की जरूरत बहुत ज्यादा आएगी। क्योंकि उस विवाह के बाद ज्यादा दिन तक जिन्दा रहना मेरे लिए सम्भव नहीं होगा।"

"बाबा! मुझे क्षमा करिए। इतनी निर्दयता भरी बात न कहिए। कुमुदिनी रूप, गुण, किसमें अयोग्य है? वह गरीब है, पर है तो ब्राह्मण कन्या!"

"ब्राह्मण कन्या?" अट्टहास किया शम्भुनाथ ने, "नहीं पुंडरीक, वह ब्राह्मण कन्या नहीं है। सती का पति इस कोठी की देखभाल करता था, पर नशा करके अमानुष, बेकार बन गया था। चंडीनगर में कुसुमिता नाम की एक लड़की से विवाह करने की जिद करके मेरे मित्र विनयभूषण अपने पिता जमींदार मन्धरधर राय के द्वारा यहाँ लगभग निर्वासित हुए थे। यह सब तुम्हारे पैदा होने के पहले की बात है। उसी समय विनयभूषण तरुणी सती के प्रति आकर्षित हुए थे। वह आकर्षण लम्बा था। सती के साथ उनके अवैध सम्बन्धों का प्रतिफल है कुमुदिनी। तू क्या कभी भी उसके और ललित कुमार के चेहरे में समानता नहीं देख पाया? कुमुदिनी ललित कुमार की बहन है, यह बात जो भी उसे देखेगा बता देगा। तू गाँव के लोगों से मिलता-जुलता नहीं है। इसलिए यह बात जानता नहीं है। यह मेरा ही दुर्भाग्य है कि यह तथ्य तुम्हें मुझे बताना पड़ा।"

एक ही साँस में कहता गया शम्भुनाथ। अचानक उसे होश आया, पुंडरीक कोई प्रतिक्रिया नहीं कर रहा है। उसका सिर कुर्सी पर एक तरफ को ढलक गया है।

"अरे, अरे।" कहते हुए शम्भुनाथ पलँग से उतर आया।

"कोई है! भानु! जरा पानी लाना।" उसने और भी ऊँची आवाज में पुकारा।

"जरूरत नहीं है, बाबा!"

एक पल के लिए बेहोश हो गया पुंडरीक कुर्सी पर सीधा होकर बैठ गया।

नौ

दोमंजिले में स्थित अपनी कोठरी के उत्तर में जाकर जिस समय पुंडरीक खड़ा हुआ, उस समय तक सूर्यालोक के कारण चारों तरफ साफ नजर आ रहा था। पर उसके लिए वह उजाला भी एक निर्विकार भरी अनुभूति था; मानो वह अन्धकार का गहन प्रतिफलन हो।

बाहर उज्ज्वल सूर्यालोक और अपने अन्दर गहन अन्धकार; परस्पर विरोधी इस भीषण अशान्तिपूर्ण स्थिति से उबरकर संयत रह पाना सहज नहीं था।

अपनी उत्तेजना को उसने अपने अख्तियार में करने की कोशिश की। धीरे-धीरे यह कोशिश उसमें निराशा भरने लगी। कई बार उसने शम्भुनाथ को महाभारत से पढ़ते हुए सुना है : हर पल कई लोग मरकर परलोक गमन करते हैं। फिर भी जो

जीवित हैं, वे ऐसा आचरण करते हैं, मानो वे सब अमर हैं। इससे बढ़कर आश्चर्य और क्या है?

शम्भुनाथ के मृत्यु की अनिर्वायता से सम्बन्धित ज्ञान से और भी अधिक ज्ञान का अधिकारी होना स्वाभाविक है। अहं तथा अज्ञान से उपजे अनेक अचरितार्थ कामना, अपराजित वासना और अतार्किक स्वप्न-जर्जर प्राणसत्ता मृत्यु के बाद कितनी तड़पती है, यह बात शम्भुनाथ से ज्यादा भला और कौन जानता है? फिर भी वह अहं और अविद्या के बन्धन से बाहर नहीं निकल पा रहा है।

शास्त्र पुराण में शम्भुनाथ का ज्ञान कुछ कम नहीं है। आत्मा का तो जाति-भेद नहीं होता है न? वैध-अवैध के मापदंड से क्या उसे मापा जा सकता है?

जीवन में फिर ज्ञान की वास्तविक भूमिका क्या है? ज्ञान की बात को छोड़ भी दिया जाए, तो फिर अभिज्ञता की भूमिका क्या है?

अचानक उसकी नजर पड़ी— अपनी कुटिया के सामने खड़ी होकर कुमुदिनी उसे एकटक देखे जा रही है। शायद वह उसे हाथ के इशारे से बुलाना चाह रही थी। पर उसे ऐसा आभास हुआ कि जैसे उठने को बेचैन अपने हाथ को कुमुदिनी ने काबू में कर लिया। उसका इस तरह इशारा करना किसी को नजर आ सकता है, ऐसी आशंका शायद उसे हुई।

कुमुदिनी का आचरण आजकल ज्यादा सहमा हुआ और सतर्कता भरा था।

पुंडरीक ने खुद ही हाथ उठाकर कुमुदिनी को इन्तजार करने का आदेश-सा दिया। वह अगर कुमुदिनी से सीधे जाकर बात करे, तो भी शम्भुनाथ मना नहीं कर पाएगा। आखिर पुंडरीक को अपने पिता का निर्णय कुमुदिनी को बताना तो होगा।

पुंडरीक ने साहस करके खुद से ही जिरह किया, शम्भुनाथ आपत्ति करे, तो भी क्या? आपत्ति को आपत्ति तक ही सीमित रखने के अलावा और ज्यादा कर भी क्या सकता है। यूँ उसे त्याज्य जरूर बना सकता है।

निराशा धीरे-धीरे उसके मन में विद्रोह का रूप ले रही थी। वह समझ रहा था कि शम्भुनाथ ने तर्क का रंग भरकर जो कुछ भी तथ्य उसके सामने रखा, वह उसकी एकत्रित हुई रूढ़िवादिता और ईर्ष्या का मिश्रण है। देवी के सामने मनौती माँगकर उसने पुंडरीक को पाया है; इसलिए पुंडरीक को उसी के पेशे को अपनाना चाहिए। यह तथ्य स्वीकारयोग्य है। पर कुमुदिनी से विवाह करने पर पुंडरीक का श्राद्ध वह स्वीकार नहीं कर पाएगा यह झूठ है। शम्भुनाथ सिर्फ एक ओझा है, पर जीवन के प्रति तन्त्र के दृष्टिकोण से वह अनभिज्ञ नहीं है। तन्त्र का तत्त्व क्रान्तिकारी है। तन्त्र भेदभाव को प्रश्रय नहीं देता। जन्म की वैधता अवैधता को तन्त्र स्वीकार नहीं करता है। फिर शम्भुनाथ इतना असहिष्णु क्यों है?

पुंडरीक के उज्ज्वल मन में दो कारण स्पष्ट हो गये : सामाजिक मर्यादा-

अमर्यादा का संस्कार ज्यादातर लोगों के मन में गहरे बैठा होता है। शम्भुनाथ उसका अपवाद नहीं है। गाँव के लोग जिस कुमुदिनी को अवैध सन्तान के रूप में मानते हैं, उसे उसके इकलौते लड़के की पत्नी के रूप में वरण करने पर उसकी साख पर धब्बा लगेगा।

इस तरह के संस्कार के शिकार शम्भुनाथ को माफ किया जा सकता है। पर उसकी असहिष्णुता का दूसरा कारण जो पुंडरीक को महसूस हुआ वह माफी के काबिल नहीं, पर दयनीय जरूर है। जमींदार विनयभूषण सती के प्रति अनुरक्त हैं। इसलिए शम्भुनाथ सती से ईर्ष्या करता है।

पुंडरीक तेजी से सीढ़ियाँ उतरा जरूर, पर कुमुदिनी की तरफ बढ़ते समय गति उसकी धीमी होती गयी। उसने अवसन्न-सा महसूस किया। अपनी व्यर्थता किन शब्दों में व्यक्त करेगा।

बात जब निर्मम सत्य की है, तब बिना लाग-लपेट के कहना ही शायद ठीक होगा।

पुंडरीक कुमुदिनी के पास पहुँचने वाला ही था कि एक रहस्यभरी मुस्कान भरकर वह कुटिया के पीछे चली गयी। इसका अर्थ था उसके पास भी कोई गुप्त कथन है। पुंडरीक ने उसका अनुसरण किया।

"पुंडु भाई, कुछ बात है?"

"मुझे भी कुछ कहना है। पहले तू बता।"

"नहीं-नहीं, फिर तो पहले तुम बोलो।"

"ठीक है। हमारा विवाह असम्भव..."

"ओहो!"

"असम्भव, ऐसा बाबा का मत है।"

कुमुदिनी शून्य में निहारती रही। देखते-देखते उसकी पलकें भारी होने लगीं। उसने सिर झुका लिया।

"पर तुझे क्या कहना था?" पुंडरीक ने पूछा।

"मैं क्या कहूँगी? नहीं जानते हो शायद। है न! पर इसमें कहने, न कहने के क्या मायने हैं? तुम जानते हो, मैं कुछ नहीं कर पाऊँगी। तुम खुद भी क्या कर पाओगे?"

"क्या कर पाऊँगा? इस हालत में तेरे और मेरे लिए जो प्रेरणा है, उसे ही मैं कार्यान्वित करूँगा। हम शादी करेंगे।"

कुमुदिनी के आँसुओं में विस्मय की एक चिनगारी नजर आयी और दूसरे ही पल वह शरमा गयी।

"सुनो कुमु, बाबा मुझे विद्यार्जन के लिए वाराणसी भेजने के लिए तैयार हैं।

सोच रहा हूँ, चला जाऊँ।''

''नहीं, नहीं!'' कुमुदिनी का गला रुँध गया।

''स्थिर मन से सोचो, कुमु! समय मनुष्य के मन को बदल सकता है। मैं दूर जाकर रहूँगा तो, शायद बाबा मेरे लिए ज्यादा आकर्षण का अनुभव करें। मैं भी दूर से उन्हें समझा-बुझा कर चिट्ठी लिखता रहूँगा।''

''मुझे डर लग रहा है। तुम चले जाओगे...''

''तो तेरी कहीं और शादी करवा देंगे। यही न? मैं अपने भानु के साथ गुप्त रूप से ऐसी व्यवस्था कर जाऊँगा कि वैसी स्थिति होने पर वह मुझे तुरन्त बुला लेगा। सिर्फ एक साल इन्तजार करो। फिर देखेंगे। अगर बाबा तब भी नहीं मानेंगे तो फिर हम उनका इन्तजार नहीं करेंगे। ठीक है न? अब तो डर नहीं लग रहा है न?''

कुमुदिनी आँचल से अपना चेहरा पोंछकर हँस दी और बोली, ''वाराणसी में क्या पढ़ोगे?''

''ओझा बनने की मेरी कोई इच्छा नहीं थी। बाबा ने सिखाया, तो मजबूरन सीखा। अगर सीख गया, तो अब उतने में ही आबद्ध न रहकर असली तन्त्र विद्या क्यों न सीखूँ?''

संदिग्ध और उत्सुक निगाहों से कुछ देर देखने के बाद कुमुदिनी ने पूछा, ''जो कुछ सीखे हो उसका करामात समझ पा रही हूँ। तन्त्र विद्या सीखकर क्या करोगे? चाहते ही गायब हो जाओगे? भालू को इनसान या इनसान को भालू करके छोड़ दोगे? अमावस्या की रात में पेड़ पर चढ़कर तान्त्रिक यहाँ से दूर स्थित कामाक्षी देवी को पूज कर आ जाते हैं। तुम भी वैसा ही करोगे?''

''तन्त्र के बारे में पहाड़ के समान इतना ज्ञान कब, कैसे पायी, कुमु? तो फिर तुझे भालू बनाकर खुद अदृश्य होकर या फिर पेड़ पर चढ़कर उड़ जाऊँगा। भालू बनकर फिर न तो मुझे पुकार पाओगी और न ही ढूँढ़ पाओगी। ढूँढ़ने जाओगी तो लोग लाठी लेकर पीटेंगे।''

हँसते-हँसते कुमुदिनी की साँस फूल गयी। शायद कुछ पल पहले पाए हुए मानसिक धक्के की विपरीतात्मक प्रतिक्रिया थी वह। पर उसके बाद ही वह उदास दिखने लगी।

''पुंडु भाई, तुम्हारे चले जाने के बाद मेरी दशा भी उस भालू की तरह होनी असम्भव नहीं है। तुम्हें पुकार नहीं सकूँगी, न ही ढूँढ़ सकूँगी। अन्दर ही अन्दर तड़प रही होऊँगी। चिल्लाती रहूँगी, पर उसका अर्थ कोई नहीं समझ पा रहा होगा।''

थोड़ा-सा कशमकश में रहने के बाद कुमुदिनी फिर बोली, ''तुम मन्त्र-तन्त्र

सीख भी जाओ तो भी वैसे उलटे-सीधे काम तुम कर नहीं पाओगे। तो फिर वह सब सीखने की जरूरत क्या है?''

पुंडरीक समझा, समझकर खुश हुआ कि कुमुदिनी अब बड़ी हो गयी है। वह तर्क कर पा रही है। और इस तर्क के पीछे है गहरा अपनापन।

''सच में कुमु, तन्त्र प्रयोग करने का मेरा कोई आग्रह नहीं है; आग्रह सिर्फ ज्ञान-लाभ का है। उससे ज्यादा आग्रह है संस्कृत सीखने का। अगर परीक्षा देकर एक-दो उपाधि पा जाऊँ, तो कहीं भी नौकरी मिल जाएगी।''

''नौकरी? तुम जमींदारी की देखभाल नहीं करोगे?'' कुमुदिनी ने विस्मय प्रकट किया।

कुमुदिनी से विवाह करने पर त्याज्य पुत्र होना पड़ेगा, शम्भुनाथ के उत्तराधिकार से वंचित होना होगा, यह बात कहकर कुमुदिनी को विचलित करने का पुंडरीक का मन नहीं हुआ। प्रश्न को नजरअन्दाज कर गम्भीरता के साथ बोला, ''अब तू अपनी बात बता।''

कुमुदिनी के हाव-भाव में भय और अदम्य कुतूहल था। उसने एक बार इधर-उधर देखकर आस-पास कोई नहीं है यह निश्चित कर लेने के बाद अपने आँचल की गाँठ खोलते हुए पूछा, ''पुंडु भाई! यह क्या है?''

आँचल में एक गोल चीज चमक रही थी।

पुंडरीक उसे अपने हाथ में लेकर ध्यान से देखने लगा।

''लगता है सोना है। किसी पुराने युग की मुद्रा है। कहाँ से पायी?''

''पिछली रात को थोड़ी बरसात होने के साथ-साथ तेज आँधी भी आयी थी, जानते हो न? उसी समय कुछ ढहने की आवाज सुनी थी।'' झाड़ियों के बीच स्थित कुछ लताओं से आच्छादित खम्भों की तरफ इशारा किया कुमुदिनी ने। कितने पुरातन काल से अपने ऊपर टिकाये रखी छत अब गिर चुकी थी। धूप बरसात के तेज मद्धम अत्याचार सहते-सहते खम्भे सारे जीर्ण-शीर्ण हो चुके थे।

पुंडरीक ने ध्यान दिया, उन्हीं सुपरिचित खम्भों में से एक खम्भा ढह गया है।

''उसके अन्दर से यह छिटक कर आ गया था।'' कहते-कहते कुमुदिनी के चेहरे पर थोड़ी-सी उजास फैल गयी। ''और भी बहुत हैं। मैंने थोड़ा आगे जाकर देखा। छोटे घड़े की तरह दिखने वाला एक पात्र उलटा पड़ा था। उस काँटों भरे झाड़-झंखाड़ के बीच। ऐसी और भी मुद्राओं से पात्र भरा पड़ा है। मैंने घिस-माँजकर साफ किया, तो अब यह चमक रही है। पर बाकी जो हैं, सब काली नजर आ रही हैं।''

''वह सब कहाँ रखी?''

''जहाँ पड़ा था वहीं है। मैं पास गयी, तो बाप रे! बाप, लगा जैसे मुझे किसी

ने धकेल दिया! थोड़ी-सी भी हवा नहीं थी, पर लगा जैसे तेज हवा का धक्का मुझे लगा। तुरन्त सीने में भय समा गया। मैं फिर पास नहीं गयी।''

अपना अनुभव बताते-बताते कुमुदिनी सतर्कता के साथ उन ध्वस्त खम्भों की कतार की तरफ चलती गयी। पुंडरीक उसका अनुसरण करता रहा। वहाँ दिखा अस्त-व्यस्त पड़ा हुआ आधा पिचक गया वह पात्र। उसके अन्दर से निकली मुट्ठी भर मुद्राएँ चारों तरफ बिखरी पड़ी थीं। पुंडरीक ने अन्दाज लगाया, अन्दर-बाहर होकर कम से कम पाँच सौ मुद्राएँ होंगी।

वह सतर्कता के साथ आगे बढ़ता रहा। उसी समय तैरता हुआ एक बादल सूर्यालोक को मद्धिम कर चुका था। विध्वस्त स्तम्भ वलय कभी विद्यमान जिस कोठरी का साक्षी था, उसके गायब हो चुके दरवाजे पर पहुँचकर वह अचानक पीछे की ओर कूद गया। थोड़ा-सा भी अनमना होता, तो द्वारबन्ध पर लेटे हुए विशाल काले नाग की पीठ पर उसका पाँव पड़ जाता।

साँप ने थोड़ा-सा फन उठाया, बेमन से आगे बढ़ा। ध्वस्त हो गये खम्भे के नीचे गुप्त बिल के अन्दर साँप को अदृश्य होने तक देखता रहा पुंडरीक।

''उन अशर्फियों को वहीं रहने दो। किसी के इधर आने की ज्यादा सम्भावना नहीं है। पर तुझे दिन भर नजर रखनी होगी। अगर कोई अचानक आ भी जाए, तो उसे नागसाँप के बारे में बता देना।''

कुमुदिनी ने सिर हिलाकर सम्मति दी। इस बारे में पुंडरीक की विज्ञता पर उसे कोई शक नहीं था।

''पुंडु भाई, बिना हवा के मुझे क्यों धक्के का आभास हुआ?''

''आभास हुआ है, ऐसा क्यों सोच रही है। तुझे धक्का ही दिया गया था। अशरीरियों का धक्का उसी तरह का होता है।''

''हे ईश्वर! फिर तो उन सबको वहीं वैसे ही रहने दो। तुम बिल्कुल भी पास मत जाओ।'' आतंकित कुमुदिनी बोली।

''आज नहीं तो कल कोई देखेगा और उसे उठाने जाएगा। साँप उसे काटेगा ही काटेगा। आज रात को ही जो कुछ व्यवस्था करनी है करके कल सुबह सब उठा लाएँगे।''

पुंडरीक ने सोने की उस मुद्रा को कुमुदिनी को वापस कर दिया।

''मुझे क्यों दे रहे हो? तुम रखो।''

''अरे! तू पायी है। इसलिए यह सम्पत्ति तेरी है। नहीं तो फिर जमींदार की है।''

''किस जमींदार की? रायवंश से पहले इस जमींदारी और महल के मालिक थे दे चौधरी। उससे पूर्व थे भूयाँ वंश। माँ कहती हैं कि यह सब टूटी इमारत उनसे

कई पूर्वजों के पहले के किसी राजवंश की यादगार है।''

''तुझे इतना इतिहास पता है? यह सब किसका प्राप्य है, वह बाद की बात है। अभी तो तू ही इसे रख।''

''नहीं पुंडु भाई, मुझे डर लग रहा है।''

पुंडरीक थोड़ा-सा अनमना था। एकदम जाकर बोला, ''अरे मैं एक मूर्ख की तरह तुझे इसे रखने के लिए कैसे कह रहा हूँ? इसे दोषमुक्त न करने पर तुझे विपदा में डाल देगा।''

मुद्रा को सौंपकर कुमुदिनी ने मुक्ति की साँस ली।

उतरती दोपहरी के समय शम्भुनाथ निचली मंजिल पर जमींदारी का काम देखकर जब अपने कमरे में पहुँचा, तो पुंडरीक उसके सामने जाकर खड़ा हो गया।

''अगर चंडीनगर में मेरी पढ़ाई-लिखाई नहीं होगी, और एंट्रैंस परीक्षा देना भी नहीं होगा, तो फिर मुझे वाराणसी जाकर पढ़ने की अनुमति दीजिए।''

शम्भुनाथ द्वन्द्व में पड़ गया। बातचीत के दौरान वह पुंडरीक को ऐसा कह चुका था कि वाराणसी जा सकते हो। इसलिए अब सीधे मना करना ठीक नहीं है। पर पुंडरीक के ऐसे प्रस्ताव के लिए वह तैयार नहीं था।

''ठीक है। विवाह के बाद चले जाना।''

''नहीं, बाबा!''

पुंडरीक के नहीं में अस्वाभाविक दृढ़ता थी। भौंहों को सिकोड़कर शम्भुनाथ ने पुंडरीक की तरफ देखा। दोनों के बीच की वह थोड़ी-सी दूरी अचानक दो ग्रहों के बीच की दूरी-सी फैल गयी।

और वह दूरत्व बनाये रखना ही जैसे जरूरी था। नहीं तो आपस में दोनों ग्रह टकरा जाते।

देखते ही देखते शम्भुनाथ का चेहरा अपनी स्वाभाविक स्थिति में आ गया।

''ठीक है, ठीक है बेटा। तेरा कल्याण हो।''

शम्भुनाथ के इस आशीर्वाद देने के पीछे छिपा हुआ था एक नये चिन्तन का अंकुरण।

आधी रात में नींद टूट जाने पर पुंडरीक उठकर बिस्तर पर बैठ गया। उसने एक अस्वाभाविक सपना देखा था। बहुत ही कीचड़ भरे पानी में, एक टूटी-फूटी नाव में वह तैर रहा है। उसे घेरकर कई अनगिनत साँप बिलबिला रहे हैं, और उसकी तरफ देख रहे हैं। उनकी नजर में है उत्कंठा और एक तरह का आतंक।

कितने युग से जाने किस राजा या रानी ने खम्भे के उस गुप्त खोह में रुपया-पैसा सँभालकर रखा था। कभी इस पैसे से अपनी कामना-वासना पूरा कर सुख पाने का सपना देखा होगा। पर उस सपने को पूरा करने का सुयोग जीवन में नहीं मिला

होगा। उनकी हताश प्राणसत्ता लोभी बन इस सम्पत्ति की रखवाली कर रही है। धीरे-धीरे शायद वह सत्ता भी कहीं बिला गयी है और उसका स्थान आज कुछ दूसरी विकल चंचल सत्ता ने ले लिया है। अर्थ यानी एक शक्ति। उस शक्ति को यथार्थ रूप में व्यवहार न करके अज्ञानी व्यक्ति जिस तरह विकृत सन्तोष पाता है, उसी तरह अशरीरी सत्ता भी उसकी रखवाली करते हुए उससे ज्यादा सन्तोष पाती हैं। सम्पत्ति को छुपाकर रखे हुए व्यक्ति का लोभ, और फिर उसे व्यवहार न कर पाने की निराशा, और अगर वह धन किसी से छीना गया हो, तो लूटे गये व्यक्ति का अभिशाप, प्रतिहिंसा के लिए उसकी व्याकुलता— ये सारी बातें एक अदृश्य स्पन्दन-वलय का सृजन करते हैं और उस छिपाये हुए धन के चारों तरफ रखवाली करती सत्ताओं के लिए वह वलय सुखकर जलवायु की तरह होता है। इसलिए वे होशियार रहती हैं। वह सम्पत्ति जैसे उनके कब्जे में से छूट न जाए। इस स्थूल जगत में उनकी उसी सतर्कता की अभिव्यक्ति हो रही थी उस काले नाग के रूप में।

बिस्तर के नीचे रखी हुई स्वर्ण मुद्रा को लेकर पुंडरीक ने सतर्कता के साथ पूजा के कमरे में जाकर उसे ठाकुर के आसन के नीचे रख दिया। वापस लौटकर बिस्तर पर बैठकर वह बटुक भैरव तन्त्र की भूमिका और मन्त्र का उच्चारण करने लगा, जो अपशक्ति पर्यार्थ के भूत-प्रेतों को दूर रखेगा।

प्रणवं पूर्वमुच्चाय देवीप्रणवमुद्धरेत्।
बटुकायेति वै पश्चादापदुद्धरणाय॥
कुरूद्वयं ततः पश्चाद्बटुकाय पुनः क्षिपेत।
देवी प्रणवमुद्धृत्य मन्त्रोद्धारमिणं प्रिये॥

मन्त्रोद्धारमिमं देवी त्रैलोक्यस्यापि दुर्लभम्।
अप्रकाश्चमिमं मन्त्र सर्वशक्तिसमन्वितम्॥

स्मरणादेव मन्त्रस्य भूतप्रेतपिशाचकाः।
विद्रवंति भयार्त्त वै कलेरूद्रादिव प्रदाः॥

(शिव देवी दुर्गा से कह रहे हैं, पहले प्रणव (ॐ) उच्चारण करने के बाद देवी प्रणव (ह्रीं) बोलना होगा... यह मन्त्र त्रिभुवन दुर्लभ, यह मन्त्र सर्वशक्तिसमन्वित और अप्रकाश्य है। इसे स्मरण करने पर भूत, प्रेत, पिशाच भाग जाते हैं। जैसे, कालारूद्र के भय से इनसान भाग जाता है।)

अँधेरा रहते ही, दूसरों के जगने से पहले, बिस्तर छोड़कर, पुंडरीक ने नदी में स्नान कर, अपने व्यक्तित्व को मान्त्रिक प्रतिषेध के द्वारा निरापद कर, अविचल

पाँव बढ़ाते हुए ध्वस्त खम्भे के वलय के अन्दर जाकर पात्र को सीधा किया। तब भोर का समय था। बिखरी हुई मुद्राओं को पात्र के अन्दर रखकर सतर्कता के साथ बाहर आकर नदी में धोकर साफ किया, गंगा स्त्रोत के जरिये पात्र को कलंक-मुक्त कर कुमुदिनी की कुटिया के पीछे एक गुप्त स्थान में छिपा दिया।

पात्र को छिपाकर जैसे ही मुड़ा, अपने सामने कुमुदिनी को फटी-फटी आँखों से देखते पाया।

"मैंने तो देख लिया; फिर छुपाया कैसे?"

पुंडरीक के अकेले यूँ अलसुबह निडरता के साथ सारे काम कर लेने पर कुमुदिनी अचम्भित रहने के बावजूद हँस दी और सवाल दाग दिया।

"सच कहा। इसे अपने आपसे छुपाना ही मेरा उद्देश्य था। अब यह तुम्हारे जिम्मे है। मेरा दायित्व खत्म हुआ। तू जहाँ चाहे, वहीं छुपाकर रख दे। तू इसे पायी है।"

"मैंने पाया है तुम्हारे लिए।"

"तेरी ऐसी बात मुझे असुविधा में डालेगी। इस सम्पत्ति की रखवाली करने वाली अपशक्तियों को दूर कर देने के बाद..."

"अच्छा पुंडु भाई, वह नागसाँप?"

"मेरा ख्याल है कि वह अपनी बिल में से मुझे टुकुर-टुकुर निहार रहा था। मुझे बाधा देने की उसकी कोई इच्छा नहीं थी। क्योंकि वह मन्त्र उसे उसकी जिम्मेदारी से मुक्त कर चुका था। अपशक्तियों को दूर करने के बाद मेरे मन में यह विचार आया कि वाराणसी जाकर पढ़ना ही मेरा एकमात्र उद्देश्य नहीं है, तुझसे विवाह कर लेने के बाद बाबा अपनी सम्पत्ति से मुझे बेदखल कर देंगे, तो अपनी जीविका चलाने के लिए नौकरी ढूँढ़ना दूसरा उद्देश्य होगा। पर तूने यह जो आविष्कार किया है उसका मूल्य बहुत है। इसका अगर हम ठीक तरह से उपयोग करें, तो हम दोनों और सती मौसी के जीने-खाने में फिर कोई परेशानी नहीं रहेगी। हालाँकि इसे हम अपना लेंगे या फिर किसी दूसरे को दे देंगे, उस पर विचार करना होगा, पर अभी नहीं, मैं वाराणसी से लौटूँ तब। तुम तब तक इसे छुपाकर रख तो पाओगी न?"

कुमुदिनी ने कुछ नहीं कहा। पुंडरीक ने ध्यान दिया, तो उसे आश्चर्य हुआ, कुमुदिनी रो रही थी। कुछ पल पहले उसकी हँसी सामयिक आवेग की एक झलक मात्र थी। हल्की सुबह के आलोक में पुंडरीक समझ गया कि वह काफी समय से रोती रही होगी। चेहरा उसका सूज गया था।

पुंडरीक ने उसके दोनों कन्धे पकड़कर उसे झकझोर दिया।

कुमुदिनी बहुत मुश्किल के साथ अपनी सिसकी रोककर बोली, "गाँव की

बहुत कम लड़कियों के साथ खेली हूँ; कभी-कभार उनमें से एक-दो लड़कियाँ मुझे देखकर इशारे से कुछ कहती थीं, पर मैं तब समझ नहीं पाती थी।''

''अब क्या समझी?''

''पुंडु भाई, इतना समझ रही हूँ कि तुम मुझसे विवाह नहीं कर पाओगे। तुम्हें जो कुछ पता नहीं है, उसके बारे में जानने का दुर्भाग्य मुझे कल रात मिला। खास मेरी माँ से। मैं ब्राह्मण कन्या नहीं हूँ।''

''मैं नहीं जानता हूँ तुमने ऐसा कैसे सोच लिया?''

''जानते हो?'' बहुत ही आश्चर्य के साथ कुमुदिनी ने पूछा।

''तुम जमींदार विनयभूषण की कन्या हो।''

''पर मेरी माँ किसी और की पत्नी थीं; यही शायद जानते हो।''

पुंडरीक क्या कहे कुछ समझ नहीं पाया।

''सुनो!'' ठहरे हुए लहजे में कुमुदिनी बोली, ''मैं विनयभूषण की बेटी हूँ, यह बात सच है। पर मेरी माँ किसी और की पत्नी नहीं है, यह बात जरूर तुम नहीं जानते हो।''

''यानी? सती मौसी किसी की तो पत्नी होंगी।''

''वह तुम्हारे जमींदार यानी, मेरे पिता विनयभूषण राय की ही पत्नी हैं। चंडीनगर से भागकर यहाँ आकर विनयभूषण ने चुपचाप उनसे विवाह कर लिया था। एक अनजानी, भागकर आयी हुई, गरीब ब्राह्मण लड़की से विवाह कर लिया है, इस बात को समाज में प्रतिष्ठित, प्रतापी पिता राजा मन्दरधर से कहने का साहस उनका नहीं था। इसलिए ठीक समय पर उन्होंने अपने समाज में विवाह कर लिया। मेरी माँ बहुत ही अलग धातु की बनी हुई स्त्री। उसे कोई शिकायत नहीं है। अपने को सामने लाने की इच्छा नहीं है। पिता के दो-चार जो अन्तरंग व्यक्ति जिन्हें यह बात पता थी, उनमें से सिर्फ तुम्हारे पिता जीवित हैं। पर वह ऐसा व्यवहार करते हैं मानो कुछ नहीं जानते हैं। जमींदार ने भी तुम्हारे पिता से अलग कोई व्यवहार नहीं किया। उनके लिए मेरी माँ एक दासी मात्र हैं।''

''लेकिन बाबा...''

पुंडरीक ने बात पूरा नहीं करके अपने अन्दर ही पिता के प्रति असन्तोष को दबाये रखा।

पूरी रात जो कुछ कुमुदिनी ने अपनी माँ से सुना था सबको अब पुंडरीक के सामने बोलती गयी। उसका वह बखान कहानी की तरह रोमांचकारी, कुछ मात्रा में लोमहर्षक था। कहानी के साथ सम्पृक्त कुछ चरित्रों के अलावा उस कहानी का किसी और ने उपभोग नहीं किया है और उससे जुड़े चरित्रों के लिए उपभोग्य होने का सवाल ही नहीं था। उनमें से कुछेक के लिए वह अनुभव ही था बस; और

कुछेक के लिए तिक्त अनुभव।

आवाज के प्रतिध्वनित होकर धीरे-धीरे निःशब्द हो जाने की तरह सती को छोड़कर बाकी चरित्रों की स्मृति में से वह कहानी भी धीरे-धीरे मिट गयी थी।

बीस कोस दूर के एक गाँव के एक गरीब घर में सती का जन्म हुआ था। वह असामान्य सुन्दरी थी। माता-पिता को गँवाकर वह अपने एक रिश्तेदार के यहाँ पल-बढ़ रही थी।

वह रिश्तेदार कन्या के बदले में उपयुक्त सोने की पेशकश का इन्तजार कर रहे थे। उसी समय सुन्दरी जवान सती दुर्धर्ष डाकू सरदार गाजन बाघिआ की नजर में पड़ गयी। चौबीस परगना जिला के सुन्दरवन सीमा में स्थित जयनगर से लेकर उत्तर बालेश्वर के चन्दनेश्वर तक उसका इलाका फैला हुआ था। सती के अभिभावकों को उसने सती की सबसे ज्यादा कीमत चुकाने की पेशकश की, पर गाजन अब्राह्मण था। उसे कन्यादान करना कैसे सम्भव होता?

समाज की नजर में गाजन बाघिआ के साथ सती के ब्याह को एक यथार्थ रूप देने के लिए गाजन बाघिआ द्वारा प्रेरित डाकुओं ने उसके अभिभावकों के घर पर आक्रमण कर सती का अपहरण करने का नाटक खेला। उस अभिनय को चालू रखते समय सती को उसके अभिभावकों ने सच्ची बात भी बता दी। पर ऐसा इसलिए नहीं किया गया कि वे सत्यनिष्ठ थे, बल्कि इसलिए कि कहीं सती को यह भूले से भी न लग जाए कि वाकई उसका अपहरण कर लिया गया है, नहीं तो वह फिर घर लौटने की कोशिश करेगी! अगर ऐसा हुआ, तो सती की उस घर में अब और कोई जगह नहीं होगी, यह बात उसे समझा दी गयी।

आधे कोस की दूरी पर, नाव में सज्जित कुटिया के अन्दर गाजन बाघिआ इन्तजार कर रहा था। सती को उसके सामने पेश किया गया। प्रौढ़ गाजन दिखने में राक्षस की तरह था। अपनी मूँछ को सहलाते हुए मुँह फाड़कर अनुराग भरी हँसी प्रकट की, तो सती को लगा मानो उसके सामने जैसे नरक की भयंकर सुरंग खुली हुई है। उस सुरंग का कोई अन्त नहीं है। आखिर में कोई रोशनी की झलक भी नहीं है। एक पल के लिए उसका सिर चकरा गया। वह बेहोश होते-होते रह गयी।

गाजन बाघिआ विवेकी था। सती के तन को उसने खरीद लिया था। पर उसका दिल जीते बिना अपने अधिकार को साबित करने के लिए वह व्यग्र नहीं था। इसलिए सती को बहकाने के लिए उसके सामने सूप भर स्वर्णालंकार रख दिया गया। सरदार की एक रक्षिता उसमें से एक-एक करके अलंकार निकालकर सती को पहनाने लगी। बुद्धिमती सती ने अपनी असहायता को भाँप लिया। इसलिए उसने खुश होने का अभिनय किया।

आधी रात को नौका को एक बगीचे के पास रोका गया। वहाँ पहले से ही

कर्मचारीगण खाने-पीने की व्यवस्था कर रहे थे।

सती सोयी थी। पास में उसके डाकू सरदार की रक्षिता सोयी थी। पर नींद में रक्षिता सो गयी थी; सती नहीं।

जिस रूप में भी विपदा आये, पर विपदा की सबसे भयानक करामात मृत्यु के अलावा और क्या हो सकती है भला? उसके लिए सती तैयार थी।

किनारे से नौका को जोड़कर रखे गये लकड़ी के पटरे के ऊपर सती मगरमच्छ की तरह रेंगकर पहुँची। पर ऊपर न उठकर वह नीचे की तरफ काँटे और कीचड़ भरे रास्ते पर किनारे-किनारे दूर तक चली फिर ऊपर उठकर अन्धाधुन्ध दौड़ने लगी।

किस तरफ वह दौड़ रही थी, उस बारे में सोचने का समय नहीं था उसके पास। एक गाँव के अन्दर कुछ सुखभरा निनाद सुनाई दे रहा था, कुछ प्रकाश की रेखा नजर आ रही थी। वह उसी तरफ चलने लगी। गाँव में देवी मन्दिर के सामने यात्राभिनय चल रहा था। वहाँ हजारों-हजार नर-नारियों की भीड़ थी। अभी तो इस भीड़ में अपना आत्मगोपन किया जा सकता है। पर उसके बाद?

यह नाटक पंचम अध्याय के बाद समाप्त होगा... उसके बाद जनता अपने-अपने घर लौट जाएगी। बाकी बची रात को सोते हुए बिताएँगे सभी, पर सती? अभिभावकों का घर उसके लिए वर्जित है। उसका जीवन-नाटक किस तरफ मोड़ लेगा?

इसी बीच चल रहे नाटक के अभिनेताओं के ऊपर वह नजर डाल चुकी थी। वे सब काफी परिचित से लगे। उसने समझ लिया कि उसके गाँव से ही वह नाटक मंडली आयी है।

सती इधर-उधर देखती रही। कहीं डाकू सरदार के अनुचर वहाँ पहुँच गये तो? उसका शक यों गलत भी नहीं था। तीन-चार क्रूर नजर वाले इनसान वहाँ बैठी भीड़ के चारों तरफ घूम-घूमकर किसी को जैसे ढूँढ़ रहे थे।

उनमें से कोई भी व्यक्ति उसकी तरफ आता, इससे पहले ही सती वहाँ से हटकर मन्दिर से सटे हुए साज-सज्जा वाले कमरे में घुस गयी। वहाँ उस समय कोई भी अभिनेता नहीं था। एक कुरसी पर बैठा नींद के झोंके में ऊँघ रहा था उसके गाँव का युवक, उसका मुँहबोला भाई चन्दन मिश्र।

चन्दन मिश्र ने विवाह किया था। पर दो साल के बाद ही उसकी पत्नी वैवाहिक भविष्य के ऊपर से आस्था हटाकर अपने पिता के घर चली गयी थी। क्योंकि गाँजे के अतिरिक्त चन्दन मिश्र के जीवन में दूसरी किसी चीज के लिए कोई आकर्षण नहीं था। गाँव के लोगों की यह धारणा थी कि अपनी पत्नी का चेहरा भी देखने का कुतूहल कभी उसने अनुभव नहीं किया होगा।

गाँव की लड़कियों के लिए चन्दन मिश्र एक सहेली की तरह सुरक्षित था।

पत्नी के चले जाने के बाद गाँव की नाटक मंडली के साथ बुलाए गये गाँवों में जाकर प्रसाधन कक्ष की रखवाली करना ही उसके लिए एकमात्र गठनमूलक कार्य था।

चन्दन चौंक गया। संक्षेप में सती उसे अपना हाल बताकर बोली, ''देखो मेरे सारे गहने अब तुम्हारे हैं। पर मुझे कहीं छुपाकर रखने का बन्दोबस्त करो।''

चन्दन मिश्र समझ गया, यह काम कर देगा तो फिर जीवन भर उसे गाँजे के लिए पैसों की चिन्ता नहीं करनी पड़ेगी।

प्रसाधन कक्ष के सामने कुछ सन्देह भरी आवाज सुनाई पड़ी। सती का विचार था कि उस दिन अपने जीवनकाल में चन्दन मिश्र ने ऐसे दो अप्रत्याशित काम किए थे, जो कि देवी प्रेरित थे, और सती के लिए विधाता का आशीर्वाद। उसी एक पल में ही बातचीत करने वाले लोगों के कमरे में घुसने के सिर्फ एक पल पूर्व ही, पहला काम उसने किया था कि सती के सिर पर यात्रा दल के देवी के मुकुट को पहना दिया था और नीचे की तरफ गीली हो गयी उसकी साड़ी को एक चमकीले रंगीन जरीदार कपड़े से ढँक दिया था।

''इस बार पाठ को ठीक से याद कर लिया है न? नहीं तो उस्ताद फिर कुटमश करेगा।'' उन अजनबियों के कमरे में घुसते समय चन्दन सती को धमका रहा था। सती कोई उत्तर न दे, इसका इशारा करते हुए उसने उसे एक बीड़ी भी पकड़ा दी।

सती मुँह खोलती तो सर्वनाश हो जाता। कहना जरूरी नहीं है कि उस समय युवक ही यात्रादल में युवती के वेश में अवतरित होते थे।

सती के नि:संकोच बीड़ी पीते ही डाकू दल वहाँ से चला गया।

उसके बाद ही चन्दन मिश्र ने दूसरा काम किया। सती को लेकर दूसरे दिन भीषमपुर कोठी पर पहुँचा। वहाँ उसका मामा रसोइया का काम करता था। भाँजे के प्रति उसके मन में स्नेह था। सती के लिए भी स्नेहभाव पैदा होने में समय नहीं लगा। अपनी मौत से पहले ही उसने सती को रसोइया का काम सौंप दिया। चन्दन मिश्र लोगों की समझ के अनुसार सती का पति था। कोठी की रखवाली करने के नाम पर गाँजा पीने में मगन रहने वाला चन्दन बिना किसी शोर-शराबे के महाकाल के दिग्वलय में एक दिन विलीन हो गया।

भीषमपुर में ही रहते समय उस पहले पयार्य में ही विनयभूषण के साथ उसका सम्बन्ध पनपने लग गया था।

''मैं अवैध सन्तान नहीं हूँ। मेरी माँ असती नहीं है।'' कुमुदिनी ने धीमे स्वर में घोषणा की।

निर्जन और नीरव ऊषा की उदासीनता जैसे उस दिन कुमुदिनी के आँसू के

चलते और घनी हो उठी थी। कुमुदिनी के चुप हो जाने के बाद भी उसी समय नींद से जगी चिड़ियों का कलरव मानो उसकी वेदना को प्रकट कर रहा था।

पहली बार पुंडरीक ने उसे गहरे आवेग के साथ आगोश में ले लिया।

''कुमु! तू कितनी बुद्धू है? तू चांडाल की बेटी होती, तो भी मैं किसी और से प्रेम नहीं कर पाता, इस बारे में क्या तेरे मन में थोड़ा-सी भी शंका हो सकती है?'' पुंडरीक ने खुद की आवाज में ही एक अभूतपूर्व आन्तरिकता अनुभव की।

दस

नदी के साथ जन्म से ही अन्तरंग होने पर भी पुंडरीक को वाराणसी की गंगा ने एक अननुभूतपूर्व श्रद्धा में आच्छन्न कर रखा था। वह प्रबल प्रवाह मानो महाकाल का एक स्थूल रूप समान था। कभी उत्ताल; कभी मध्य पर अनवरत गतिशील।

कोई भी उत्तुंग लहर एक बार सिर उठाकर फिर जलराशि में विलीन हो जाती थी, तो फिर उसकी कोई स्वतन्त्र सत्ता नहीं रह जाती थी। अविच्छिन्न जलराशि ही उसका परिचय है। वाराणसी में पहुँचने के बाद पहले दिन शाम को ही, गंगा के किनारे बैठकर पास के श्मशान का दृश्य देखते-देखते पुंडरीक को लगा मानो मृत्यु जैसे सर्वव्याप्त जीवन के अन्दर सिर्फ एक प्रवेशिका है। पंचभूत तथा प्राण, मन और आत्मा के अपने-अपने उत्स के प्रत्यावर्तन कर जाने का अर्थ जीवन का अन्त नहीं, व्यापकतर जीवन का नियतन है।

''बाबा, असली वाराणसी इन कोठियों, बाजारों, इनसान या रास्ता-घाट में नहीं है। यह शिवजी का स्थान है। शिव यानी जो चिरन्तन हैं। चिरन्तन वाराणसी का सन्धान और अनुभव एक सौभाग्य की बात है। शिव मृत्युंजयी हैं। चिरन्तन वाराणसी के बाशिन्दे मृत्यु पाने पर भी मौत के संकट से ऊपर हैं। यानी स्थूल मृत्यु का अर्थ उनके लिए अलग है।'' शम्भुनाथ और पुंडरीक का स्वागत करते समय भैरव ओझा के गुरुभाई, आचार्य भास्कर शास्त्री के उत्तराधिकारी चन्द्रदीप ने यह बात कही थी।

पुंडरीक ने उससे पहले भी एक किंवदन्ती के बारे में सुना था। एक बार शिव ने पार्वती से कहा, वह बारह वर्ष के लिए आत्मगोपन करेंगे। देव-देवी, मुनि, ऋषि कोई भी उनका सन्धान नहीं पाएँगे। पार्वती ने शिव को ऐसा करने से मना किया। पर शिव जब अपने संकल्प पर दृढ़ रहे, तो पार्वती ने भी दृढ़ता के साथ घोषणा

की कि बारह वर्ष पूरा होने से पहले ही वह उन्हें ढूँढ़ निकालेंगी।

शिव शायद हँसे हों। क्योंकि विश्व ब्रह्मांड में स्थित हर गहरे, गुप्त स्थान के बारे में उन्हें पता है। वह अगर स्व-इच्छा से गुम जाएँगे, तो उन्हें ढूँढ़ निकाले, ऐसा साध्य किसका हो सकता है भला?

बारह साल पूरा होने में एक पल बाकी था। पार्वती ने इसी काशी में उपस्थित होकर ज्यों ही शिव उठने लगे, तो झट से उनका त्रिशूल पकड़ लिया।

यानी शिव पकड़ में आ गये। अब पार्वती की किसी भी एक माँग को उन्हें पूरा करना होगा।

वरुण और अस्सी नदी जहाँ गंगा में लीन हो रही थीं वह बीच वाली जगह पार्वती को जरूर मनोरम या तात्पर्य भरी लगी होगी। इसलिए उन्होंने माँग रखी कि शिव कभी भी उस जगह का परित्याग न करें।

शिव को राजी होना पड़ा। वाराणसी उनका चिर-निवास बना।

पुंडरीक को लगा, इस किंवदन्ती का तात्पर्य है, एक दृढ़-चित्त, अभीप्सु इस क्षेत्र में शिव-सत्य का आविष्कार कर पाने के लिए वचनबद्ध है।

पुंडरीक को ठीक से वहाँ व्यवस्थित करने के लिए शम्भुनाथ उसके साथ आया था। चन्द्रदीप ने अपने गुरु से सिर्फ भैरव ओझा की ही नहीं, बल्कि शम्भुनाथ की भी भूरि-भूरी प्रशंसा सुनी थी। भैरव नाथ की मृत्यु के समय तीर्थयात्री भास्कर शास्त्री ने वहाँ अचानक पहुँचकर, मित्र के वियोग के बाद जमींदार विनयभूषण का आतिथ्य ग्रहण किया था। उस दौरान वह शम्भुनाथ के प्रति विशेष आग्रही हो गये थे। यहाँ तक कि शम्भुनाथ उनके साथ वाराणसी चले ऐसा प्रस्ताव भी देना चाहा था। पर शम्भुनाथ के ऊपर विनयभूषण की निर्भरता का ध्यान करके उन्होंने ऐसा करने की पहल नहीं की।

उस समय तरुण चन्द्रदीप, भास्कर शास्त्री के सहयात्री शिष्य और अन्तरंग सेवक के रूप में यह सारी बातें जानते थे। शम्भुनाथ के साथ उनकी मित्रता भी हो गयी थी। कई सालों के बाद आज सुपुत्र सहित शम्भुनाथ को अपने पास पाकर वह प्रफुल्लित हो गये।

"शम्भुनाथ! आजकल एकाध व्यक्ति ही तन्त्र को अपने आध्यात्मिक विकास मार्ग के रूप में देखते हुए उस शिक्षा के प्रति आग्रह दिखाते हैं। कई आते हैं कुछ 'चमत्कार' शक्ति हासिल करने की वासना लेकर, तो कुछ आते हैं सिर्फ अपने कुतूहल को चरितार्थ करने के लिए। उन्हें शिक्षा देने में सन्तोष कहाँ मिल पाएगा? मेरे सारे योग्य शिष्य अपनी-अपनी जगहों पर लौट गये हैं। अभी जो दो-तीन शिष्य हैं उनका अधिकार साधारण है; शक्ति भी वैसी ही है। अगर पुंडरीक सचमुच अभिप्सु है, तो फिर उसे मैं यथासाध्य अपना ज्ञान प्रदान करने के लिए तैयार हूँ।

कालगर्भ में लीन हो जाने से पहले अपने पीछे एक महत शिष्य छोड़ जाने से बढ़कर तृप्ति एक गुरु के लिए और क्या हो सकती है भला?'' चन्द्रदीप ने कहा।

''चन्द्रदीप! पुंडरीक के पिता और उसके प्रथम गुरु के नाते मैं कहूँगा कि उसमें बहुत योग्यता है। पर अभिप्सा है कि नहीं, और है भी तो वह कितनी गहरी है यह मैं नहीं जानता। यह तुम्हें ही पता करना होगा।''

''ठीक है शम्भुनाथ। वैसा ही होगा।''

एक पक्ष बीत गया। अब शम्भुनाथ को विदा लेनी होगी। फिर भी चन्द्रदीप पुंडरीक में अन्तर्निहित अभिप्सा की मात्रा भाँप नहीं पाये। कभी-कभी लगता मानो पुंडरीक पूर्व जन्म का एक तन्त्र भ्रष्ट साधक है; कोई भी मन्त्र-तन्त्र क्रिया-प्रक्रिया उसे सिखाने की जरूरत नहीं, सिर्फ वह सब कुछ उसे याद दिला देना होगा। वह सारे ज्ञान जैसे उसकी स्मृति में संचित हैं पर सुप्त अवस्था में हैं।

फिर कभी-कभी लगता, इन सारी विद्या के लिए उसका आग्रह बहुत कम है। अनासक्त होकर वह सिर्फ अनुशीलन ही कर रहा है।

चन्द्रदीप के मन में इस तरह की परस्पर विरोधी धारणा की सृष्टि होना स्वाभाविक था। तेज बुद्धि, जल्द सीख लेने वाली प्रवृत्ति और शिक्षक के प्रति श्रद्धाभाव के चलते पुंडरीक सारी विद्या सहजता से सीख ले रहा था। पर वाराणसी को छोड़कर उसका चित्त एक पल में कूदकर पहुँच जाता ध्वंसावशेष और झाड़-झंखाड़ से भरे एक निर्जन शान्त परिवेश के अन्दर, धीर बहती नदी के पास काफी ऊँचाई पर स्थित एक कुटीर में। वहाँ उदास भाव से इन्तजार करती एक कन्या के पास।

उस समय वह जैसे जाग-सा जाता : उसके जीवन का गुप्त लक्ष्य तान्त्रिक बनना नहीं; बल्कि लक्ष्य है कुमुदिनी से ब्याह करके उसके नम्र जीवन में उत्ताल सार्थकता लाना। दुखिनी सती के आखिर समय में उसके चेहरे पर हँसी खिलाना। इसलिए विद्यालाभ में कभी उसके मन में ज्वार आता, तो कभी भाटा पड़ जाता।

शम्भुनाथ अपने साथ कुछ तालपत्र पोथी लाये थे। चन्द्रदीप उस सबको जाँचकर खूब अचम्भित हुए।

''शम्भुनाथ तुमने कितनी दुर्लभ सम्पत्ति का पता किया है उसके बारे में तुम्हें शायद बिल्कुल भी पता नहीं है।'' हैरान होते हुए चन्द्रदीप ने कहा था। पर तुरन्त बाद ही उन्हें समझ आ गया था कि उन सबके बारे में शम्भुनाथ को सिर्फ पता ही नहीं था, वरन् उस पर उनका अप्रत्याशित ज्ञानाधिकार भी था।

शम्भुनाथ की पोथीमालाओं में अन्तर्भुक्त था 'महानिर्वाण तन्त्र' का एक विशेष संस्करण जो कि अब तक प्रचलित तन्त्र-मन्त्र विद्या से बहुत अलग था। कुछ और ज्यादा मन्त्र-तन्त्र से युक्त था वह संस्करण। उसमें थी चर्यापद की एक लिपि।

पहली और आखिरी पृष्ठ विहीन उस पोथी को पढ़कर चन्द्रदीप का वह उन्माद भरा चित्कार बिल्कुल नूतन ग्रह का आविष्कार करने के बाद के विस्मय और पुलक के समतुल्य था।

"शम्भुनाथ, कभी किसी महायानी बौद्ध तान्त्रिक के सौजन्य से जिस पोथी का कुछ भाग मैं पढ़ पाया था लगता है यह उसी के आगे का भाग है। तुमने इसे पढ़ा है। पढ़ा होगा जरूर!"

विनम्रता के साथ उत्तर दिया शम्भुनाथ ने, "पढ़ा हूँ। बहुत ही सांकेतिक भाषा है। पर एक-दो पद्धति पढ़कर उसका प्रयोग भी किया, तो पाया कि वह आशु फलप्रद है।"

"इस पोथी का नाम जानते हो?"

"नहीं। कौन इसका संकलनकर्ता है उस महापुरुष का भी नाम नहीं जानता हूँ।"

"सिद्ध नागार्जुन का नाम सुने हो, शम्भुनाथ? वह थे एक अद्‌भुत साधक। अपने जीवनकाल में एकाग्रचित्त से वह एक के बाद एक तान्त्रिक क्रियानुष्ठान करते रहे। किसी में वह सफल होते तो किसी में विफल। अपनी सिद्धि के रहस्य—उसके लिए जरूरी सारे क्रियानुष्ठान का सम्पूर्ण विवरण वह लिपिबद्ध करते रहे एक' पोथी में। पर उनके द्वारा लिखा गया वह जीवन्त वर्णन कहीं किसी अयोग्य या अनधिकार व्यक्ति के हाथों न लग जाए, इसी भय से वह हमेशा पोथी को अपने बाएँ काँख पर दबाकर रखते थे। सोते समय कहीं कोई उनकी पोथी न ले जाए, इस आशंका के चलते तन्त्र द्वारा उन्होंने अपनी नींद को हलका कर लिया था। जनश्रुति कहती है धीरे-धीरे उनका बायाँ हाथ अचल हो गया। पोथी को नीचे रखकर हाथ को कुछ समय के लिए आराम दे देने के लिए कोई परामर्श देता, तो उसके ऊपर सन्देह से भरी कठोर दृष्टि डालते।

"धीरे-धीरे मित्र और शत्रु दोनों ने उन्हें त्याग दिया। जब उन्होंने अपनी आखिरी साँस ली तब किसी बौद्ध संन्यासी ने वह पोथी अपने पास रख ली। पर सिद्ध नागार्जुन के निर्देशानुसार हो या फिर खुद की प्रेरणा से हो, उन्होंने अपने समधर्मियों को उस पोथी का कुछ भाग ही नकल करने का सुयोग दिया। सीमान्त के किसी पहाड़ पर स्थित बौद्ध विहार में उनकी मौत हुई। 'सिद्ध नागार्जुन कक्षपुट' नामक वह मूल पांडुलिपि अभी तक शायद उसी बौद्ध विहार में रखी हुई है। कोई कोई कहते हैं कि वह पोथी अब तिब्बत में है।"

वहीं पास खड़ा पुंडरीक यह सारी बातें सुन रहा था। उसे कुछ प्रश्न उदास कर रहे थे। विपुल तान्त्रिक सिद्धि के अधिकारी सिद्ध नागार्जुन इतने दरिद्र क्योंकर हुए? अपनी पूँजी के लिए इतनी आतुर आसक्ति क्यों? अपनी सिद्धि समूह का

रहस्य समर्पित करने के लिए क्या कोई योग्य शिष्य उन्हें मिला नहीं; या फिर योग्यता को जाँचने की क्षमता उन्होंने अपने सन्देह की धुन्ध के अन्दर खुद ही गँवा दी थी? कई तरह की सिद्धि हासिल करने के बाद भी साधक की चेतना इतनी दयनीय रूप से संकुचित हो सकती है?

गहरे आग्रह के साथ पोथी को पढ़ते-पढ़ते चन्द्रदीप कहते रहे, "शम्भुनाथ, मैं सन्देहमुक्त हूँ। यह सिद्ध नागार्जुन कक्षपुट का ही अंशविशेष है। तुमने उसे कहाँ से प्राप्त किया?"

"मुझे यह सब संग्रह करने के लिए विशेष कुछ करना नहीं पड़ा, चन्द्रदीप। मैं तब बालक था। बाबूजी गाँव के मन्दिर के पुरोहित थे। जमींदार मन्दरधर राय ने जब मन्दिर का पुनर्निर्माण करवाया, तब मन्दिर के देव के सिंहासन के पीछे स्थित गुफा समान एक कक्ष में रखी हुई इन सारी पोथियों को बाबूजी घर ले आये थे। उनके बाद से ये मेरी हिफाजत में सुरक्षित हैं।"

"इस पोथी की एक नकल तैयार करवाने की अनुमति दोगे?" बहुत ही विनम्रता के साथ चन्द्रदीप ने प्रश्न किया।

"इसे तुम जितने दिन चाहे रखो, तुम्हारा अधिकार है इस पर।"

"नहीं शम्भुनाथ। मैं यथासम्भव जल्द से जल्द इसकी नकल कर लूँगा। नकल कर लेने पर एकाधिक संकलन रह पाएगा। नहीं तो समय के साथ पोथी के अस्तित्व के बारे में सिर्फ किंवदन्ती ही प्रचलित रह जाएगी।"

"ठीक है।"

"तुम्हारे गाँव के मन्दिर के देवता कौन हैं, शम्भुनाथ?"

"देवी तरंगिणी।"

"देवी तरंगिणी? अस्वाभाविक नाम है।"

थोड़ी देर चिन्तामग्न रहने के बाद चन्द्रदीप ने फिर कहा, "तुम्हारा गाँव नदी के किनारे है। लगता है कभी उस जगह का महत्त्व रहा होगा। जहाज वहाँ आते-जाते थे। वैसी जगहों पर बौद्ध युग में तारा देवी पूजा पाती थीं। तारा ही सम्भव है तरंगिणी में परिवर्तित हुई होंगी।"

"हाँ शायद। वहाँ कोई बन्दरगाह तो नहीं था, पर नदी कभी काफी चौड़ी थी। और जहांजों के वहाँ आने-जाने के एकाध प्रमाण मिलते हैं। जमींदार की जिस कोठी में हम रहते हैं, उसे घेरे हुए एक दुर्ग का ध्वंसावशेष है। किंवदन्ती है कि वहाँ के राजा या सामन्त बौद्ध थे या बौद्धवाद के पृष्ठ पोषक थे। महल के पास, दुर्ग के अन्दर ही एक छोटा बौद्ध विहार भी है। उस विहार के भिक्षुक तन्त्र साधक थे। साधना की सुविधा के लिए उन्होंने विहार के साथ एक श्मशान की भी प्रतिष्ठा की थी। एक बार कोई अँग्रेज इतिहासकार वहाँ की जाँच करते समय इस सिद्धान्त पर पहुँचे

थे। महल और विहार के लुप्त हो जाने के बाद भी युगों तक वहाँ तान्त्रिक चर्चा होती रही। धीरे-धीरे वह परम्परा भी विलुप्त हो गयी। पर वह पुराना श्मशान अभी भी वहाँ है। उसे वहाँ से हटा देने के प्रस्ताव पर जमींदार ने कई बार आलोचना भी की। पर अमंगल की आशंका के चलते उस पर अमल करने का साहस अभी तक कोई नहीं कर सका। पर किंवदन्ती है कि उस हाकिम के सिद्धान्त के ऊपर अभी तक कोई शोध नहीं हुआ।'' शम्भुनाथ ने बताया।

''एक अँग्रेज अध्यापक और उसके दो शिष्य-शिष्या झाड़-फूँक और मन्त्र-तन्त्र के रहस्य के ऊपर गवेषणा कर रहे हैं। तीन महीने से वाराणसी में हैं। मेरे पास आ जाते हैं। मैं गवेषक नहीं हूँ और न ही उनके समझने के अर्थ में पंडित ही हूँ। बार-बार यह बात समझाने पर भी वे समझ नहीं रहे हैं। कई आचारों अनुष्ठानों की व्याख्या को ढूँढ़ते रहते हैं। मैं अपनी सामर्थ्य के अनुसार उनकी सहायता कर देता हूँ। कई दुर्लभ ग्रन्थ भी वे संग्रह कर चुके हैं। जितना मूल्य है उससे भी ज्यादा मूल्य देने के लिए वे हमेशा तैयार रहते हैं। पर 'सिद्ध नागार्जुन कक्षपुट' जैसी महत्त्वपूर्ण पोथी को उनके हाथों सौंप देने का सवाल ही नहीं है। क्योंकि यह सिर्फ मन्त्र-तन्त्र का समाहार नहीं है, कई तरह की सिद्धि का वास्तविक सूत्र है यह। इसे हासिल करने का अधिकार उनका नहीं है।'' चन्द्रदीप बोले।

''मन्दिर में रहकर समय के साथ जरूर यह नष्ट हो जाएँगे, तो भी रुपयों के बदले में विदेशियों को इसे दे देना सम्भव नहीं है। वरन् कोई प्रतिष्ठान अगर इसे ठीक से संरक्षित कर सकता है, तो बोलो, तुम्हारे कहने से इसे मैं उस प्रतिष्ठान को दे सकता हूँ।''

उसी समय अध्यापक स्टीवेंसन, उनके दोनों शिष्य और सहकारी वहाँ पहुँचे। युवक भारतीय था, नाम प्रदीप सेठ। संस्कृत और पाली भाषा में विशेष दक्षता थी। कुछ साल पहले चन्द्रदीप से कुछ मन्त्र-तन्त्र भी सीखा था।

युवती अँग्रेज थी। नाम था रूबी।

शम्भुनाथ और पुंडरीक का परिचय उनसे करवाया चन्द्रदीप ने। बातचीत के बीच भीषमपुर कभी एक तारापीठ रहा होगा, ऐसी सम्भावना के बारे में भी बता दिया।

''बौद्धतन्त्र और हिन्दू तन्त्र के भीतर जो सम्पर्क सूत्र था, शायद इसी तरह के कम प्रसिद्धि वाले स्थानों से इस बारे में पता चल सकता है। कुछ शिलालेख या प्राचीन मूर्तिशिल्प क्या हमें देखने को मिल सकते हैं?'' अध्यापक ने पूछा।

''पिछले तीन पुरखों से आज का तरंगिणी मन्दिर दो-दो बार नया हो चुका है। पर अन्दर में विलुप्त प्रायः आदि मन्दिर के कुछ शिलाखंड अब भी संरक्षित हैं। नहीं, संरक्षित तो नहीं बस बचे हुए हैं। लिपि और रेखाएँ विलुप्त प्रायः हैं।''

इतना कहकर अतिथि-सत्कार की ग्रामीण परम्परा के अभ्यस्त शम्भुनाथ ने अध्यापक को भीषमपुर आने का निमन्त्रण दिया। अध्यापक खुश नजर आये।

"महाशय।" अब अध्यापक चन्द्रदीप की तरफ मुखातिब होते हुए बोले, "अभी हम आपसे एक विशेष अनुरोध करने आये हैं।" भूमिका में इतना बोलकर वह भारतवर्ष में रहने की समयावधि में अपने साथ घटी एक सबसे रोमांचकारी घटना की कहानी कहने लगे।

अध्यापक और उनके दोनों अनुगत नगर के उपकंठ में गंगा किनारे एक छोटी कोठी किराये पर लेकर रह रहे थे। उससे सटी हुई एक बड़ी, पर टूटी-फूटी कोठी में युवक गृहस्वामी महेन्द्र का परिवार रहता था।

गृहस्वामी का एक कोमल सुन्दर बालक था। उसका नाम था लिलु। गृहस्वामी के साले तीन-चार साल से रंगून में रह रहे थे। वही दो दिन पहले अपने गाँव सारनाथ जाकर लौटते समय अपनी बहन से मिलने उसके घर पहुँचे। उनकी तरफ कुछ देर तक आँखें फाड़कर लिलु देखता रहा फिर दौड़कर जाकर उनसे लिपट गया।

"पापा! तुम कहाँ गये थे?" पूछकर बालक लगातार रोने लगा। गृहस्वामी महेन्द्र और उनकी पत्नी ने बच्चे को जितना भी चुप कराया, रोने का कारण पूछा, कोई फायदा नहीं हुआ। बच्चा रोता रहा।"

"पापा! माँ कहाँ है? हम घर कब जाएँगे?" लिलु व्याकुल होकर पूछने लगा।

"यहीं तो है तेरी माँ, पापा!" उसके असली माता-पिता की तरफ दिखाकर मामा ने बार-बार उसे बताया। उसने कुछ प्रतिवाद तो नहीं किया, पर संदिग्ध नजर से उनकी तरफ देखता रहा। फिर अभिमान और अपमान से चेहरा ऐसा बनाया मानो कहना चाह रहा हो कि उसके साथ ऐसा मजाक करने की क्या जरूरत है?

बच्चे का दिमाग फिर गया? उन्हें ऐसा शक कुछ हुआ। पर मामा ने तब तक लिलु को गोदी में उठा लिया और पूछा, "तेरा नाम क्या है?"

पहले तो जैसे कुछ याद नहीं कर पाया। अपने पूर्व जन्म की बात किसे याद रहती है।

"तेरा नाम लिलु है न?"

लिलु हाँ कह रहा है या ना समझ नहीं आया।

"मैं तुझे किस नाम से पुकारूँ बता तो?" मामा ने पूछा।

"आप मेरा नाम भी भूल गये?"

"तू शि...शि... शि..."

"शिबु।" मामा की गोद में रहकर लिलु धीरे से उनके कान को दाँत से काटते हुए बोला।

"तेरी मम्मी का क्या नाम है?"

"माँ का नाम माँ है।"

"तू खेलेगा किसके साथ?"

"राजि दीदी और विजय के साथ।"

अब मामा रोने लगे। वह निश्चित हो गये कि लिलु उनकी मृत सन्तान शिबु के पुनर्जन्म का संस्करण है। वह जातस्मर है, यानी उसे अपने पुनर्जन्म की बातें याद हैं।

शिबु की स्वाभाविक मौत नहीं हुई थी; उसकी हत्या हुई थी। छह साल पहले सारनाथ की एक उत्सव भरी शाम को एक सुनसान जगह पर उसका मृत शरीर पड़ा मिला। उसके गले से सोने की चैन निकालकर उसका गला घोंट दिया था हत्यारे ने। शायद पहचान का ही था कोई।

मामा ने याद किया, शिबु उनकी गोद में रहकर प्यार से उनका कान कुतरता रहता था। उसने पुनर्जन्म लिया है। पर पहले जन्म की आदत को भूला नहीं है।

"चलो घर चलते हैं।" मामा की पीठ पर मुक्का मारते हुए लिलु ने जिद की। रात में वह जिद करके मामा के मास सोया। आज सुबह फिर रट लगाये हुए है, "चलो, घर चलो।"

"चन्द्रदीप जी! आप तो जरूर पुनर्जन्म में विश्वास करते हैं!" अँग्रेज अध्यापक ने पूछा।

"जरूर करता हूँ।"

"मैं नहीं करता था। पर अब द्वन्द्व में पड़ा हुआ हूँ।"

अपनी आवाज को धीमा करके अध्यापक ने फिर कहा, "हमारे गृहस्वामी महेन्द्र कभी जमींदार थे; पर आज अभावग्रस्त हैं। उनके साले धनवान हैं। बेटे के प्रति ममता जगाकर साले का शोषण करने की यह एक योजना तो नहीं है?"

"साहेब, मैं महेन्द्र को जानता हूँ। इस तरह की चतुराई भरी बातें उसके दिमाग की उपज नहीं हो सकती। पर साथ ही यह भी कहना चाहूँगा कि मानव का चरित्र मानव के भी समझ के बाहर है।"

"चन्द्रदीप जी, वे सब आज दोपहर को सारनाथ जाएँगे। ज्यादा दूर नहीं है। हम भी जाएँगे सोच रहे हैं। आप हमारे साथ चलो।" स्टीवेंसन ने अनुरोध किया।

"नहीं साहेब, मैं बहुत व्यस्त हूँ। मुझे जल्दी ही एक जरूरी गवेषणात्मक काम पूरा करना होगा।"

"पर यहाँ तुम्हीं मेरे बन्धु, दिग्दर्शक और दार्शनिक हो। कोई रहस्यमय घटना घटित होगी, तो उसका तात्पर्य मुझे कौन समझा पाएगा? तुम सत् हो। इसलिए तुम्हारी व्याख्या को मैं बिना झिझक स्वीकार कर लूँगा। और किसी की व्याख्या

पर मेरा वैसा विश्वास नहीं हो पाता है।'' बहुत ही जोर देकर अध्यापक ने अनुरोध किया।

चन्द्रदीप के चेहरे पर सहानुभूति का भाव जगा।

''तुम्हारे साथ पुंडरीक चला जाएगा।''

उस समय कमरे में पुंडरीक नहीं था। इसलिए चन्द्रदीप बोले, ''वह युवक जैसा श्रीमान है वैसा ही धीमान भी है। बचपन से ही वह उस पार के संसार के साथ कारोबार कर रहा है। वह तुम्हारी सहायता कर पाएगा। उसके पिता से अनुरोध करता तुम्हारे साथ जाने के लिए, पर वे एक महत्त्वपूर्ण पोथी पढ़कर लिखवा रहे हैं और मैं लिख रहा हूँ।''

चन्द्रदीप ने पुंडरीक को बुलाकर यथाविधि निर्देश दिया।

विस्मय और पुलक के अतिरिक्त और कोई तीसरा रस जैसे रूबी को मालूम नहीं था। वह मन:स्तत्व की गवेषिका है। पाश्चात्य जगत में चौंध सृष्टि करने वाले नये छाया मन:स्तत्व यानी परामनोवैज्ञानिक के सम्बन्ध में जानने का उसमें अपार आग्रह था। वह थिओसोफिकल सोसाइटी की सदस्या भी है। पर अभी उसने सारी विद्या के प्रति गवेषणात्मक मनोभाव का त्याग करके एक नयी सिहरन को मानो अपना सर्वस्व मान लिया था, वाराणसी के जीवनाधार के संस्कार, कुसंस्कार, तन्त्र जगत के तत्त्व और कहानी, सभी कुछ को बिना कोई प्रश्न किये, बिना दुविधा के वास्तविक मान लेने के लिए वह सिर्फ तैयार ही नहीं थी, बल्कि व्यग्र भी थी। वाराणसी में उसका जीवन खुद उसकी नजर में उसके पुनर्जन्म के समान था।

''इस तरह कि कोई और घटना की अभिज्ञता क्या इससे पहले भी तुम्हें हुई है?'' पुंडरीक से रूबी ने पूछा।

''यानी?''

''यानी, पुनर्जन्म की अभिज्ञता।''

''नि:श्वास प्र:श्वास की अनिवार्यता क्या याद रखने जैसी अभिज्ञता है? एक दिन बीत जाता है, नया एक दिन आ जाता है। समय का यह गतानुगतिक आवर्तन जैसे याद रखने के पर्याय में शामिल नहीं है, पुनर्जन्म भी वैसी ही एक स्वाभाविक, अनिवार्य घटना है। इस पथ में यात्रा करने वाले इन सारे नर–नारियों का पूर्व जन्म था और फिर पुनर्जन्म होता रहेगा। इसमें विशेष अभिज्ञता का प्रश्न ही कहाँ उठता है?'' पुंडरीक ने जवाब दिया।

''आश्चर्य! ऐसी महत्त्वपूर्ण बात को कितने चमत्कारिक रूप से स्वाभाविक तौर पर भारतीयों ने स्वीकार कर लिया है! मुझे लगता है, मैं पूर्वजन्म में भारतीय थी।''

“हो सकता है।”

“पर लिलु की तरह मैं अपने पूर्वजन्म के बारे में कुछ भी याद क्यों नहीं कर पा रही हूँ?” रूबी के प्रश्न में अदम्य कुतूहल था। वह बार-बार प्रदीप और पुंडरीक की तरफ देख रही थी।

दोनों चुप रहे। शायद दोनों सोच रहे थे कि अगला इसका जवाब देगा। पुंडरीक ने प्रदीप की तरफ देखा। प्रदीप उम्र में बड़ा है। फिर वह गवेषक भी है। पर प्रदीप जिज्ञासु नजर से पुंडरीक की तरफ ही देखने लगा।

“मृत्यु की भूमिका अनेक हैं। बहुत जंजाल भरे, कष्टदायक स्मृति को भुला देना, नये सिरे से जीवन को शुरू करना उनमें से एक है। इसलिए पूर्वजन्म की सारी बातें, नाते-रिश्तेदारों की यादें अगर जिन्दा रहेंगी, तो मृत्यु का एक विशेष उद्देश्य विफल नहीं हो जाएगा?” पुंडरीक ने उत्तर दिया।

“तो फिर लिलु की स्मृति में उसके पूर्वजन्म की बात सजीव कैसे है?” जिरह किया रूबी ने।

थोड़ा-सा असमंजस की स्थिति में रहने के बाद इस बार प्रदीप ने मुँह खोला, “यह एक व्यतिक्रम है। व्यतिक्रम नियम को गलत प्रमाणित नहीं करता, यह तुम जानती हो।” रूबी से इतना कहने के बाद प्रदीप ने पुंडरीक की तरफ देखा। उसकी सहायता वह चाहता था।

मजबूरन पुंडरीक फिर बोला, “व्यतिक्रम नियम को गलत साबित नहीं करता यह सच है। पर मेरा विश्वास है कि यह घटना नियम का व्यतिक्रम भी नहीं है।”

“तो फिर?” रूबी काफी विस्मित लगी।

“मैं बल्कि अभी कुछ न कहूँ तो ठीक होगा। चलिए और थोड़ा अनुध्यान करने के बाद सोचेंगे।”

पुंडरीक के इस बयान से प्रदीप को भी कुतूहल हुआ।

मंजिल तक दोनों गाड़ी पहुँचीं। दो-दो अँग्रेजों के आगमन ने गाँव में खूब हलचल मचायी। लिलु से जुड़ी हुई उस विचित्र घटना के बारे में मामा के परिवार के बाकी सदस्यों को कुछ पता नहीं था। लिलु बरामदा लाँघकर इधर-उधर नजर न डालकर सीधे घर के अन्दर अपनी मामी से लिपट गया। उसके बाद घर के कोने में रखी हुई एक पेटी को खींचकर निकालते हुए शिकायती लहजे में पूछा, “मेरे खिलौने सारे कौन ले गया? राजि दीदी? विजय?”

इसी बीच बच्चे के मामा ने अपनी पत्नी के कान में सारी घटना को संक्षेप में बता दिया। मामी विह्वल नजर आयीं, साथ ही किंकर्त्तव्यविमूढ़ भी।

सूर्यास्त होने में अभी समय था, फिर भी बादल के घिर आने से चारों तरफ अँधेरा-सा फैल गया था। शायद बरसात होने वाली थी।

तभी घर के अन्दर एक प्रौढ़ व्यक्ति ने प्रवेश किया।

चौंककर प्रौढ़ ने लिलु की तरफ देखा।

"मुझे नहीं पहचान रहे हो? तुमने मेरा चेन गले से निकालकर उसके बाद क्या किया, बताओ तो?" लिलु कहते-कहते प्रौढ़ व्यक्ति की तरफ बढ़ा। लिलु की आवाज काफी गम्भीर थी।

प्रौढ़ घूमकर दौड़ा। किसी के कुछ समझने से पहले ही लिलु उसके पीछे दौड़ा। उसके फाटक खोलकर बाहर निकलते समय दूसरी तरफ से एक साँड़ आ रहा था। मामा ने दौड़कर लिलु को रोक लिया। लिलु चिल्लाते हुए बेहोश हो गया।

तुरन्त पुंडरीक ने जाकर बच्चे को गोद में उठा लिया और बरामदे में लिटाकर प्रदीप की तरफ देखने लगा। तब तक प्रदीप उस परिस्थिति की विशेषता को समझ चुका था। पुंडरीक ने बच्चे के मामा को पानी और कुछ जरूरी सामान मँगवाने के लिए कहा और चुपचाप ध्यानमग्न होकर अपना धर्म करता रहा। उसका वह आचरण अहं-चालित नहीं, बल्कि स्वतःस्फूर्त था यह बात प्रदीप समझ रहा था और प्रशंसा भरी नजरों से वह उसके कार्यकलाप को देखता रहा।

"कौन था वह व्यक्ति?" तब तक चमत्कृत भाव से घटना का पर्यवेक्षण करते रहे अध्यापक स्टीवेंसन ने पूछा।

"भाओ सिंह, गाँव के बच्चे उसे काका कहकर बुलाते हैं। उसी नाते शिबु का भी काका था। पर वह एक नृशंस आदमी है। अब समझा, उसने शिबु की हत्या की थी।" महेन्द्र ने दाँत किटकिटाकर उत्तर दिया, "प्रतिशोध लूँगा।" वह धीमी आवाज में अपना निर्णय मानो खुद को सुना रहा था।

दोनों अँग्रेजों को देखने के लिए जुटी गाँव वालों की भीड़ में अब भाओ सिंह के लिए बद्दुआ का स्वर उठने लगा।

आधे घंटे बाद लिलु ने आँखें खोलीं। अवाक् वह सबकी तरफ देखने लगा। उसके उठकर बैठने में पुंडरीक ने मदद की। उसकी मामी ने एक कटोरी गरम दूध लाकर उसे पीने के लिए दिया।

वह कुछ देर तक सबको देखता रहा, फिर रोंआसा होकर महेन्द्र को पकड़कर रोने लगा।

"माँ कहाँ हैं? हम कहाँ हैं?" उसने पूछा।

"मैं तेरी माँ हूँ न?" मामी ने उसे अपनी तरफ खींचते हुए कहा।

"नहीं। मैं अपनी माँ के पास जाऊँगा।" जिद करने लगा लिलु।

"बात क्या है? लिलु क्या इतनी जल्दी अपने पूर्वजन्म की बात भूल गया?" रूबी बेचैनी-सी अनुभव कर रही थी।

"लिलु पूर्वजन्म का शिबु नहीं है।" गम्भीर पर सरल भाव से पुंडरीक ने

समझाया, "शिबु की प्राणसत्ता ने कुछ समय के लिए लिलु को अपने कब्जे में कर लिया था। हत्यारे की निशानदेही कर लेने के बाद वह आवेग खत्म हो गया। पर उस प्राणसत्ता की शान्ति और विलय के लिए कुछ अनुष्ठान करने की जरूरत है।"

"तो लिलु को माध्यम बनाकर शिबु की प्राणसत्ता बिना किसी गलती के सारी बातों को बोलती जा रही थी?" अध्यापक ने पूछा।

"जी। कोई बच्चा जब कभी पूर्वजन्म की स्मृति-सी लगने वाली कुछ घटनाओं को बताता है या पूर्वजन्म के आत्मीय लोगों को पहचान जाता है, जो कि कभी-कभी होता है, तो हम उसे बच्चे के पूर्वजन्म की बातें हैं, ऐसा मान लेते हैं। पर यह गलत है। उस बच्चे को माध्यम बनाकर दूसरी एक प्राणसत्ता तब अपने-आप को अभिव्यक्त कर रही होती है। कुछ दिन बाद वह प्राणसत्ता प्राणजगत में विलीन हो जाती है और माध्यम बने बच्चे की स्मृति में भी कुछ शेष नहीं रहता।"

"जिसे तुम लोग आत्मा कहते हो वही न?"

"नहीं। प्राणसत्ता की बात कर रहा हूँ।"

अँग्रेज अध्यापक ने अपने दोनों कन्धे उचका दिये। आत्मा और प्राणसत्ता के बीच के भेद को कितना समझे पता नहीं चला।

"ओहो, अद्‌भुत, अद्‌भुत! ऐसी बात सम्भव हो सकती है, ऐसी कल्पना कौन कर सकता था।" प्रायः असंयत ढंग से अपने विस्मय और पुलक को प्रकट किया रूबी ने।

"जातिस्मर भी तो है न?" प्रदीप ने पूछा।

"हाँ है। पर बहुत कम। कोई ऋषि चेतना वाला व्यक्ति जातिस्मर हो सकता है या फिर कोई और अगर ऐसा होता है, तो कोई विशेष कारण से होता है।"

जालपा देवी नाम वाली जिस जगह चन्द्रदीप का आश्रम है, वहां से मणिकर्णिका घाट और श्मशान ज्यादा दूर नहीं है। आश्रम के सामने से कुछेक समय के अन्तराल में एक न एक शवयात्रा गुजरती रहती थी।

"मेरे गुरु के गुरु के गुरु द्वारा यह जगह चुनने के पीछे कारण था कि वह अपना ज्यादातर समय श्मशान में ही गुजारते थे। मेरे गुरु भी कभी-कभी कहते थे, मूर्ख मनुष्य के लिए मृत्यु ही जीवन का सबसे बड़ा प्रमाण है। नहीं तो जीवन के प्रति आदमी सचेतन नहीं रहता। जैसे पशु क्यों जन्म लिया। जीवन का लक्ष्य क्या है, इस बारे में कोई सवाल नहीं करता, वैसे ही ज्यादातर आदमियों के लिए भी जीवन का अर्थ सिर्फ जीना होता है। अचानक कभी प्रियजन की मृत्यु उसे सोचने के लिए मजबूर करती है। पर वह भी कुछ समय के लिए ही।"

एक दिन दोपहर को चन्द्रदीप ने पुंडरीक को श्मशान के साथ सुपरिचित कराने के समय यह बात कही थी।

उस समय आठ-दस चिताएँ श्मशान में जल रही थीं और कुछ शव चिता की तैयारी का इन्तजार कर रहे थे। उन शवों का पाँव नदी के पानी में डूबा रहे, उन्हें उसी ढंग से रखा गया था।

"बैठो पुंडरीक, गंगा किनारे कुछ समय ध्यान करते हैं। पहले गंगा मन्त्र बोलो— 'ॐ ह्रीं श्रीं गंगयै स्वाहा' उसके बाद बोलो : "अथातः संप्रवक्ष्यामि गंगा भूवन-पावनम्। यथोक्ते चिन्तया वित्यां भोगमोक्ष प्रदायिनीम।"

पुंडरीक ने निर्देश का पालन किया।

"किस विषय पर ध्यान करोगे? पहले इस वाराणसी के विस्तार की कल्पना करो। जाने कितने युग पहले यहाँ काश नामक राजा शासन कर रहे थे। उनके नाम से नगरी का नाम है काशी। उनके प्रपौत्र-पुत्र देवोदास काशी के इतिहास के सबसे प्रमुख राजा थे। वह राजर्षि थे। उनके शासन के समय यहाँ के एक जंगल में शिव और पार्वती आविर्भूत हुए। इतिहास में जाने कितने मुनि-ऋषि, कितने राणा, कितने महात्मा, महापुरुष यहाँ अपना जीवन बिताये हैं। कृष्ण, युधिष्ठिर, अर्जुन, भीम, राजा हरिश्चन्द्र, किसकी स्मृति इस नगरीय जीवन के साथ नहीं जुड़ी है? युगों-युगों तक यहाँ अनुष्ठित हुए हैं यज्ञ-महायज्ञ। काशी कालातीत है, पर यह तुम्हारे ध्यान की भूमिका हो केवल। भूमिका के बाद तुम एकाग्र हो जाओ इस श्मशान पर। काशी से भी ज्यादा विस्तृत है यह श्मशान। इतिहास के किस अज्ञात मुहूर्त से यह जीवात्मा के मुक्ति का वन्दनवार बना है। कितने लोगों ने दूर-दराज से पैदल चलकर यहाँ अपनी आखिरी साँस का त्याग किया है। शरीर के लिए ही स्थूल स्थान की जरूरत है पर चेतना के लिए नहीं। यह चेतना का मुक्तिक्षेत्र है। असल में मणिकर्णिका घाट एक भौगोलिक बिन्दु नहीं है; वह असीम है। अगर असीम की धारणा करना असम्भव है तो याद रखो, वह अन्ततः स्वर्ग तक व्याप्त है। इसी धारणा, इसी तत्त्व पर ध्यान केन्द्रित करो।"

कब चित्त शान्त से धीरे-धीरे प्रशान्त, व्यापक से लेकर और व्यापकतर और फिर असीम के साथ एकात्म हो गया, आत्मनिमज्जित वह बैठा रहा। चेतना की नीलाभ व्याप्ति में वह तैर रहा था।

जब चन्द्रदीप ने उसे धीरे से एक-दो बार छूकर जगाया, तब तक पानी में तैरते कुछ नावों के प्रकाश से गंगावक्ष आलोकित हो रहा था। शून्य की तरफ देखते ही पुंडरीक को लगा, वह जैसे मानो सुपरिचित नक्षत्रमाला के भीतर से अभी सरक कर आ गया है।

पीछे की तरफ नयी चिताएँ पहले से ज्यादा उज्ज्वल दिख रही हैं। दो अघोरी

दो नरमुंड लेकर इधर-उधर कुछ ढूँढ़ रहे हैं। एक पागल लगातार अट्टहास कर रहा है। बीच-बीच में एक-दो पद गा ले रहा है। नवागत शववाहक ध्वनि दे रहे हैं, राम नाम सत्त है।

चन्द्रदीप के साथ चुपचाप पुंडरीक आश्रम की तरफ बढ़ने लगा।

उस दिन, शम्भुनाथ को चन्द्रदीप एकान्त में बोले,

"शान्तो विनीतः शुद्धात्मा।
श्रद्धावान धारणाक्षमः॥
समर्थश्च कुलीनश्च।
प्राज्ञः सच्चरितो यतिः॥
एवमादि गुणैर्युक्तः।
शिष्यो भवति नान्यथा॥"

(शान्त, विनीत, शुद्धात्मा, श्रद्धावान, मेधावी, समर्थ, सतकूलसम्भव, प्राज्ञ, सच्चरित्र एवं संयतचित्त व्यक्ति ही शिष्य होने के योग्य है, अन्यथा नहीं।)

"पुंडरीक के चरित्र में इन सारे गुणों का स्पष्ट समावेश है। इसलिए सिर्फ शिष्य के रूप में ही नहीं, मैं उसे अपने उत्तराधिकारी के रूप में देखकर ही सन्तुष्ट होऊँगा।"

शम्भुनाथ चौंक गया। चन्द्रदीप का उत्तराधिकारी? यानी इस श्मशान संलग्न क्षुद्र आश्रम का गुरु? शायद आगत समय का शिष्य-विहीन शिक्षक?

तब क्या पुंडरीक शम्भुनाथ के उत्तराधिकारी के रूप में भीषमपुर की कोठी का उपभोक्ता, जमींदारी का प्रमुख नायब और उसकी वंशधारा का रक्षक नहीं होगा?

उसके मन की बात को चन्द्रदीप समझ पा रहे थे।

"मेरा उत्तराधिकारी होने का अर्थ इस सामान्य संस्था का परिचालक होना नहीं है। वह तन्त्र सिद्ध होगा। तन्त्र ज्ञान के माध्यम से आत्मज्ञानी होगा, होगा ब्रह्मज्ञानी, मैं यही कह रहा हूँ।"

"समझा।" शम्भुनाथ क्षमाप्रार्थी की तरह बोला।

"मैंने जो समझा, उसे समझा दिया। आगे उसका भाग्य; तुम्हारी तकदीर।" कहकर चन्द्रदीप हँसे।

'सिद्ध नागार्जुन कक्षपुट' पोथी की नकल करने का काम खत्म हो गया था। उसके दूसरे दिन अकेले शम्भुनाथ ने सबसे विदा ली।

ग्यारह

शम्भुनाथ के विदाई लेकर चले जाने के तुरन्त बाद ही पुंडरीक ने मानो एक खोल के अन्दर से बाहर निकलकर अपने को नये सिरे से पहचानना शुरू कर दिया। शम्भुनाथ के सान्निध्य में वह अपने को नाबालिग समान समझता था। हर कदम पर महसूस करता एक प्रच्छन्न आशंका को, मानो उसने कुछ गलत कर दिया है और पिताजी की ताड़ना उसका प्राप्य है।

शम्भुनाथ की उपस्थिति में वही ही पुंडरीक के आत्मपरिचय का प्रतिमान होता, जबकि कुमुदिनी के सान्निध्य में पुंडरीक अपने आपको एक दायित्ववान सबालक के रूप में देखता है। कुमुदिनी उसके अन्दर एक महत्तर भाव भी जाग्रत करती थी। पुंडरीक धीरे-धीरे यह समझ पाया था कि उसका यूँ अपने को महत्त्वपूर्ण समझने का एकमात्र कारण कुमुदिनी का यह विश्वास था कि वह महत्त्वपूर्ण है।

चंडीनगर में रहकर अध्ययन करते समय वह जमींदार के पुत्र ललितकुमार के सुहृदय होने के बावजूद अपने को हमेशा एक विनीत, उपकृत प्राणी के रूप में देखने का अभ्यस्त था।

आज वह समझ पा रहा था कि जब तक व्यक्ति अपनी अन्तर्सत्ता का सन्धान नहीं पा गया है, तब तक वह अपने वास्तविक व्यक्तित्व के बारे में अज्ञात रहता है। और जब तक ऐसा है वह दूसरों की मानसिकता, परिवेश और परिस्थिति के द्वारा प्रभावित होता रहेगा। वह एक नहीं, कई अस्थिर व्यक्तित्व का समाहार है केवल।

भोर में गुरु चन्द्रदीप गंगा स्नान के लिए जाते थे। पुंडरीक उनका अनुसरण करता था। अनुसरण करते-करते स्वत:स्फूर्त रूप से वह उनकी महनीयता का अनुभव करता। रूद्रयामलतन्त्र के मत के अनुसार, सद्गुरु के लक्षण उसे याद आ जाते।

> शानतोदातं कुलीनश्च विनीत: शुद्धवेशवान।
> शुद्धाचार: सुप्रतिष्ठ: शुचिर्दक्ष: सुबुद्धिमान॥
> आश्रमी ध्याननिष्ठश्च मन्त्रतन्त्र विशारद।
> निग्रहानुग्रहे शक्तो वशी मन्त्रार्थजापक:॥

(जो शान्त-दाँत है यानी जो तपोनिष्ठ रहकर अपनी इन्द्रियों पर प्रभुत्व साव्यस्त करते हैं— जो कुलीन, विनीत, पवित्र वेशधारी, शुद्धाचारी, सुप्रतिष्ठ यानी जिनका महत्त्व स्वीकृत है, जो सुबुद्धिमान, आश्रमी, ध्याननिष्ठ और मन्त्र-तन्त्र विशारद हैं, निग्रह या अनुग्रह में जो अविचल हैं, वे ही गुरुपद में अधिष्ठित होने के योग्य हैं।)

गुरु ने स्नान के बाद यथार्थ रूप से देवी पूजा करने की शिक्षा दी थी। उसके बाद वह प्राणायाम और ध्यान का अभ्यास करता था।

जलपान के बाद गुरु उसे आगम-यामल और तन्त्र त्रिधारा सम्बन्धित तात्त्विक शिक्षा देते थे। पर यह उनका वक्तव्य पुंडरीक को सिर्फ तत्त्व चर्चा-सा नहीं लगता था। उसके दिल के अन्दर वह सारे स्पन्दित होते थे।

एक बार चन्द्रदीप ने कहा था, ''परम सत्य या भगवान से विच्छिन्न होकर इनसान ने उसे ढूँढ़कर पाने के लिए न जाने कितने मार्ग-उपमार्ग को खोल दिया है।''

''पर क्यों?'' पुंडरीक ने पूछा था।

''क्यों का क्या अर्थ है? मैं अगर तुझसे पूछूँगा कि तू द्वारका या पुरीधाम न जाकर वाराणसी क्यों आया है, तो उसका क्या उत्तर होगा? कहोगे कि परिस्थिति या प्रेरणा या फिर दोनों के संयोग के कारण तू यहाँ आया है। एक ही कारण से एक पुरीधाम गया है और दूसरा द्वारका। अलग-अलग व्यक्ति के क्षेत्र में परिस्थिति और प्रेरणा की भिन्नता है। उसी तरह अलग-अलग मार्ग निर्माण करने को लेकर आश्चर्य होने का क्या कारण है?''

''ईश्वर एक है। उनकी तरफ जाने वाला मार्ग भी एक होना चाहिए।''

''ईश्वर एक है, पर वह सीमाबद्ध एक नहीं है। सीमाहीन एक है। जब तू अनेक विचित्रता, अनेक भिन्नता के अन्दर उस एकत्व का अनुभव करेगा, जब उस एकत्व के अन्दर देख पाओगे कि असंख्य विभिन्नता का वह सिर्फ समाहार नहीं है, विलय भी है, तभी तेरी चेतना में उस एकत्व की धारणा स्पष्ट हो पाएगी।''

चन्द्रदीप ने उसे समझाया था, वेदान्त के अद्वैत दर्शन एवं तन्त्र वास्तव में अलग नहीं हैं। वेदान्त कहता है, सब में ब्रह्म विद्यमान है। तन्त्र कहता है सब में शक्ति महामाया विद्यमान है।

यानपाषाणधातूनां तेजोरूपेण संस्थिता
जीवजन्तुषु देवेशि! किंवक्तव्य मतः परं।
यत्र नास्ति महमाया तत्र किंचिन्नविद्यते।

(जड़ वस्तु, यान-वाहन धातु इत्यादि में जो तेज रूप में अवस्थित, जीवजन्तु के अन्दर उनकी अवस्थिति के बारे में कहने की आवश्यकता क्या है? जहाँ महामाया नहीं हैं, वह कुछ भी हो नहीं सकता।)

आध्यात्मिक उपलब्धि— योगमर्म के जरिये हो चाहे तन्त्रमार्ग के जरिये, उस उपलब्धि के एक महत्तर पड़ाव पर साधक समझ पाता है कि जो परम ब्रह्म है, वह प्रकृत महामाया भी है।

तन्त्र नानाविध सिद्धि का उपाय है। हमेशा से प्रचलित इस धारणा के करीब

पहुँच रहा था पुंडरीक। तन्त्र में कितने तत्त्व, कितने मन:स्तत्व, कितने दर्शन, कितनी भावना भरी हुई है। मानव जीवन कितना दुर्लभ है और उसे वृथा में क्षय करते-करते एक दिन मृत्यु के आमने-सामने होना कितनी अर्वाचीनता है, इस बारे में समझाने के अवसर पर पुंडरीक को 'महायागल तन्त्र' की इन कुछ पंक्तियों को उसे याद करने का निर्देश दिया था चन्द्रदीप ने।

मानुष्यं सफलं जन्म सर्वशास्त्रेषु गोचरं।
चतुरशीलिलक्षेषु शरीरेषु शरीरिणां।
न मानुष्यं विनान्यत्र तत्त्वज्ञानंतु लभ्यते।
कचाचिल्लभते जन्म मानुष्यं पुण्यसंचयात।
सोपानभूतं मोक्षस्य मानुष्यं जन्म दुर्लभं।

(सारे शास्त्रों के मत में लाखों शरीरधारी जीवों में मनुष्य ही सफल प्राणी है। मानव के जन्म न पाने पर जीव तत्त्वज्ञान का अधिकारी नहीं हो सकता। और फिर, पुण्य संचय कर जीव जैसे पर्याय पर उपनीत होता है, तब वह मोक्षमार्ग को अपना लेने वाले मानुष के रूप में जन्म लेता है।)

चन्द्रदीप के सान्निध्य में पुंडरीक अपने को विस्तारित अनुभव कर रहा था। इसलिए अचानक जिस दिन चन्द्रदीप बदरिकाश्रम जाने के लिए निकले, उस दिन उज्ज्वल दिव्यलोक में भी जैसे उसकी आँखों के सामने गोधूलि का धुँधलापन छा गया।

"बेटा, यह मेरे कई साल का संकल्प है— सिर्फ संकल्प नहीं, अपने सहपाठी को दिया हुआ वचन भी है। मैंने तन्त्रमार्ग को अपना लिया; मेरे सहपाठी राजयोग और ज्ञानयोग के साधक बन गये। आदि शंकर द्वारा प्रतिष्ठित पुरी, द्वारका, कांची और बदरिकाश्रम में रहने के बाद अब कुछ सालों से मेरे सहपाठी बदरिकाश्रम या ज्योतिर्म के शंकराचार्य हैं। बर्फ गिरना शुरू होने से बर्फ गिरना बन्द होने तक बद्रीनाथ जनशून्य रहता है। कभी-कभार कुछेक साधु-संन्यासी मठ या गुफाओं में रहते हैं, सारे प्राणी जगत से अलग होकर। पिछले साल मेरे सहपाठी शंकराचार्य जब यहाँ तीर्थ करने के लिए आये थे, तो मैंने और उन्होंने इस साल बर्फ से आवृत्त उस निर्जन प्रदेश में कुछ महीने बिताने का निर्णय लिया था।" चन्द्रदीप ने उसे समझाया।

चमत्कृत हुआ पुंडरीक। उसने बदरिकाश्रम देखा नहीं है कभी, पर सुना है उस दुर्गम तीर्थ का सविशेष वर्णन। मन्दिर का पट्टभूमि दोनों पौराणिक शिखर, जिस पर बैठकर नर एवं नारायण ने तपस्या की थी। यह मानवजाति के सृजन से पहले की कथा है। मन्दिर के साथ ही वह पर्वतमाला लगातार गिरती हुई सफेद बर्फ के अन्दर समाधि मग्न हो जाएगी। ऐसे जनमानवशून्य उस तटस्थ मुल्क में आत्म-

निर्वासित यह दोनों कैसे अभिज्ञता अर्जन करेंगे?

पुंडरीक या किसी और के आपत्ति करने का सवाल नहीं उठता था। छह महीने तक किसको क्या काम करना होगा, कौन किस मन्त्र-तन्त्र आसन, प्राणायाम का अभ्यास करेगा, उस बारे में विस्तृत निर्देश देकर चन्द्रदीप ने विदा लिया। एक-दो दिन तक अपने अन्दर एक खालीपन-सा महसूस किया पुंडरीक ने। पर फिर बहुत जल्द ही वाराणसी के आभ्यन्तरीण वातावरण ने उसकी चेतना को अपने में आयत्त कर लिया।

वह जानता था कुछ विशेष स्थानों के दो रूप होते हैं। पहला, वहाँ की प्रकृति, जलवायु, घर, नदी, समुद्र, पर्वत प्रान्तर, कुछ विख्यात कर्मप्राण चरित्रों का स्मृतिसंचित दृश्यमान रूप। दूसरा है इस सबके अन्तराल में विराजित उस स्थान की आत्मिक सत्ता। कालातीत कितने अध्यात्म साधक, तान्त्रिक, योगी, सत्य कवि, विभोर और विह्वल व्यक्तित्व के अवदान से समृद्ध थी वाराणसी की वह संगुप्त सत्ता।

सूर्यास्त के आधे घंटे पहले हरिश्चन्द्र घाट के पास बहती गंगा की धारा पर ध्यानरत होकर पुंडरीक बैठा रहता। उस समय कालस्रोत की विपरीत गति में बहते हुए कुछ सांकेतिक घटनाओं के चित्र और अनेक चरित्र उसकी आँखों के सामने गुजर जाते।

राजा हरिश्चन्द्र! कैसे कोई अपने वचन के प्रति इतने अविचल तरीके से अंगीकारबद्ध और एकाग्र रह सकता है? राज्य, स्त्री, पुत्र इन सबके प्रति उनकी ममता में कम गहराई थी, ऐसा नहीं कहा जा सकता। वह रो सकते थे, अपने भाग्य को धिक्कार सकते थे। फिर भी चेतना की कौन-सी रहस्यमय शक्ति उन्हें उनकी प्रतिज्ञा के पालन में भीष्मदृढ़ता रखने में सहायक हो रही थी?

पुंडरीक के मानस से कभी-कभी प्रतिफलित होती थी साम्प्रतिक काल की और एक भावमूर्ति की तस्वीर। बेपरवाह शिशु की तरह वह महात्मा गंगा किनारे विचरण कर रहे थे। जो प्रकृति मानव को क्रीत दास बनाकर रखे हुए है, उसी प्रकृति के उर्द्धस्थ शक्तिसमूह के प्रति उनकी कितनी गम्भीर अन्तरंगता थी। सुनने में आता है, एक दिन नाव में बैठकर नदी पार करते समय, नौका में बैठे एक सेनापति की तलवार को देखकर कुतूहलवश उसे हाथ में लेकर खेलते-खेलते उसे उन्होंने नदी में फेंक दिया। सकते में आये सेनापति की चीख सुनकर वह भी अचम्भित हो गये। तलवार को तो उन्होंने निरापद जगह पर रख दिया; तो फिर सेनापति विचलित क्यों हो रहे हैं? खैर जो भी हो, निर्बोध शिशु अगर खिलौने के गुम हो जाने से रोता है, उसके प्रति दयार्द्र होकर जैसे बड़े खिलौना ढूँढ़कर ला देते हैं, इस महात्मा ने उसी ढंग से थोड़ा-सा हँसकर, स्रोत के अन्दर हाथ डालकर तुरन्त तलवार को

निकाल दिया। माता गंगा के ऊपर कितना सहज अधिकार था उनका।

और इस घटना ने विवेकी लोगों के बीच खड़ा कर दिया था एक प्रश्न : शिशु की तरह कौन था? सेनापति या फिर इस घटना के नायक तैलंग स्वामी?

हो सकता है यह सिर्फ एक किंवदन्ती हो, पर इस तरह की किंवदन्ती यही दर्शाती है कि एक साधक के असीम नियम-कानून के उर्ध्व में जाने की सम्भावना है। विश्वजगत के हर तरह के विधिविधान के पीछे एक असीम चेतना है। उस चेतना को कार्यकारी करती है एक अपरिमित इच्छाशक्ति। अपनी इच्छा को अहं के कब्जे से मुक्त करके व्यक्ति अपनी उस इच्छाशक्ति के जितने पास हो पाएगा, उतनी ही मात्रा में वह प्राकृतिक विधिविधान की अधीनता से अपने को मुक्त कर पाएगा। तैलंग स्वामी उसी पर्याय के मुक्त पुरुष थे।

राजत्व, प्रभुत्व, पितृत्व आदि के आकर्षण या प्रभाव का एक प्राकृतिक विधान है। एक महत्तर विधान है सत्यरक्षा या वचन पालन करना। उस विधान के प्रति सत् रहकर सारे प्राकृतिक विधान से अपने को मुक्त किया जा सकता है। इसी के दृष्टान्त हैं राजा हरिश्चन्द्र। दिव्यशक्ति के प्रति समर्पित होकर कोई प्राकृतिक विधान का उल्लंघन कर सकता है इसके उदाहरण हैं तैलंग स्वामी।

ऐसी स्वाधीनता को आयत्त करने के लिए तैलंग स्वामी ने कैसी साधना की थी, यह पुंडरीक को पता नहीं था, पर राजा हरिश्चन्द्र ने सचेतन रूप से कोई साधन किया था, ऐसा किसी भी पोथी या पुराण में उल्लेख नहीं है। उनकी चेतना ही थी आदर्श के प्रति विशुद्ध रूप से अनुरक्त। शायद आजन्म साधना-सिद्ध थे वह। शायद पूर्वजन्म की तीक्ष्ण साधना ही थी उनका प्रारब्ध।

उसी तरह की स्वाधीनता का सन्धान तन्त्र देता है। पर कितने हैं जो उस तरह की साधना का लक्ष्य रखकर तन्त्रसाधना करते हैं? गुरु चन्द्रदीप को छोड़ दें तो उनके शिष्य और अनुगतों के अन्दर उस तरह की स्पृहा नहीं देख पा रहा था पुंडरीक।

प्रकृति आरोपित दासत्व से मुक्ति। सीमाहीन चेतना के साथ अपनी चेतना को शामिल कर देने की स्वाधीनता। जीवन में ऐसा क्या है; जो मूल्यातीत उस मुक्ति का विकल्प हो सकता है?

विकल्प था : वह तुरन्त बिजली की तरह कौंध जाता था उसके स्मृति के दिगन्त में। वह विकल्प है कुमुदिनी।

मुक्ति का विकल्प कुमुदिनी? अपने-आप से यह प्रश्न पूछकर पुंडरीक अपने ऊपर व्यंग्य करता। पर तुरन्त ही अपने अन्दर से प्रखर-प्रति-युक्ति भी जनमा लेता। कुमुदिनी एक विशेष प्रकार की मुक्ति का प्रतीक है। अन्ततः यह बात अस्वीकार नहीं की जा सकती। शम्भुनाथ के सृजित अन्धे संस्कार के कारागार से दम्भ के साथ

मुक्ति का आह्वान दे रही है कुमुदिनी।

कौन-सी मुक्ति उसका ध्येय होगी?

''पुंडरीक जी!''

पुंडरीक ने चौंककर पीछे पलटकर देखा। किनारे-किनारे चलते हुए अँग्रेज युवती रूबी ने उसे देख लिया था।

''तुम्हें ढूँढ़ते-ढूँढ़ते मैं थक गयी, बाबा!'' कहते हुए धम से पास बैठ गयी रूबी।

रूबी के बार-बार बीमार हो जाने के चलते अध्यापक स्टीवेंसन और उनका चेला प्रदीप सेठ उसे वाराणसी के शिविर में छोड़कर नेपाल चले गये थे। वहाँ से सम्भव हुआ, तो वे तिब्बत जाएँगे। इस बीच रूबी अकेली तीन-चार बार पुंडरीक से मिलने आ चुकी थी। तन्त्र-मन्त्र के बारे में अनगिनत प्रश्न हैं उसके मन में। अब वह आसन, प्राणायाम सीखने के लिए आग्रही हैं। चन्द्रदीप के आश्रम के दूसरे अन्तर्वासी अँग्रेजी भाषा बोलने में अक्षम तो थे ही, साथ ही रूबी की विचित्र हिन्दी भी उन्हें गणित का प्रश्न हल करने जैसी कठिन लगती थी। पुंडरीक को पहले लगता था रूबी का उसके प्रति अधिक ध्यान देने का यही एक कारण होगा। पर बाद में उसे शक होने लगा था कि रूबी मानो उसके प्रति आसक्त है। इसलिए रूबी के पास होने से वह असहज अनुभव करता और रूबी से वह कन्नी काटने की कोशिश करता।

''बाबू! सात दिन हो गये तुमसे मेरी भेंट नहीं हुई, ठीक है न?''

''सात दिन? हो सकता है।''

''हो सकता है? सात दिन में अन्ततः सात बार तो दूर की बात, मैं एक बार भी तुम्हें याद नहीं आयी?''

''सुनो!'' कुछ गम्भीर होकर रूबी फिर बोली, ''तुम्हें याद न करने के अनेक तर्क मेरे पास होने के बावजूद मैं लगातार तुम्हें याद करती रहती हूँ।''

''ओहो!''

पुंडरीक की आवेगहीन प्रतिक्रिया के प्रति रूबी का ध्यान नहीं था। वह बोलती रही, ''तुमने जरूर एक उत्तम गुरु प्राप्त किया है। पर मैं अगर इनसे भी योग्य गुरु का पता तुम्हें दूँ तो?''

सिर्फ खिन्न नहीं हुआ, एक तरह से विद्रोह की उत्तेजना में काँप उठा पुंडरीक।

''रूबी! गुरु परम्परा के बारे में तुम्हारी विशेष कोई धारणा नहीं है। याद रखो, सद्गुरु ही जगत्गुरु का आधार हो सकते हैं— अगर शिक्षार्थी का मनोभाव यथार्थ हो। मेरे गुरु की जितनी भी योग्यता है, उसका थोड़ा-सा भी अगर आयत्त करना मेरे लिए सम्भव नहीं हुआ है तो फिर और भी योग्य गुरु की शरण में जाने की

मुझे क्या जरूरत है? और फिर कौन से गुरु कितने योग्य हैं, यह जानने की योग्यता तुम्हें कब से हो गयी? जान रखो और एक सत्य : मेरे गुरु मुझे जितना प्रदान करेंगे, उतना मैं आत्मस्थ कर लूँ, तो फिर मेरी चेतना ही मेरी गुरु होगी। यानी तब तक मेरी चेतना में निहित ईश्वर जागृत हो चुके होंगे।''

रूबी के अंग-प्रत्यंग उत्तेजित लग रहे थे। उसकी आवाज उत्कंठित थी।

''तुम रुद्राक्ष स्वामी के बारे में जानते होगे जरूर!'' रूबी ने अधीर होकर पूछा।

''नहीं।''

''कैसे?''

''गुरु ने जिनसे मेरा परिचय करा दिया है, उनके अलावा मैं किसी और को नहीं पहचानता हूँ।''

''रुद्राक्ष स्वामी प्रखर तान्त्रिक हैं। जब तुम उनके बारे में नहीं जानते हो, तो फिर उनकी करामात के बारे में तुम कल्पना भी नहीं कर सकते। तन्त्र द्वारा वह स्वयं देवी पराशक्ति को प्रतिमूर्त कर सकते हैं। समझ रहे हो न? सिर्फ आवाह्न ही नहीं, प्रतिमूर्त कर सकते हैं। विश्वास करो बाबू, मैं स्वयं उनके सिद्धि की साक्षी हूँ। तुम मेरी बात सुनो। उनसे शिक्षा ग्रहण करो।''

''असम्भव!'' कटु वचन कहने के आवेग का दमन करके पुंडरीक ने बस इतना ही कहा।

''बाबू! तुम्हारे हित के अलावा और कोई उद्‌देश्य नहीं है मेरा। तुम एक बार उनके पास चलो।''

''नहीं।''

''इतना भी तुम्हारा हित करने का मुझे अधिकार नहीं है?''

''बहुत विषम प्रश्न है यह। किसी भी व्यक्ति का हित करने का अधिकार दूसरे व्यक्ति को है। पर हित-अहित को लेकर जो तारतम्य है उसमें समस्या है। हम अज्ञानवश हित को अहित और अहित को हित ज्ञात कर सकते हैं।''

''क्या मैं इतनी अज्ञानी हूँ?'' रो पड़ी रूबी, ''एक महापुरुष से मिलने के लिए तुम्हें प्रेरित करके मैं तुम्हारा अहित कर रही हूँ, वैसी बात क्या कभी किसी की कल्पना में आ सकती है।''

रूबी का रोना बढ़ गया। पुंडरीक परेशान हो गया। अब वह क्या करे? किसी के इस तरह से सान्त्वना देना भी उसकी आदत नहीं है। जीवन में उसने सिर्फ एक लड़की कुमुदिनी के साथ ही मेलजोल किया है। उसका व्यक्तित्व अलग है। पुंडरीक को कभी भी कोई उपदेश देने की उसने जुर्रत नहीं की है। कुमुदिनी ने कभी भी जो बात जुबान से प्रकट नहीं की, वरन करना जरूरी नहीं समझा, वह है पुंडरीक के प्रति उसकी चरम आस्था। कभी-कभार थका हुआ समझकर कच्चा

अमरूद तोड़ लेने में या नेवले को पकड़ने की कोशिश में गिर पड़ने जैसी हरकत कर कुमुदिनी की खिलखिलाहट का कारण होने के अतिरिक्त कोई भी महत्त्वपूर्ण बड़ी गलती कभी पुंडु भाई नहीं कर सकते। यह था उसका विश्वास।

"हर-हर गोविन्द! अरे-अरे मेरी बेटी रो क्यों रही है?"

कहाँ से पता नहीं, भोंबल वैष्णव वहाँ पहुँच रूबी के सामने बैठ गया और खुद भी रोने लगा।

"अरे बेटी! तू रोएगी तो यह संसार रहेगा? तेरी आँखों से एक बूँद भी आँसू अगर इस गंगा में गिरेंगे, तो नदी में उठा उफान इस नगरी को बहा नहीं ले जाएगा?"

भोंबल वैष्णव के प्रति हमेशा यूँ ही एक श्रद्धा का भाव रहता था पुंडरीक के मन में। और यह सम्पूर्ण अकारण भी नहीं था, क्योंकि उसे देखकर स्वयं चन्द्रदीप पहले नमस्कार करते थे। भोंबल वैष्णव कभी किसी को नमस्कार नहीं करता था, अपने प्रति श्रद्धाभाव रखने वाले व्यक्तियों को वह एक तरह से अपने प्रभाव में कर लेता था। तैलंग स्वामी उससे बहुत स्नेह रखते थे।

पुंडरीक को देखते ही वह कहता, "हाय मेरे गोविन्द!" यह सम्बोधन गोविन्द के प्रति आक्षेप होता था या पुंडरीक को वह सम्बोधन करता था, यह बात पुंडरीक समझ नहीं पाता था।

अगर किसी नारी के ऊपर भोंबल वैष्णव नजर डालता था तो, उस नारी को वह देवी के रूप में ही देखता है, ऐसा चन्द्रदीप कहते थे।

"वह सिद्ध शिशु है।" एक बार शम्भुनाथ से भोंबल वैष्णव के बारे में चन्द्रदीप ने कहा था।

"सिद्ध शिशु?" शम्भुनाथ ने विस्तार से जानना चाहा था।

"सिद्ध शिशु यानी चिर शिशु। उसके मन में वयस्क व्यक्ति के विकार की जगह नहीं है। इसका अर्थ यह नहीं है कि वह निर्बोध है, वह ज्ञानी है। नारी का अर्थ ही माँ है उसके लिए। संसार उसके लिए मातृमय है। इसलिए उसमें उद्विग्नता नहीं है, उत्कंठा नहीं है, चिन्ता नहीं है। वह भाग्यवान है।"

भोंबल वैष्णव का वहाँ पहुँच जाना पुंडरीक को उनका आशीर्वाद-सा लगा।

विस्मित और किंकर्त्तव्यविमूढ़ लगी रूबी। आँसू थामकर पुंडरीक की तरफ देखकर बोली, "मैं क्यों इतने दिनों से तुम्हें ढूँढ़ रही थी? आज रुद्राक्ष स्वामी ने मुझे मिलने का समय दिया है। मैं तुम्हें साथ ले जाऊँगी तो वह तुम्हें देवी का साक्षात दर्शन करवा देंगे।"

नदी और आकाश के बीच के किसी बिन्दु पर अपनी नजर टिकाकर भोंबल वैष्णव पाठ करने लगे।

त्वं वैष्णवी शक्तिरनन्तवीर्या
विश्वस्य बीजं परमासि माया।
सम्मोहितं देवी समस्त मेतत्
त्वं वै प्रसन्ना भूवि मुक्तिहेतुः॥

(देवी! तुम अनन्त शक्तिसम्पन्ना हो, तुम ही विश्व की उत्पत्ति-परममाया हो। तुम्हारी माया ने ही सारे जगत को सम्मोहित कर रखा है। और फिर तुम्हारी प्रसन्नता ही जीव के मुक्ति का कारण है।)

"और देर मत करो। पराशक्ति को इन्तजार करवाना क्या ठीक बात है?" रूबी पुंडरीक का हाथ पकड़कर खींचने लगी।

"पराशक्ति मेरे लिए इन्तजार कर रही है?"

"तुम्हें विश्वास नहीं होगा, जानती हूँ। पर मैं रुद्राक्ष स्वामी की कई विभूति देख चुकी हूँ। तुम कम से कम मेरी बात पर तो विश्वास करो। एक बार प्रत्यक्ष देख लेने से नुकसान क्या है?"

"हाय मेरे गोविन्द! तुम मेरी बेटी की बात क्यों नहीं सुन रहे हो?" भोंबल वैष्णव ने पूछा। रूबी ने प्रशंसा भरी नजरों से उन्हें देखते हुए अपनी आँखें पोंछ लीं।

पुंडरीक उठकर खड़ा हो गया। "कब जाना होगा?" उसने पूछा।

"अभी। अँधेरा घिरने लगा है।"

पुंडरीक रूबी के पीछे-पीछे चलने लगा। कुछ कदम चलने के बाद पीछे मुड़कर देखा। कहाँ गुम हो गये भोंबल वैष्णव।

आधे कोस की दूरी पर एक टूटा हुआ मन्दिर था। पास में खूब बड़ा बरगद का पेड़। उसी के नीचे पुरानी जर्जर दीवार पर नये छत वाला एक घर खड़ा था। बरामदे के धीमे प्रकाश में रुद्राक्ष स्वामी का रोबदार चेहरा चमक रहा था। चौड़े माथे पर बड़ा-सा रक्तचन्दन का टीका। गले में पच्चीस-तीस के करीब रुद्राक्ष माला और कई तरह की रत्न जड़ित मालाएँ थीं। पास में बैठे थे दो अनुगत।

लाल हुई दन्त पंक्तियों को दिखाते हुए रुद्राक्ष स्वामी हँसे।

"आओ, बैठो पुंडरीक, बैठो। रूबी की अगर दस जुबान होती, तो भी वह सिर्फ तुम्हारा ही गुणगान करती। रूबी में एक योग्य भैरवी बनने के सारे गुण मुझे दिख रहे हैं। वह होगी तुम्हारी भैरवी। तुम्हारी तरह सतपात्र को विद्यादान करने के लिए मैं उत्सुक हूँ। बैठो।"

पुंडरीक को लगा, अगर कोई मगरमच्छ बात करता तो ऐसे ही सुनाई पड़ता। वह बैठ गया।

अचानक रुद्राक्ष स्वामी खड़े होकर अँधेरी कोठरी की तरफ देखते हुए कुछ क्लिष्ट मन्त्र पढ़ने लगा। देखते-देखते कोठरी के अन्दर का कुछ भाग आलोकित

हो गया और उसमें एक विचित्र मूर्ति दिखने लगी। अलौकिक नारी सुलभ चेहरा और शरीर। विचित्र हँसी से सुशोभित, जिसमें शान्ति नहीं थी और न ही था अभयदान का भाव, बल्कि कैसी एक व्याकुलता, एक विनती का भाव था।

अचम्भित होकर पुंडरीक देखता रहा। मन में उसके किंचित शंका के अलावा और किसी भाव का उद्रेक नहीं कर पा रही थी वह मूर्ति—श्रद्धा या भक्ति भाव तो दूर की बात थी।

"वत्स! क्या देख रहे हो? स्वयं देवी, पराशक्ति। प्रणिपात करो। उनके आशीर्वाद से जाग्रत होगी तुम्हारी सुप्त शक्ति।" निर्देश के साथ-साथ एक सन्देश भी दिया रुद्राक्ष स्वामी ने।

"माँ; माँ; तू माँ ही है न?"

सड़क की तरफ से एक चीत्कार सुनाई पड़ी। सड़क के अँधेरे में से कोई दौड़ते हुए आने लगा। आवाज से पुंडरीक समझ गया कि वह भोंबल वैष्णव है। किसी के बाधा देने से पहले ही तूफान की तरह कोठरी के अन्दर घुसकर मूर्ति को कसकर पकड़ लिया।

"कौन है तू कुलांगार?" रुद्राक्ष स्वामी चिल्लाया। पर उसकी आवाज मध्यम हो गयी। मूर्ति को पकड़कर भोंबल वैष्णव कोठरी से निकल आया बरामदे के लालटेन के प्रकाश में पुंडरीक ने देखा— एक दुबला-पतला अधेड़ व्यक्ति भोंबल के पाँव पर गिरकर काँप रहा है।

"बाबा! तुम पुण्यवान हो, तुम महान भक्त हो। तुम्हारे सामने क्या रुद्राक्ष स्वामी का इन्द्रजाल टिक पाता? मैं पापी हूँ। मुझे माफ कर दीजिए।" वह व्यक्ति विनती करने लगा।

रुद्राक्ष स्वामी अँधेरे में मानो कहीं विलीन हो गया था।

उस व्यक्ति ने क्या छद्मवेश बना रखा था? अपने हाथ जोड़कर उस व्यक्ति ने बताया। वह रुद्राक्ष स्वामी के तन्त्र के सामने अपने को समर्पित करके सिर्फ खड़ा रहता था। उसके शरीर पर रुद्राक्ष स्वामी तन्त्र के बल पर एक मायामूर्ति का सृजन करता था। पर किसी महत आत्मा को वह बहका नहीं सकता था। भोंबल वैष्णव के वहाँ पहुँचते ही वह मायामूर्ति मिट गयी। भोंबल वैष्णव के छूते ही उसके शरीर से मानो ज्वालामुखी-सी चिनगारी-सी फूट पड़ी।

"बहुत तकलीफ हो रही है, बहुत तकलीफ हो रही है, गोस्वामी।" कहते हुए वह व्यक्ति नीचे गिर पड़ा।

'ॐ शान्तिः, शान्तिः' कहते हुए भोंबल वैष्णव ने उसके शरीर पर अपना हाथ फिराया। धीरे-धीरे शान्त हुआ वह।

"बेटा! जितनी बार तू उस इन्द्रजाल का आधार बनता रहेगा, उतनी बार तेरी

प्राणशक्ति का कुछ परिमाण क्षय हो जाएगा। सावधान हो जा।'' भोंबल वैष्णव ने इतना कहकर पुंडरीक और रूबी की तरफ देखा और बोले, ''चलो।'' जैसे कोई साधारण घटना ही थी सब कुछ।

पुंडरीक को याद आ गया, कुलार्णव तन्त्र में इस तरह की ऐन्द्रजालिक विद्या को पशुशास्त्र की आख्या दी गयी है। शिव कहते हैं—

पशुशास्त्राणि सर्वाणि मयैव कथितानि ही
मृत्यांतरं तु सम्प्राप्य मोहनीय दुरात्मनाम्।

(मैं अलग एक मूर्ति स्वीकार कर दुरात्माओं को मोहग्रस्त करने के लिए पशुमन्त्र व्यक्त कर रहा हूँ।)

अँधेरे में तीनों चलते रहे। किसी से कोई बात नहीं कर रहा था। तन्त्रशक्ति के दुरुपयोग के उस दृष्टान्त को देखकर पुंडरीक विस्मय, विरक्ति या हताशा का अनुभव कर रहा था। उसे अभीभूत कर रहा था भोंबल वैष्ण्व का चरित्र। शिशु की तरह उस व्यक्तित्व में निहित थी कितनी प्रखर शक्ति, कैसी अवचिल प्रज्ञा।

इस लम्बे जीवन में कई तरह की परिस्थिति में जाने कितनी बार अशान्ति का अनुभव किया है पुंडरीक ने। पर उस दिन सूर्यास्त के बाद से जिस विषाद, विद्रोह और अस्थिरता का भाव गहरे से गहरे तक उसने अपने में आयत्त कर रखा था, उस तरह की और कोई अनुभूति उसकी स्मृति में अभी तक नहीं है।

उसने जाकर गंगा में स्नान किया; अपने कमरे में आकर पद्मासन में बैठकर चित्त शक्ति विधान पर एकाग्र हुआ और धीरे-धीरे समझ पाया कि वह उद्विग्नता अपने अन्दर उद्भूत नहीं है। बाहर का कोई एक अदृश्य चक्रवात उसे चक्राकार में कवलित कर रहा है। कोई गहरी पीड़ादायक परिस्थिति उस तरंग का उत्स्रोत है।

आधी रात होने से पहले ही वह नींद की आगोश में चला गया था। पर ऊँची खाट से वह नीचे गिर गया— जैसे किसी के उसे जगाने की कोशिश में ऐसा हुआ हो।

पर बाद में बेशक उस कारणविहीन उत्कंठा और अस्थिरता का अन्त हो गया, पर मन उदास रहा। उसी उदासी ने धुएँ की कुंडली-सा बन उसके हृदय के आसमान में एक रूप लिया कुमुदिनी का चेहरा।

शून्य मार्ग में बिजली की तेज गति से अगर वह भीषमपुर में पहुँच पाता! अपने अन्दर संयत शान्ति और अविचलित भाव के विरोध में लम्बे समय तक संघर्ष चला।

वह अवश-सा अनुभव करने लगा।

सुबह हुई। गंगा स्नान करके जब वह लौट रहा था, तो भोंबल वैष्णव ने उसके गीले शरीर का ध्यान करके उसे आलिंगन न करके, हाय मेरे गोविन्द कहकर सम्बोधित किया। पुंडरीक की उदासीनता ने उसे भी अपने चपेटे में ले लिया था।

उन्होंने संयत होकर पुंडरीक का अनुसरण किया।

"एक अभिप्सु के लिए जिस तरह सद्गुरु का सन्धान करना कठिन है, एक सद्गुरु को भी सत्शिष्य खोजने में उतनी ही कठिनाई होती है,. बल्कि कहा जाए तो उससे ज्यादा कठिन होता है।" अपने-आपसे कहने की तरह से भोंबल वैष्णव ने कहा।

"क्यों?" पीछे मुड़कर पुंडरीक ने सवाल किया। लम्बे समय तक विषादमय आच्छन्नता में निमग्न रहने के बाद किसी के साथ भाव के आदान-प्रदान के लिए वह व्याकुल था। उस लिहाज से भोंबल वैष्णव से अधिक सहृदय सत्ता उसे और कोई कहाँ मिल पाती?

"अगर निष्ठा के साथ सत्य के सन्धान में निकलो तो सत्य ही उसका दिग्दर्शन कराता है; टेढ़े-मेढ़े रास्ते से भी निकल कर उसे उसके लिए उदिष्ट गुरु तक पहुँचा देता है। पर वही एक नियम गुरु का शिष्य के सन्धान के समय काम नहीं करता है। लेकिन ऐसा क्यों है, यह अज्ञान अधम कैसे जान पाएगा। छोड़ो। हमारे चन्द्रदीप बाबा भाग्यशाली हैं। उन्हें योग्य शिष्य मिला है।"

"आपको कैसे पता?"

"जानने की क्षमता भला मुझमें कहाँ है? पर इस बात से अनजान तो वह नहीं होंगे, यह उनकी बात है। मुझे बस यह विश्वास है कि उनके विश्वास को तोड़ने वाले युवक तुम नहीं हो। तन्त्रपथ बहुत दूर तक व्याप्त है। बहुत कम लोग दूर तक जाने की ताकत रख पाते हैं। पर, बाबा तुम बहुत दूर तक जाओगे।"

"वैष्णव गोसाईं, मेरी वैसी उच्च अभिलाषा नहीं है। पितृ-वृत्ति का अनुसरण कर रहा हूँ। मैं एक साधारण ओझा का बेटा हूँ।"

"साधारण का बेटा, असाधारण न होगा, ऐसी कोई बात तो नहीं है? हाय मेरे गोविन्द!" कहकर भोंबल वैष्णव अलग चला गया।

गुरु कई बार कहते थे कि आध्यात्मिक जीवन को अपना लेने वाले व्यक्ति को ऐसा कुछ सुनना नहीं पड़ता है, ऐसा कुछ अनुभव करना नहीं पड़ता है, जिसके भीतर से मन देकर वह कुछ सन्धान करे तो कुछ न कुछ सूक्ष्म तात्पर्य न मिलता हो। पुंडरीक को लगा आध्यात्मिक जीवन-यापन उसका लक्ष्य न होने पर भी भोंबल वैष्णव के ऐसा कहने में कुछ विशेष अर्थ निहित था। विडम्बना! चन्द्रदीप या भोंबल वैष्णव को पता नहीं है, उसका ध्यान और चिन्ता तन्त्र में बहुत कम है; बाकी सब तो कुमुदिनी के कब्जे में है।

पर इस परिस्थिति में अन्यथा भला कैसे होता?

उदासी का भाव उसे और दो दिन तक घेरे रहा। चित्त-वृत्ति निरोध क्षमता हासिल करना योग के लिए जितना जरूरी है, तन्त्र के लिए भी उससे कम जरूरी

नहीं है। वह क्षमता आसन, प्राणायाम या मन्त्रभ्यास से नहीं मिलती, यद्यपि यह सब सहायक जरूर हैं। अपनी एकान्त अभिप्सा और एकान्तिकता की चित्त-वृत्ति विरोध के लिए पहला और मुख्य अवलम्बन है।

तीसरे दिन सूर्यास्त के समय गंगा किनारे सान्ध्यकाल के समापन के बाद आश्रम के बरामदे में पाँव रखते समय उसके सामने एक विस्मय खड़ा था।

"भानु भाई!"

भानु बहुत ही कठिनता के साथ चेहरे पर हँसी लाने की कोशिश कर रहा था। पर उस समय उतनी रोशनी वहाँ नहीं थी कि पुंडरीक यह बात देख पाता।

"तुम कैसे आये, भानु भाई?"

भानु की आवाज निकलने की जगह गला रुँध गया। बहुत कोशिश करके वह बोला, "तुम अन्दर चलो।"

"बात क्या है? पिताजी की तबीयत खराब है?"

"हाँ।"

"बहुत ज्यादा?"

"हाँ।"

"सच कहो। जिन्दा हैं?"

"हाँ।"

रात में गुरु भाइयों से विदा लेकर सुबह आश्रम छोड़ दिया पुंडरीक ने। लम्बी रेल-यात्रा; दो बार गाड़ी बदलना और काफी दूर तक पैदल चलने के बाद दोनों नदी किनारे पहुँचे। तब तक दोनों में बातचीत बहुत कम हुई थी। स्टीमर का इन्तजार करते समय पुंडरीक ने भानु की बाँहों को झकझोरते हुए कहा, "तुम मुझसे कुछ छिपा रहे हो, कहो सच क्या है?"

"तुम्हारे पिता अस्वस्थ हैं, पर वह ठीक हो जाएँगे।" उत्तर देते-देते भानु फिर रोने लगा।

"अगर ठीक हो जाएँगे, तो तुम इतने विचलित क्यों हो?"

"उनका कहना है, वह ज्यादा दिन तक जीवित नहीं रहेंगे। तुरन्त घर में बहू लाना है। एक अच्छा प्रस्ताव आया है। कन्या के पिता जमींदार वंश के पुरोहित हैं।" इतना कहकर और भी जोर-जोर से रोने लगा भानु।

"क्या यह बात तुम्हें इतना रुला सकती है? सुनो भानु भाई! तुम बहुत सीधे हो। बात छुपाना तुम्हारा स्वधर्म नहीं है। सच बात बता दो।"

पुंडरीक की दृढ़ आवाज ने भानु को हिला दिया।

"कहता हूँ, कहता हूँ, कुमु की बात।"

"कुमु की बात? वह बीमार है।"

"नहीं।"

"तो फिर?"

प्रश्न पूछने के बाद पुंडरीक को एहसास हुआ। पूछने की कोई विशेष जरूरत नहीं थी। पिछले कुछ दिन से उसके मन के उथल-पुथल में ही निहित था इसका उत्तर।

"कुमु अब इस दुनिया में नहीं है।"

अपने-आपसे उसने कहा।

भानु ने सिर हिलाकर उसके इस निष्कर्ष का समर्थन किया।

पुंडरीक की विषण्णता तुरन्त स्तब्धता में बदल गयी। कुछ मिनट के बाद, जमी हुई स्तब्धता पिघलने के साथ ही साथ उसे समझ में आया कि कुमु की मौत के लिए उसे बुलाना शम्भुनाथ के लिए तर्कसंगत नहीं था। कारण, वह उन दोनों के सम्बन्ध को स्वीकार करता नहीं था। पर यह दुःसंवाद उसे न देना भी अवास्तव, अतार्किक होता और शम्भुनाथ ग्लानि भाव से जकड़ जाता। इसलिए दूसरे एक कारण की दुहाई देकर उसे बुलाया गया है। कुमुदिनी अब नहीं है। इसलिए पुंडरीक का और कहीं तुरन्त ही ब्याह करवा देने की कोई आवश्यकता भी नहीं है। पर पुंडरीक की शादी करने की सम्मति दे देने पर कुमुदिनी का प्रभाव उसके ऊपर से हट गया है, यह बात शम्भुनाथ जान जाएगा और आश्वस्त हो जाएगा। ज्यादा दिन वाराणसी में रह जाने पर पुंडरीक उसका उत्तराधिकारी न होकर चन्द्रदीप का उत्तराधिकारी हो जाएगा, यह आशंका भी शम्भुनाथ को विचलित कर रही होगी।

नदी के उस पार दिगन्त की तरफ ताकते हुए पुंडरीक बैठा रहा। ढोल-नगाड़े और साज-सज्जा के साथ विपरीत किनारे की तरफ से एक बारात गुजरने लगी। पुंडरीक को वह आवाजें लगातार एक वज्रध्वनि की तरह लगीं, जो मानो उसे अशान्त करने के लिए ही उद्दिष्ट हो।

"पुंडु बाबा!" भानु ने उसे झकझोरा। स्टीमर किनारे पहुँच चुका था। वहाँ खड़े दो-तीन यात्री स्टीमर के अन्दर चले गये थे। स्टीमर चालक के सहायक अधीर होकर हाथ हिलाकर उन दोनों को जल्दी आने के लिए इशारा करने लगे।

भानु पुंडरीक को एक तरह से खींचते हुए स्टीमर के अन्दर ले गया।

आधी बेहोशी की हालत में उससे कुमुदिनी के हाल के बारे में सुनने लगा।

कुमुदिनी का विवाह पक्का हो गया था। दहेज के रूप में कुछ जमीन पाने के बदले में उससे शादी करने के लिए पास के गाँव के एक उदार विपत्नीक राजी हो गये थे। पर कुमुदिनी बीमार पड़ गयी। वैद्य के हर सम्भव इलाज करने के बावजूद एक दिन आधी रात को कुमुदिनी ने सब दिन के लिए आँखें बन्द कर लीं।

पुंडरीक ने वह दिन गिनकर देखा, जिस रात को, वह चौंककर खाट से गिर

गया था, उसी रात कुमुदिनी से उसके वियोग का मुहूर्त था।

"कुमुदिनी शादी के लिए राजी हो गयी थी।"

"नहीं पुंडु बाबा, वह बिल्कुल राजी नहीं हो रही थी। पर कुँआरी लड़की घर में हो, तो किस अभिभावक को नींद आ सकती है भला?" भानु असहाय का भाव लाकर बोला। उसे कुमुदिनी और पुंडरीक के सम्बन्ध के बारे में पता था। पुंडरीक के लिए उसके मन में सहानुभूति भरी हुई थी। पर भाग्य के पिंगल कोड के साथ कौन भला मुकाबला कर पाता— ध्रुव नक्षत्र के आसन को कौन भला डिगा सकता था! सती या कुमुदिनी के जीवन में किसी समस्या के आने पर उसे बताने के लिए वह भानु से अनुरोध करके गया था। भानु ने उस अनुरोध को रखा या नहीं रख पाया, वह खुद अचम्भित हो गया था।

स्टीमर के अपने आखिरी पड़ाव भीषमपुर में पहुँचते-पहुँचते रात के पहले और दूसरे प्रहर का सन्धिपल आ चुका था। किनारे में लालटेन लेकर कोठी का एक परिचारक खड़ा था।

चाँदनी के धीमे प्रकाश में भी पुंडरीक ने दोमंजिले के बरामदे के खम्भे से टिककर इन्तजार करती उस मूर्ति की आकृति को पहचान गया था। शम्भुनाथ का सामना करने की अनिवार्यता को वह जितना देर तक टाल सकता, उतना अपने को कामयाब मानता, पर ऐसा सुयोग नहीं था।

दोमंजिला चढ़कर आधी नजर आने वाली उस पृथुल मूर्ति के सामने झुककर प्रणाम किया उसने।

"एक-दो दिन आराम कर लो। फिर कुछ जरूरी बातों पर विचार-विमर्श करेंगे। मेरी तबीयत के लिए ज्यादा चिन्तित होने का कोई कारण नहीं है। चन्द्रदीप के यहाँ सब कुशलमंगल तो है न?"

"वह बदरिकाश्रम गये हैं।"

"यानी मंगल है सब। यहाँ भी सब कुछ मंगल होता, पर! भानु ने जरूर बताया होगा— कुमुदिनी की मौत की बात!"

कुमुदिनी की मौत मानो एक सामान्य बात थी, जिसे भानु के न कहने की भी सम्भावना हो सकती थी।

नफरत से उत्पन्न गरमी से मानो सिर से पाँव तक झुलस गया पुंडरीक। इस तरह का अनुभव उसके लिए बहुत नया था। वह जानता था रोशनी ज्यादा न होने पर भी शम्भुनाथ की प्रखर दृष्टि उसके मन को भेदने की कोशिश कर रही थी।

भानु पुंडरीक का कमरा खोलकर उसका सामान व्यवस्थित कर रहा था। अपनी आवाज को थोड़ा-सा धीमा करते हुए शम्भुनाथ बोला, "बेटा! भाग्य फलति सर्वत्र। अनुशोचना करना अर्थहीन है। जो भी हो, अवैध लड़की कुमुदिनी के साथ तुम्हारी

शादी होना तो सम्भव नहीं था।''

पुंडरीक कहना चाहता था, अगर कुछ जमीन-जायदाद, एक अवैध लड़की की एक ब्राह्मण से शादी करने को वैधता प्रदान कर सकती थी, तो फिर पुंडरीक का उसके प्रति गहरा प्यार क्या उतनी वैधता नहीं ला सकता था?

पर उसने सिर्फ इतना कहा, ''बाबा? अब कुमुदिनी वैधता-अवैधता के ऊपर है। आत्मा की कोई जाति नहीं होती, न ही वैधता या अवैधता होती है। पर देहाश्रित कुमुदिनी भी इन सब बातों से ऊपर थी। वह देवकन्या थी। जो भी हो, कुमुदिनी को साधारण जुबान में भी अवैध कहना असत्य है, यह बात तो आप भी जानते हैं।''

शम्भुनाथ की प्रतिक्रिया का इन्तजार न करते हुए पुंडरीक अपने कमरे की तरफ चला गया। कमरे के अन्दर जाने से पहले एक बार मुड़कर देखा और समझ गया कि शम्भुनाथ स्तब्ध हो गया है।

कुमुदिनी की मौत के बाद सती को कोठी के निचली मंजिल में रखा गया था। पुंडरीक सहजता से उसके पास पहुँच गया। भानु ने उससे कहा था, कुमुदिनी की मौत के बाद सती ने बिस्तर पकड़ लिया है और लगभग मूक बन गयी है। जमींदार विनयभूषण के आदेश पर उसकी देखभाल कोठी की परिचारिकाएँ कर रही थीं। बीच-बीच में वैद्य आकर जाँच कर जाते थे। ढिबरी की रोशनी में सती की अर्द्धनिमिलित आँखों को देखकर पुंडरीक समझ गया, उसकी चेतना आस-पास की स्थिति, लोग, सबसे बहुत दूर है। किसी से कोई आशा नहीं; किसी के प्रति कोई ध्यान नहीं।

पुंडरीक जैसे दबे कदमों से गया था, वैसे ही दबे कदमों से लौट आया।

उसके बाद से हर दिन सती के बिस्तर के पास जाकर नीरव कुछ देर खड़े रहना एक आराधना की तरह आदत में परिणत हो गया। तीसरे दिन सती ने उसे देखा और लगा जैसे वह उसे पहचान रही है। दो बूँद आँसू का लुढ़क जाना ही इसका एकमात्र प्रमाण था।

पुंडरीक के आने के दिन की जरूरी भेंट के बाद से पिता-पुत्र ने एक-दूसरे से मुलाकात नहीं की थी। शम्भुनाथ प्रायः अपने कमरे में सोया रहता या उत्तर दिशा की तरफ बरामदे की आरामकुर्सी पर बैठा रहता। तालुकात के विधि-विधान और कार्य के बारे में गुमाश्ता उसके पास जाकर उससे निर्देश ले आते थे।

पुंडरीक के सामने जैसे हर कोई सहम-सा जाता था, ऐसा उसे अनुभव हो रहा था।

''पुंडु बाबा? मालिक की हालत ठीक नहीं है। वह खुद तो नहीं कह रहे हैं, पर मैं समझ रहा हूँ।'' एक दिन भानु बोला।

''वैद्य तो हर दिन आ रहे हैं।''

"आ रहे हैं और दवाई भी दे रहे हैं। पर वह भी कह रहे थे, गम्भीर आर्थराइटिस के अलावा उनको कोई और बीमारी नहीं है। मालिक खुद अपने को स्वस्थ करने का मन नहीं बनाएँगे, तो सिर्फ दवाई उन्हें कैसे स्वस्थ कर सकती है? वह तो मेरी तरह या गाँव वालों के और दस-बारह व्यक्तियों की तरह साधारण इनसान नहीं हैं।"

"वह अगर मन नहीं करेंगे। तो फिर दूसरा कोई क्या कर पाएगा?"

"पुंडु बाबू! मैं मूर्ख व्यक्ति हूँ। पर इतना जान लो, इनसान आशा को लेकर जीता है। जब वह हताश होता है तो..."

"कौन-सी आशा पूरी होने की चाहत बाबा कर रहे हैं?"

"पुंडु बाबा, मुझसे वह सौ बार कह चुके होंगे— तुम शादी कर लोगे, तो उनकी आशा पूरी हो जाएगी। उनकी कोई बेटी नहीं है। बहू ही उनकी होगी बेटी और माँ। और कौन भला ममता, स्नेह उड़ेलकर इस हालत में उनकी सेवा करेगा?"

"भानु भाई, उनकी इस आशा को पूरा करने में मैं असमर्थ हूँ।"

इतना कहकर बातचीत को वहीं खत्म कर पुंडरीक वहाँ से हट गया।

नदी के किनारे घंटों पुंडरीक बैठा रहता या खड़ा रहता। कभी-कभी टहलता भी।

उन सारे पेड़-पौधे, वन फूल, फूलों की महक, वहाँ की हरियाली सबमें निस्पन्द कुमुदिनी की जीवन से भरपूर हँसी छिपी हुई है और उसकी छोटी-सी जिन्दगी के आखिरी कुछ दिनों का असहाय दीर्घश्वास, हाहाकार, जो पुंडरीक के बिछोह में उसके दिल से उठा होगा।

पन्द्रह दिन के बाद दिल की गहराई में उसे महसूस हुआ कि कुमुदिनी के बिना भीषमपुर में रहना उसके लिए असह्य है। तो अब क्या करे वह? पर कोई कठोर निर्णय लेना सहज नहीं था। क्योंकि शम्भुनाथ शैयाशायी थे। पुंडरीक मन से भले उनसे दूर हो चुका हो, पर शम्भुनाथ की उसके प्रति प्रबल आसक्ति एक छाया की तरह उसका सिर्फ अब पीछा नहीं कर रही थी, बल्कि उसे जकड़ कर रखी थी। छाया की भी शक्ति होती है। जो भी हो, सब दिन के लिए वाराणसी को छोड़कर चले आने के लिए तो शम्भुनाथ ने उसे निर्देश नहीं दिया था। शम्भुनाथ सच में कितना अस्वस्थ है? अब शम्भुनाथ उससे क्या आशा कर रहा है? वह अपने लौट जाने की बात उससे कब करे? उससे पूछकर जाए या सीधा चला जाए? ये सारे प्रश्न पुंडरीक के मन में घूम रहे थे।

अन्दर ही अन्दर उसका सवाल कभी तेज हो जाता। पर फिर धीरे-धीरे उसका तेज कम भी हो जाता। अपनी चिन्ता से मन को दूर करने के लिए उसने दो-तीन प्रेतबाधाग्रस्त रोगियों की चिकित्सा का निमन्त्रण स्वीकार कर लिया था। उसने

वाराणसी में तालीम प्राप्त की है, इसलिए लोग पहले से ज्यादा उसे सम्मान दे रहे थे। उसने भी अपने काम को निष्ठा के साथ पूरा किया थे। इस वृत्ति के प्रति उसके असन्तोष भाव खत्म हो गया था। चन्द्रदीप के सान्निध्य के चलते उसके अन्दर उदारता का विकास सम्भव हो पाया था, उसे यह बात महसूस हो रही थी।

इस बीच जमींदार का बेटा ललित कुमार महानगरों में अध्ययनरत था। उसके महाविद्यालय के अध्यक्ष एक अँग्रेज थे। उनके साथ विदेशी अध्यापक स्टीवेंसन की घनिष्ठता थी। जिस भीषमपुर के बौद्ध अतीत के बारे में वाराणसी में स्टीवेंसन ने शम्भुनाथ से विशेष जानकारी प्राप्त की थी, वही भीषमपुर चंडीनगर के जमींदार के एक तालुक के अन्तर्गत आता है और उस जमींदार का पुत्र ललित कुमार अपने अध्यक्ष मित्र के महाविद्यालय के छात्र हैं, यह जानते ही भीषमपुर आने की उनकी इच्छा तीव्र हो गयी थी। उन्हें इसके लिए उत्साहित किया था रूबी ने। उनके साथ परिचय होते ही ललित कुमार ने उनको खुशी के साथ निमन्त्रण दिया।

चंडीनगर से यह खबर लेकर आये सज्जन जमींदार के किरानी थे। शुद्ध अँग्रेज साहेबों का आतिथ्य करने का सौभाग्य भला कितने जमींदारों को मिलता है? कोठी के ऊपरी मंजिल में खास जमींदार के लिए उद्दिष्ट कमरे के साथ और भी तीन कमरों को तुरन्त साफ किया गया। कई नयी चीजें, पर्दा चंडीनगर से मँगवाया गया।

तकलीफ के बावजूद शम्भुनाथ स्वयं सारी व्यवस्थाओं की निगरानी करने के लिए निकलने लगा था। पर पुंडरीक ने उससे कहा, ''उत्कंठा का कोई कारण नहीं है। वे हमारे परिचित हैं और बहुत ही सीधे-सादे इनसान हैं।''

कई साल पहले जिस तरह उसके परलोकवासी पिता उसे उस समय के तत्कालीन जमींदार के पुत्र के साथ स्वाभाविक और निडरता के साथ व्यवहार करता देखकर अचम्भित हुए थे, वैसा ही साहेबों को साधारण इनसान की तरह समझने वाली उसकी बात सुनकर शम्भुनाथ भी अचम्भित हो गया।

पुंडरीक की आवाज में सहानुभूति या फिर आवेग की कोई सूचना नहीं थी। फिर भी बेटा उसकी तकलीफ के प्रति सजग था। अपने आप यह सोचकर वह खुश दिखा।

पर शम्भुनाथ के लिए यह सान्त्वना कुछ समय के लिए ही थी। बेटे के ऊपर अचानक अपना अधिकार कम होने के कारण वह समझ रहा था, उसके व्यक्तित्व का लगातार ह्रास होना। यह बात भानु भी समझ रहा था। संवेदना के साथ—पुंडरीक भी समझ रहा था, पर सहानुभूति के बिना।

ठीक समय पर ललित कुमार के साथ अतिथि पहुँच गये। नदी किनारे इन्तजार करने वाले दो कर्मचारियों में से एक ने दौड़कर जैसे ही खबर दी, पुंडरीक उन लोगों का बीच रास्ते से स्वागत करके ले गया। स्टीवेंसन और प्रदीप सेठ ने अपनी खुशी

कई तरह से जाहिर की। रूबी कुछ गम्भीर रहने की कोशिश कर रही थी। सुयोग पाते ही आवाज धीमी करके शिकायती लहजे में बोली, "श्री पुंडरीक जी! वाराणसी छोड़कर आने से पहले मुझे खबर करने के कर्तव्य भाव का न जगना आश्चर्यजनक नहीं है क्या?"

"वाराणसी छोड़ रहा हूँ, यह जानने का होश आने से पहले ही मैं गाड़ी में बैठ चुका था।"

"फिर विपरीत दिशा के लिए गाड़ी में बैठोगे न?"

इस प्रश्न का उत्तर मिलने का सुयोग रूबी को नहीं मिला। वे सब कोठी में पहुँच चुके थे। खुद ललित कुमार आगे बढ़कर उन सबको शम्भुनाथ के कमरे की तरफ ले गया। तकिये पर टिककर आधे लेटे शम्भुनाथ को सबने हाथ जोड़कर प्रणाम किया।

अभिभूत लग रहा था शम्भुनाथ। वह खुद उनकी देखभाल करने में असमर्थ है, यह जताकर उसने क्षमा प्रार्थना की। स्टीवेंसन उसको आश्वासन देते हुए बोले, "हम सभी ऐशोआराम के लिए यहाँ नहीं आये हैं, महाशय! आये हैं कुतूहल लेकर। फिर भी हमें यहाँ जो कुछ मिल रहा है, वह विलास के समान ही है।"

रूबी के अलावा हर कोई थक गया था। पुंडरीक के साथ गपियाने के लिए रूबी के अन्दर उत्साह की कोई सीमा नहीं थी। पर जितना कम बात किया जा सकता है, उससे थोड़ा-सा भी ज्यादा करने के लिए पुंडरीक बिल्कुल तैयार नहीं था।

दूसरे दिन सुबह दोमंजिले के उत्तर की तरफ के बरामदे में अतिथियों के साथ ललित कुमार और पुंडरीक बैठे थे। पहले दिन दोपहर को वे वहाँ के सारे ध्वंसावशेष घूम चुके थे।

"ललित कुमार, मुझे लगता है कि यहाँ भू-खनन किया जाए, तो इस मुल्क के बारे में नया कुछ प्रकाश डाला जा सकता है। मैं अगर इस बारे में सरकार के सामने प्रस्ताव रखूँ, तो तुम्हारे पिता क्या आपत्ति जताएँगे?"

"मुझे नहीं लगता है कि वह इनकार करेंगे। अन्ततः मैं तो खुशी से राजी होऊँगा।"

ललित कुमार के उत्तर में आने वाले भविष्य की सूचना थी, वह भविष्य, जिसमें इस तालुकात के हर्ता-कर्ता के आसन पर उसका बैठना मुकर्रर है।

"ध्वंसावशेष को हटाकर इस जगह को एक बगीचे की तरह उपयोग में लाने के लिए मेरे पिता को कई शुभेच्छियों ने परामर्श दिया है। श्मशान को भी दूर कहीं हटा देने को कहा है। ध्वंसावशेष और श्मशान का महत्त्व है, इतना कहकर मेरे पिता ने सबके प्रस्ताव को ठुकरा दिया है।" सगर्व ललित कुमार ने बताया।

"तुम्हारे पिता दूरदृष्टि-सम्पन्न व्यक्ति हैं।" स्टीवेंसन ने कहा।

"देवी तरंगिणी के स्वरूप के बारे में मेरा और कोई सन्देह नहीं रह गया है।" स्टीवेंसन ने कहा, "वह देवी तारा ही थीं। बौद्धों के बाद ब्राह्मणों ने उनकी जिम्मेदारी लेकर उनकी तरंगिणी के रूप में पूजा-अर्चना शुरू कर दी।"

"अच्छा, दक्षिण के बरामदे से नीचे जाने वाली सीढ़ियों के ऊपर जो छोटी-सी मूर्ति रखी गयी है वह कहाँ से मिली थी? उसके आधार पर शायद पाली लिपि लिखी हुई है। पर बाकी के अंश, जहाँ से यह मूर्ति मिली है, वहाँ से मिल सकते हैं?" प्रदीप सेठ ने कहा।

"कहाँ से मिली थी नहीं जानता।" पुंडरीक के उत्तर देते समय उसका चेहरा निष्प्रभ लगा।

"पर तुमने ही उसे वहाँ रखा था ऐसा गुमाश्ता बोल रहा था।"

"मैंने रखा था। जिसने इसे पाया था, वह अब नहीं है।"

"कहाँ है वह? क्या उससे भेंट हो पाएगी?"

स्टीवेंसन के प्रश्न करने पर ललित कुमार की तरफ देखकर पुंडरीक बोला, "वह कुमुदिनी थी।"

"ओहो! बेचारी मर गयी कुछ दिन पहले।" ललित कुमार अध्यापक को यह खबर देते हुए पुंडरीक की तरफ देखकर बोला, "तुम शायद उस समय यहाँ नहीं थे।"

"मैं रहता, तो वह नहीं मरती!" अनजाने में ही दाँत दबाते हुए पुंडरीक ने जवाब दिया। उसके भाव के प्रति दूसरों का ध्यान नहीं गया, पर रूबी ने इसे समझा और उसकी भौंहें संकुचित हो गयीं।

"कितनी सुन्दर लड़की थी कुमुदिनी बाप रे! उसका दिमाग भी कम नहीं था। एक बार मैं बिस्कुट खा रहा था, उसे दिया पर उसने नहीं लिया।" ललित कुमार ने दिमाग वाली उस लड़की के प्रति श्रद्धा का निवेदन किया।

पुंडरीक एक अलग कारण से अपने मित्र का चेहरा ध्यान से देख रहा था। कुमुदिनी के साथ उसके चेहरे में सामंजस्य देख रहा था। उनके बीच के इस सामंजस्य के चलते ही शायद ललित कुमार के मन में उसके प्रति विशेष अनुरक्ति का अचेतन कारण था।

पर आज वह सामंजस्य उसमें असन्तोष का भाव ला रहा था। अपनी बहन को बचे हुए बिस्कुट देकर कैसी उदारता का परिचय दे रहा था ललित कुमार।

सच में उस लड़की को देखने पर लगता था, मानो कोई परी अचानक हमारे इस झाड़-झंखाड़ में फँसकर इससे निकल भागने का रास्ता ढूँढ़ रही हो, पर रास्ता मिल नहीं रहा हो। वैसे मैं पिछले पाँच-छह साल से यहाँ नहीं आया। तब वह

पुंडरीक की अनुगत थी। मरते समय जाने कितनी बड़ी हो गयी होगी?

"अगर वह लड़की श्री पुंडरीक की एकान्त अनुगत थी, तो उसकी आत्मा को बुलाकर मूर्ति कहाँ से उसे मिली थी, पूछा नहीं जा सकता?" रूबी बहुत ही उत्साह के साथ पुंडरीक को देखकर बोली।

"पुरातत्त्व गवेषणा में एक परलोकगत सत्ता को मिलाना हमारे अधिकार के अन्तर्भूत नहीं है।"

पुंडरीक के मजाक भरे उत्तर से सभी हँस पड़े।

"रूबी! प्रेतात्मा के अवतरण के लिए एक आधार की जरूरत होती है। तुम वह आधार बनने के लिए तैयार हो?" स्टीवेंसन ने पूछा।

"हर तरह से तैयार हूँ, बिल्कुल तैयार, श्री पुंडरीक जी की अनुगत और परी की तरह की एक कन्या प्रेतात्मा का आधार होना क्या कम गौरव की बात है? एक सवाल है। किसी के ऊपर प्रेत की छाया हो, तो ओझा उसे दूर भगा देते हैं यह तो हम जानते हैं; पर किसी के अन्दर क्या वे किसी प्रेतात्मा को भी प्रवेश करवा सकते हैं?"

पुंडरीक अन्यमनस्क हो गया था। रूबी के दूसरी बार फिर वही सवाल करने पर ललित कुमार ने पुंडरीक की पीठ पर हाथ रखकर उसे सचेत किया।

"ओझा कई तरह के होते हैं। प्रेत छायाग्रस्त व्यक्ति को आवेशमुक्त करना और दुखी अदृश्य सत्ता को शान्ति देने की कोशिश करना हमारी सीमित कर्मधारा के अन्तर्गत है। पर किसी के अन्दर प्रेतात्मा को प्रवेश कराने वाले ओझा भी हैं। पर जिसे वह प्रवेश कराते हैं, वे किसी निर्दिष्ट परलोकगत व्यक्ति की सत्ता नहीं है। वातावरण में होते हैं कई तरह के अन्धे और अन्धकार शक्ति। जीवित व्यक्तियों में निहित दुष्टबुद्धि, हिंसा, स्वार्थ द्वारा वे भी परिचालित होते हैं। उसी अन्धकार के वलय की कुछ कुशक्तियाँ जाकर ओझा के द्वारा निशाना लगाये गये व्यक्ति को अधीन कर लेती हैं।"

"उस तरह की किसी शक्ति को अपनी आँखों से देख लेने पर वैज्ञानिक या वस्तुवादी फिर शक नहीं करते।" ललित कुमार ने कहा।

"देख पाना किसी विषय पर ज्ञान अर्जन करने का एक दूसरा या केवल आंशिक उपाय होता है; पर पूरा उपाय नहीं। तुम क्या मेरे या फिर अपने मन को देख पा रहे हो? नहीं देख पा रहे हो, तो क्या मन के अस्तित्व के बारे में तुम्हें कोई शक है क्या?"

अपने अपरिपक्व वक्तव्य पर पुंडरीक की त्वरित टिप्पणी से शरमाकर आत्मरक्षात्मक हँसी हँस पड़े ललित कुमार।

"अच्छा श्री पुंडरीक जी, जो हमें पता है पुरखों से ज्यादा महिलाएँ ही प्रेत

के अधीन होती हैं। भारत में महिलाओं की जो स्थिति है, उस दृष्टि से इस बीमारी का मनस्तात्त्विक व्याख्या जरूर सम्भव है।'' रूबी बोली।

''मनस्तात्त्विक व्याख्या कई मामलों में सम्भव है; पर हर मामले में नहीं। इसका असली कारण यह है कि औरतें अधिभौतिक जगत के प्रति ज्यादा उन्मुक्त हैं। यह प्रकृति की ही व्यवस्था है। औरतों के इस तरह उन्मुक्त होने के कारण ही आत्मा का उनके गर्भ में अवतरण कर सन्तान के रूप में पैदा होना सम्भव होता है। सन्तान को मूर्त रूप में जन्म देने से बढ़कर और कोई दैवी चमत्कार हो सकता है भला? औरतें अपनी उसी सहजात उन्मुक्तता के चलते दूसरों से ज्यादा सहजता के साथ दूसरे अधिभौतिक शक्ति का आधार बन जाती हैं।''

श्रोतागण एक सिहरन भरे सन्नाटे में बैठे रह गये। वे पहले से न सुने गये सत्य को दिल से महसूस कर रहे थे।

''पुंडरीक जी! आपने एक अनुभव ज्ञानभरी बात कही। इसका उत्स्रोत क्या है?'' अध्यापक स्टीवेंसन ने पूछा।

''गुरु चन्द्रदीप जी कहते हैं, सारे ज्ञान का उत्स्रोत एक है। सारे ज्ञान वहीं से अवतरण करते हैं।''

गुमाश्ता ने आकर पुंडरीक को याद दिलाया कि उसने काकुली नामक गाँव जाने के लिए वादा किया है। वहाँ के लोगों ने खबर भेजी है कि दोपहर को दो व्यक्ति आकर उसे साथ ले जाएँगे।

''मैं भी जाऊँगी।'' रूबी ने उत्साह के साथ घोषणा की। पर किसी ने भी उसकी बातों पर ध्यान नहीं दिया।

ठीक समय पर काकुली से दूत आ गये। तब तक स्टीवेंसन और ललित कुमार नदी के उस पार के एक गाँव में 80 के ऊपर के एक अवकाश प्राप्त शिक्षक से मिलने निकल चुके थे। यहाँ के ध्वंसावशेष पर उस वृद्ध ने कुछ जानकारियाँ संकलित की थीं।

भानु और आगन्तुकों के साथ काकुली जाने के लिए पुंडरीक तैयार होके जैसे ही निकला, सीढ़ी के बीचोबीच रूबी खड़ी मिली।

''मैं भी जाऊँगी।''

''मैंने सोचा कि तुम थक गयी हो। इसलिए उन लोगों के साथ न जाकर सो गयी हो। काकुली यहाँ से बहुत दूर है।''

''होने दो। मेरा कौतूहल पुरातत्त्व में नहीं है, मन्त्र-तन्त्र में है। मैं जाऊँगी।''

''साहेबों के लिए दूरी क्या चीज है? सात समन्दर पार से यहाँ आये हैं न शासन करने के लिए?'' दोनों आगन्तुक से भानु को ऐसा कहते पुंडरीक ने सुना।

इसके बाद रूबी को रोकने का कोई कारण पुंडरीक को समझ में नहीं आया।

सबने वहाँ से यात्रा शुरू कर दी।

कोठी के पिछवाड़े की तरफ से वे नदी की ओर चलने लगे।

"श्री पुंडरीक जी! भूत-प्रेतों को भगाने के लिए तुम ओझा लोग दिन की बनिस्बत रात को ही क्यों अधिक उपयुक्त समय मानते हो?" रूबी ने पूछा।

"हमारे मानने न मानने की इसमें कोई बात ही नहीं है। इनसान जिस तरह दिन में ज्यादा सचेत और कर्मरत रहते हैं, वैसे ही प्रेतामाएँ रात को अधिक सचेत और कर्मरत रहती हैं।"

लेकिन रूबी को एक अलग प्रश्न विचलित कर रहा था और वह उसके लिए सिर्फ भूमिका प्रस्तुत कर रही थी।

"श्री पुंडरीक जी! कुमुदिनी की प्रेतात्मा भी अब जरूर अधिक जाग्रत हो रही होगी, क्योंकि शाम घिरने वाली है। तुम मुझे उसके बारे में कुछ बताओ। तुम उसके साथ मेरा आदान-प्रदान नहीं करवा सकते?"

चौंक उठा पुंडरीक।

"बताओ, श्री पुंडरिक जी! वह सुन्दर थी न?"

"बहुत सुन्दर।"

कहते ही पुंडरीक ने एक तेज दर्द का अनुभव किया। कुमुदिनी के अन्तरंग यह प्रकृति, यह ध्वंसावशेष जैसे कुमुदिनी के बारे में उसका वक्तव्य सुनने को कान लगाये हुए हैं। भानु और काकुली से आने वाले दोनों आगन्तुक अँग्रेजी में हो रही उनकी बातचीत को समझ नहीं पा रहे थे।

पुंडरीक बहुत ही स्पष्ट शब्दों में कहता गया, "वह खूब सुन्दर थी— चेहरे से, मन से, चरित्र में और व्यवहार में। उससे सुन्दर इनसान मैंने आज तक नहीं देखा है। देखना भी नहीं चाहता। उसे मैं जानता था, इतना ही मेरे लिए काफी है।"

गोधूली बेला की उस झीनी रोशनी में भी पुंडरीक समझ गया था कि रूबी उसकी बात सुनकर चौंकी थी।

"कुमुदिनी का तुम्हें छोड़कर चले जाना उचित नहीं था।" रूबी ने कहा।

"बिल्कुल भी उचित नहीं था। उसको अपने पुंडु भाई का इन्तजार करना चाहिए था।"

पुंडरीक ने अपनी उदात्त घोषणा से खुद भी विस्मय का अनुभव किया। बहुत कुछ न समझते हुए भी भानु ने विस्मित-सा पीछे पलटकर देखा।

"लगता है तुम और वह दोनों एक-दूसरे से काफी प्यार करते थे।"

"रूबी! उसे मुझे छोड़कर यूँ नहीं चले जाना चाहिए था। कितनी सच बात कही तुमने।"

रूबी ने लम्बी साँस ली।

वे लोग तब श्मशान के पास से गुजर रहे थे। पास ही में कुछ लोग अपने-अपने सिर पर से लकड़ी का गट्ठर उतार रहे थे। वे अब चिता तैयार करेंगे।

"कुमुदिनी के प्रति तुम्हारे मनोभाव को सुबह उसकी बात चलने पर ही मैंने पकड़ लिया था।"

पुंडरीक अगर थोड़ा-सा भी अन्यमनस्क रहा होता तो चिल्लाकर कहता, "सिर्फ तुम ही नहीं रूबी, यह पेड़-पौधे, तालाब-नदी, धूल-मिट्टी सब समझ रहे थे। नहीं समझ रहे थे तो सिर्फ मेरे पिता। नहीं उन्हें ही क्यों दोष दूँ। कुमुदिनी की माँ के अलावा इसे समझ पाने वाला कोई इनसान यहाँ नहीं था।"

वे चुपचाप श्मशान पार करते हुए नदी के किनारे-किनारे चलने लगे। आधे घंटे के बाद जाकर पुंडरीक काकुली से आने वाले दोनों आगन्तुकों से उस प्रेत बाधाग्रस्त व्यक्ति के बारे में तथ्य संग्रह करने लगा।

प्रेत बाधा से ग्रस्त थी एक विधवा। संयुक्त परिवार से अलग गाँव के मुहाने पर घर बना लिया था उसके पति ने। कुछ दिन बाद ही उसकी मौत हो गयी। उसकी विधवा अपनी एकलौती लड़की के साथ वहीं रह रही थी।

अचानक उसके पति की गुस्सैल आत्मा ने उसे अपने कब्जे में कर लिया है। वह अपने आत्मीय स्वजनों को काटने के लिए दौड़ रही है।

लगातार प्रश्न पूछते हुए पुंडरीक उस महिला के बारे में जो कुछ तथ्य संग्रह कर रहा था, वह उस प्रेत छाया को हटाने के लिए क्यों जरूरी है, यह बात रूबी समझ नहीं पा रही थी।

कृष्ण पक्ष की तृतीया थी। चाँद के निकलने के समय वे सब अपनी मंजिल तक पहुँच गये। पुंडरीक का स्वागत करने के लिए उस विधवा के घर के सामने गाँव के पन्द्रह-बीस व्यक्ति खड़े थे।

"मुझे तुम्हारे अधीन एक प्रेतात्मा तो नहीं समझेंगे वे लोग?" रूबी ने धीरे से पूछा।

प्रेत देखने की तरह आँखें फाड़कर विस्मित नजरों से रूबी की तरफ देख रहे गाँव वालों से पुंडरीक ने कहा, "यह भद्र महिला लन्दन से आयी हैं। हमारे देश के भूत-प्रेतों के बारे में कुछ जानकारी लेना इनका उद्देश्य है।"

लोगों ने दोनों को बारी-बारी से नमस्कार किया।

"हुजूर, यह जो पीपल का पेड़ है, यह बहुत दिनों से प्रेतों का आवास बना हुआ है। सोच रहे हैं कि इस पेड़ को काट देंगे। रात में इसके नीचे से गुजरना खतरनाक होने लगा है। हमारी यह हतभागिनी उस दिन शाम को इस पेड़ के नीचे खड़ी होकर अपनी बेटी के दूसरे गाँव से आने का इन्तजार कर रही थी, तभी प्रेत ने उसे अपने अख्तियार में कर लिया।" गाँव के एक मुखिया ने कहा।

''आप अगर पेड़ को काट देंगे तो उस पर आश्रय लेने वाली वे सारी सत्ताएँ, जाएगी कहाँ? बड़े-बड़े शहरों में वे सब जीवित व्यक्तियों में बँट गयी हैं; उनके लोभ, अहं का सहारा लेकर यहाँ भी वैसा ही हो, क्या आप ऐसा चाहते हैं?''

पुंडरीक का प्रश्न सभी को विचलित कर गया।

''सच है, सच है।'' प्रवीण व्यक्तियों ने समर्थन किया, ''पुंडरीक जी का उपदेश हमारे सिर आँखों पर। पेड़ बना रहे। हम लोग इससे हटकर क्यों न चला करें?''

पुंडरीक के निर्देशानुसार भानु उस विधवा के परिवार के लोगों के साथ जरूरी सामान लाकर सजाने लगा।

घर के आँगन में प्रेतग्रस्त महिला को दोनों बाँहों से पकड़कर दो-तीन महिलाएँ बैठी थीं। एक किनारे खड़े होकर उसकी बेटी रो रही थी। वह सुन्दर और स्वस्थ थी।

उस महिला के सामने जाकर पुंडरीक के खड़े होते ही चारों तरफ चुप्पी छा गयी।

''महिला के गुरुजनों के अलावा बाकी बाहर चले जाइए।'' पुंडरीक ने निर्देश दिया।

तीन-चार वयस्क पुरुष-नारी, भानु और रूबी के अलावा बाकी सब तुरन्त बाहर चले गये।

भानु यज्ञ का आयोजन कर चुका था। यज्ञ के आमने-सामने पुंडरीक और वह महिला बैठी। पुंडरीक मन्त्र-पाठ करता रहा। कुछ देर बाद महिला की आँखों से जार-जार आँसू गिरने लगे। उसके बाद वह चेहरा छुपाकर जोर-जोर से रोने लगी।

''बेटी! तुम्हारे ऊपर जिस प्रेत की छाया थी वह, अब तुम्हें छोड़कर चली गयी है। तुम निडर रहो। तुम्हारा मंगल हो।''

पुंडरीक उस महिला के पति के भाइयों और परिवार के एक-दो बुजुर्गों को अलग ले जाकर बोला, ''महिला के पति की मौत के बाद उसके प्रति जितना सहृदय आपको होना चाहिए था, उतना आप लोग हुए नहीं। बल्कि कई मामलों में उसके प्रति अन्याय किया है। जिस शक्ति ने उसे छोड़ दिया, वह आप लोगों की हानि कर सकती है।''

चुपचाप वे एक-दूसरे को ताकने लगे।

''हमारा क्या कर्तव्य है?'' परिवार के मुखिया ने पूछा।

''आप लोग जितना सम्भव हो सके, उसके प्रति प्यार व ममता भरा आचरण करिये। उसके सुख-दुख के साथी बनियें। सत् पात्र से उसकी बेटी का कन्यादान करिये। तब आप लोगों का भी भला होगा।''

"आपके उपदेश का हम शब्दशः पालन करेंगे।" मुखिया ने प्रतिश्रुति दी।

संकटग्रस्त महिला के साथ वहाँ खड़े पुरुष-नारियों ने एक-एक करके पुंडरीक को प्रणाम किया। सबके अन्त में मन्त्रमुग्ध रूबी ने प्रणाम किया।

सज्जन वर्ग ने पुंडरीक को खाने-पीने के लिए बहुत कहा। कुछ धन देने की भी कोशिश की, पर सफल नहीं हुए। जिद करने जैसा साहस किसी का नहीं था। पुंडरीक सिर्फ वाराणसी से शिक्षा प्राप्त ओझा ही नहीं थे, वह उनके भावी नायब भी थे।

पर भानु ने खाना खाया। रूबी को डाब का पानी पिलाया गया। तीन-चार गाँव वाले उन्हें भीषमपुर छोड़ आने के लिए तैयार हो गये। पर पुंडरीक ने उन्हें मना कर दिया।

"चाँद की रोशनी काफी है। और मेरे पास नक्शा भी है।" उसने तर्क दिया।

वापस लौटत्ते समय रूबी ने पूछा, "किसी के शरीर से प्रेतात्मा को निकालने के लिए जो कुछ विधि-विधान की जरूरत होती है, जैसा मैंने सुना है, वह सब कुछ न करके भी वहाँ तुम सफल कैसे हो गये?"

"महिला को किसी प्रेतात्मा ने नहीं पकड़ा था।"

"तो फिर?"

"समझाना सहज नहीं है, रूबी! उसे अपने अधीन किया था किसी और एक शक्ति ने। वह अपनी बेटी के साथ अकेली रह रही थी। बेटी सुन्दर है। उसके भविष्य को लेकर वह काफी चिन्तित थी। आत्मीय स्वजनों का उनकी समस्या के प्रति ध्यान न देने के कारण उसकी चिन्ता भय में बदल गयी। असहाय बेटी ही उनकी सर्वस्व है। उसके ऊपर दुष्ट व्यक्तियों की नजर पड़ रही है, ऐसा शक उसे हुआ। उसके पति शक्तिसम्पन्न थे। वह जिन्दा होते, तो उन क्रूर व्यक्तियों का दमन कर पाते। इस विश्वास के चलते वह अपने पति को और ज्यादा याद करने लगी थी। उनकी तरह शक्तिसम्पन्न होना चाहने लगी। अपने अन्दर के दबे हुए भय, आशंका, आतंक और खुद की और अपनी बेटी की हिफाजत करने की व्याकुलता, इन सबके सम्मिश्रण के एक हिंस्र आवेग में परिणित हो जाने और उन्हीं आवेगों को अपने में अधीन कर लेने का प्रतिफल था वह।"

"यानी मानसिक विकलता थी उसकी समस्या, वह प्रेतग्रस्त नहीं हुई थी।" रूबी ने मत व्यक्त किया।

"कहा था न समझना सहज नहीं है? अपने अन्दर के आवेग भी एक शक्ति बनकर ठीक प्रेत की तरह किसी को जकड़ सकते हैं। उससे उसे मुक्त करने के लिए भी आचार-अनुष्ठानों की जरूरत होती है। मैंने भी उसी तरह का अनुष्ठान किया।"

उसके बाद एक घंटे तक आपस में किसी ने कोई बातचीत नहीं की। भानु का पुंडरीक और पुंडरीक का रूबी अनुसरण कर रही थी। पर लौटते समय थकने के कारण से या फिर चाँद की हल्की रोशनी के कारण रूबी की चाल धीमी पड़ गयी थी, जिसके चलते भानु और पुंडरीक को बीच-बीच में रुकना पड़ रहा था।

आखिरी में कुछ दूरी पर ही भीषमपुर की कोठी दिखने लगी। श्मशान में उस समय जलती हुई एक चिता की आग बुझने लगी थी। आठ-दस व्यक्ति प्राणसत्ता को रोक न पाने का असहाय भाव लिये चिता की तरफ देखते खड़े थे।

रूबी रुककर अपलक श्मशान के एक कोने की तरफ देखने लगी, जहाँ किसी सत्ता की आखिरी निशानी—राख का ढेर रखा हुआ था।

''वह हमारी कुमु की है।''

भानु अपना वाक्य पूरा नहीं कर पाया। पुंडरीक ने सिर हिलाकर समझा दिया वाक्य पूरा करने की जरूरत नहीं है। कितनी बार उस जगह की टोह लेने की आकुलता का अनुभव किया है उसने, पर हर बार आत्मसंयम कर लिया। पूरी घटना के विरोध में उपजे विद्रोह और कुमुदिनी से नाराजगी उसे इस तरह की खोज करने से रोक रही थी।

''भानु भाई, तुम जाओ। बाबा को दवाई देने का समय बीत गया है।''

भानु थोड़ा-सा सोचता हुआ चला गया।

पुंडरीक की बेजारी के चलते शम्भुनाथ भानु पर निर्भर था।

''चलें।''

रूबी को उद्देश्य करके पुंडरीक के तीन बार कहने पर रूबी जैसे अपनी चलने की शक्ति को लौटा पायी। पुंडरीक की तरफ देखते हुए हँस दी। चिताग्नि की रोशनी में वह हँसी पुंडरीक को बड़ी विचित्र-सी लगी। उससे भी ज्यादा लगी उसकी नजर। उसमें एक उल्का की झलक थी।

श्मशान को पार कर दोनों कुछ कदम आगे बढ़े ही थे, तभी पुंडरीक को चौंका दिया एक अप्रत्याशित सम्बोधन ने, पुंडु भाई!

उस अभिनव आवाज ने एक महीन सुई की तरह तेज आघात किया पुंडरीक के अन्तर्मन में। उसने पलटकर देखा तो पाया, कभी जो सती एवं कुमुदिनी का आश्रम था— उसी मिट्टी में लगभग धँस चुकी परित्यक्ता झोंपड़ी के सामने के एक पत्थर पर रूबी बैठी थी।

पुंडरीक उसके सामने जैसे पहुँचा, उसने उसकी बाँहों को कसकर पकड़ लिया। उसकी नजर और उसका शरीर तप रहा था।

''पुंडु भाई!'' वह खड़ी होकर लगभग टूट चुकी कुटिया की ओर पुंडरीक को खींचने लगी। विस्मय और सिहरन की सम्मिलित अनुभूति में घिरकर, अभिभूत

पुंडरीक खिंचता गया।

रूबी रो रही थी और हँस भी रही थी। उस रोने और हँसने के गहरे मर्म में से झंकृत हो रहा था पुंडरीक का अत्यन्त अन्तरंग एक आकर्षण।

झोंपड़ी के एक कोने में बैठकर एक चट्टान पर से पत्थर हटाने की कोशिश करने लगी रूबी। पुंडरीक ने घुटनों के बल बैठकर, अपनी थैली से टार्च निकालकर जलायी। अन्दर एक गोल पीतल का पात्र दिखा। उसने उसका मुँह खोला। कभी कुमुदिनी के जिम्मे उसने जो सोने की मुहर, जिसे खुद कुमुदिनी ने ढूँढ़ा था, दिया था वही था।

रूबी नीचे लेट गयी थी। पात्र को अपनी थैली में भरकर पुंडरीक ने बाहर निकलकर भानु को आवाज दी और फिर झोंपड़ी के अन्दर चला गया।

"पुंडु भाई! यह सब छायाएँ कितनी डरावनी हैं! वे सब मुझे अपने काबू में करने के लिए मेरा गला दबाने चली हैं। मैं तुम्हें इतना पुकार रही हूँ। तुम्हें सुनाई नहीं दे रहा?"

आधी अवरुद्ध आवाज में, अँग्रेजी में शुरू कर अपनी हिन्दी में रूबी इतना कहकर बेहोश हो गयी।

हाँफते हुए भानु के पहुँचते ही दोनों उसे उठाकर ऊपरी मंजिल के उस कमरे में ले गये, जहाँ रूबी के रहने का इन्तजाम किया गया था, अध्यापक स्टीवेंसन और प्रदीप सेठ तब तक नहीं लौटे थे।

"लगी है?" भानु ने धीमी आवाज में पूछा। प्रेत का साया है ऐसा वह अन्दाज कर रहा था।

पुंडरीक ने कोई जवाब नहीं दिया। रूबी पर नजर रखकर वह अविचल खड़ा रहा। रूबी की उस आकस्मिक स्थिति से ज्यादा, पुंडरीक की अस्वाभाविक गम्भीरता को देखकर भानु किंकर्त्तव्यविमूढ़ दिखा।

दोमंजिले की खिड़की और दरवाजे के समान्तराल में खड़े पेड़ों को हवा के झोंके हिला दे रहे थे। वह शब्द मानो अचेतन रूबी के माध्यम से किसी और के विक्षोभ और शिकायत की जर्जर आवाज थी।

"भानु भाई! तुम रखवाली करते रहो।" कहकर पुंडरीक कमरे से बाहर आकर दो-चार बार लम्बी साँस लेते हुए शम्भुनाथ के कमरे की तरफ जाने लगा। दरवाजा खुला था। उसने अन्दर जाकर दरवाजा बन्द कर लिया।

"ओझा!"

"कौन?" उठकर बैठने की कोशिश करते हुए शम्भुनाथ ने पूछा।

"ओझा!"

"कौन? बाबा पुंडु?" शम्भुनाथ की आवाज में भय था।

"पुंडु! पर पुंडु के साथ उसके पिता का नहीं, अभी एक ओझा के साथ दूसरे एक ओझा का मुकाबला हो रहा है। साक्षी के रूप में मैं आह्वान कर रहा हूँ सती को, देवी तरंगिणी को, देवी कामाक्षी को और देवी काली को। मैं आपसे उत्तर चाहता हूँ। ओझा के रूप में आप अपने धर्म के प्रति हमेशा सत् रहे हैं न? मन्त्र-तन्त्रार्जित शक्ति का अप-व्यवहार तो नहीं किए हैं?"

"अचानक आज रात में इस तरह का प्रश्न क्यों कर रहे हो, बाबा?"

"मेरे प्रश्न का उत्तर दीजिए।"

कुछ और सीधा होकर बैठने की कोशिश की ओझा ने। खिड़की के उस पार लगातार पेड़ हवा में हिचकोले ले रहे थे। खिड़की का एक पट दो-तीन बार खुला, फिर बन्द हुआ। वह सारी आवाजें और खुद की कमजोर आवाज के चलते पुंडरीक ने शान्त हो जाने के शम्भुनाथ के अनुरोध को नहीं सुना।

"उत्तर दीजिए, ओझा महाशय!"

पुंडरीक की रूक्षता से तटस्थ हो गया शम्भुनाथ। पर लालटेन की धीमी रोशनी ने पुंडरीक को यह जानने का अवसर नहीं दिया। जानने लायक संवेदना भी तब पुंडरीक में नहीं थी।

"बाबा पुंडु, मैं आजीवन जमींदार का नमक खाता आया हूँ। कभी-कभी उनके स्वार्थ के अनुसार मुझे मेरी शक्ति का व्यवहार करना पड़ा। इसलिए अपने धर्म के प्रति हमेशा सत् रहना सम्भव नहीं हो पाया है, यह मैं जानता हूँ। पर संज्ञान में मैंने कभी किसी की कोई हानि नहीं की है।"

"नहीं किया है? कुमुदिनी का प्राणनाश किसने किया?"

"भूल कर रहे हो बाबा! किसी ने भी जान-बूझकर उसका प्राणनाश नहीं किया है?"

"मुझे वाराणसी भेजने के पीछे कुमुदिनी के जीवन को लेकर खेलने का कोई उद्देश्य आपका नहीं था, क्या यह बात सत्य की दुहाई देकर आप कह पाएँगे?"

"बाबा, उसकी शादी करा देने के अलावा मेरा कोई दूसरा उद्देश्य नहीं था।"

"तो फिर उसकी मौत कैसे हुई?"

"तेज बुखार ही उसकी मौत का कारण था।"

"नहीं। बुखार लक्षण ही था, कारण नहीं। मौत से पहले डरावनी छायाएँ, गला दबाने को तत्पर होने की सोच मन में आने का तात्पर्य क्या था? किस तरह का आक्रमण किसी की प्राणसत्ता में इस तरह की सोच को जन्म देती है।"

तब तक शम्भुनाथ सीधा होकर बैठ चुका था। कुछ पल चुप रहने के बाद उसने पूछा, "कुमु की प्रेतात्मा ने किसको अपना आधार बनाकर ऐसी शिकायत की है?"

"विदेशिनी रूबी पर।"

''वह छायामूर्ति का वर्णन कर रही है?''

''जरूर।''

फिर चुप हो गया शम्भुनाथ। दूर किसी नाव का चालक तेज हवा में नौका पर नियन्त्रण करने के लिए अपने सहायकों को निर्देश दे रहा था। उसकी उसी चीख ने जैसे शम्भुनाथ को अपने शब्द ढूँढ़ पाने में सहायता की।

''सुनो पुंडु, सत्य की दुहाई देकर कहता हूँ, कुमुदिनी पर मैंने मारण मन्त्र का प्रयोग नहीं किया था। करने का सवाल ही नहीं था, कारण भी नहीं था। पर, जब देखा कि शादी करने के लिए वह बिल्कुल भी तैयार नहीं है, तब मजबूरन सम्मोहन का प्रयोग किया था। विवाह अनुष्ठान के खत्म होने तक वह निश्चेष्ट रहेगी, इतना ही मेरा उद्‌देश्य था।''

बात खत्म करके पुंडरीक को विमूढ़ बनाकर शिशु की तरह रोने लगा शम्भुनाथ।

''बाबा पुंडु, मुझे पता नहीं था कि उसने खाना-पीना बन्द कर दिया था। बहुत कमजोर हो गयी थी बेचारी लड़की। सम्मोहन का दबाव भला कितना था। फिर भी उसकी प्राणसत्ता उतना भी नहीं झेल पायी। हो सकता था कि बुखार, अनशन और मानसिक कमजोरी के चलते एक-दो दिन बाद उसकी मौत हो जाती। सम्मोहन शायद मौत और जल्दी ले आया। स्थिति को समझने पर मैंने जी-जान से उसके प्राण बचाने की कोशिश की। पर सफल नहीं हो सका। जिन्दा रहने के सारे आग्रह का उसने त्याग कर दिया था।''

कहते-कहते बिस्तर से उठकर पलँग पर टेक लगाकर खड़ा हो गया था शम्भुनाथ। अब निर्देश देते हुए बोला, ''बाबा! उस विदेशिनी को मेरे पास ले आ। जा!''

लड़खड़ाते कदमों से पुंडरीक कमरे से बाहर चला गया। भानु की सहायता से रूबी को लाकर शम्भुनाथ के कमरे में एक चटाई पर सुला दिया। शम्भुनाथ ने उसे काफी देर तक देखा। उसके माथे पर हाथ रखकर आँखें बन्द कर धीरे-धीरे कुछ मन्त्र पढ़ा।

उसके बाद भानु की सहायता से उसने नहाया। कपड़ा बदलकर वह रूबी के पास आकर बैठ गया। पुंडरीक की तरफ देखकर बोला, ''बाबा! बहुत कठिन अवस्था है!''

''यानी?''

''कुमुदिनी की प्राणसत्ता और इस विदेशिनी की प्राणसत्ता इस गहराई से एक-दूसरे से जुड़ गये हैं कि अब दोनों सत्ता लगभग एक समान हैं। इस विदेशिनी के लिए, कुमुदिनी के प्रति गहरी ममता के बिना, उसका आह्वान करे बिना यह सम्भव

नहीं होता।''

पिता की इस बात में सत्यता है, यह बात पुंडु जान रहा था। उसके प्रति रूबी का अगाध आकर्षण एक दिन ऐसी परिस्थिति लाएगा, यह उसकी कल्पना की परिधि में आती भी कैसे!

शम्भुनाथ ने फिर कहा, ''सुनो बाबा! इस तरह की अवस्था सम्भव होगी, यह तत्त्व दृष्टि से मैं जान गया था, पर अपने लम्बे जीवन में अब तक ऐसी स्थिति का सामना कभी नहीं किया था। हम जो अनुष्ठान करते हैं, उसके जरिये कुमुदिनी की सत्ता को इसके अन्दर से बाहर नहीं किया जा सकता। हम अगर अपने कार्य विधि को कठोर करते हुए उसे निकालने की कोशिश करेंगे तो आधार की प्राणसत्ता भी निष्कासित हो सकती है।''

''यानी रूबी इसी तरह प्रेतग्रस्त रहेगी, उसके अभिभावक उसकी अवस्था को मानसिक बीमारी समझकर उसे पागलखाने में डाल देंगे— या फिर उसकी मौत हो जाएगी।''

''सुनो पुंडु, अगर मैं कुमुदिनी की मौत के लिए अपने को आंशिक रूप से जिम्मेदार मानता हूँ, तो इस विदेशिनी की मौत के लिए परोक्ष रूप से अपने को जिम्मेदार मानने में अपने को अस्वीकार नहीं कर पाऊँगा। पर और अधिक पाप के द्वारा मैं अपनी तकदीर को बोझ से दबने नहीं दूँगा। चन्द्रदीप के साथ कभी तुम्हारी, सिद्ध नागार्जुन कक्षपुट ग्रन्थ या उसमें लिपिबद्ध 'तन्त्र' के बारे में आलोचना हुई है।''

''नहीं।''

''होना सम्भव भी नहीं हुआ होगा। पांडुलिपि की उन्होंने नकल तो कर ली है, पर उस पर अध्ययन या आलोचना करने के लिए उन्हें समय नहीं मिला होगा। मैंने बहुत परिश्रम करके उस पोथी की व्याख्या प्रस्तुत की थी— यही सोचकर कि एक दिन तुम्हारे ही काम आएगी। व्यावहारिक और आध्यात्मिक पर्याय के बीच बहु सिद्धि साधकता सूत्र का समावेश है। आखिरी कुछ अध्याय में उत्सर्ग तन्त्र का विवरण है। जब इच्छा हो, पढ़ना।''

अपनी पोथियों के ढेर के ऊपर लाल जिल्द वाली एक मोटी कापी की तरफ शम्भुनाथ ने इशारा किया।

''अब तुम जाओ। अगर देवी की कृपा से मेरी क्रिया सफल होगी, तो फिर चिन्ता का कोई कारण नहीं है। रात के तीसरे प्रहर में आकर इस लड़की को उसके कमरे में ले जाना। उससे पहले मेरे कमरे में कोई न आये, इसको यहाँ से ले जाने के बाद भी सुबह से पहले मेरे ध्यान में कोई किसी तरह की बाधा सृष्टि न करे।''

कुछ समय पहले के अनुतप्त, नम्र शम्भुनाथ की जगह एक स्वाभाविक तेजमान

ओझा था। वह आदेश दे रहा था।

शम्भुनाथ को जो कुछ सामान की जरूरत थी उसे पुंडरीक और भानु ने लाकर दे दिया और कमरे से निकलते समय दरवाजे को उढ़का दिया।

कुछ समय बाद ललित कुमार, प्रदीप सेठ, अध्यापक स्टीवेंसन के साथ वापस लौटे। अचानक रूबी को तेज बुखार हो गया है, यह खबर पाकर अध्यापक स्टीवेंसन पहले विश्वास नहीं कर पाए। फिर उन्हें, उसके पास जाने की भी मनाही है, तन्त्र-मन्त्र के प्रति बहुत आग्रही होने के बाद भी, अध्यापक सब कुछ को इतनी सहजता से स्वीकार नहीं कर पा रहे थे, पुंडरीक यह बात समझ रहा था। पर जिस तरह अध्यापक लाचार थे, पुंडरीक भी लाचार था।

"अन्ततः किसी डॉक्टर को बुला लेना उचित नहीं होता?" अध्यापक ने पूछा।

"मैं अपनी सारी जिम्मेदारी को इकट्ठा कर आपको यह कह रहा हूँ कि, ओझा श्रेष्ठ शम्भुनाथ अगर रूबी को स्वस्थ, आपदमुक्त नहीं कर पाएँगे, तो फिर दूसरा कोई नहीं कर पाएगा।"

अध्यापक और प्रदीप सेठ मजबूरन बरामदे में चुपचाप बैठे रहे। पुंडरीक इधर से उधर चहलकदमी करता रहा।

कोठी के पीछे बह रही नदी के किनारे के झाड़-झंखाड़ के बीच से सियारों ने चिल्लाकर आधी रात बीतने की सूचना दी। बचपन में कुमुदिनी अपनी कल्पनाशक्ति का प्रयोग कर सियारों की बोली का अनुवाद कर पुंडरीक को सुनाते हुए कहती, "वे कह रहे हैं कि वे जो बेर खाते हैं, उसे पुंडु भाई खा जाते हैं।" और हँसते-हँसते लोटपोट हो जाती।

रात के तीसरे प्रहर में वह धीरे-धीरे शम्भुनाथ के कमरे में घुसा। दीवार से टेक लगाकर शम्भुनाथ ध्यानस्थ था। भानु ने भी आकर झाँका। दोनों ने सावधानी के साथ रूबी को उठाकर उसके कमरे में ले जाकर लिटा दिया। उत्कंठित अध्यापक ने उसके माथे पर हाथ रखा। उत्ताप नहीं था। साँस स्वाभाविक थी। लग रहा था कि वह गहरी नींद में सोयी है।

अध्यापक के चेहरे पर खुशी झलकी। "आश्चर्य!" उन्होंने बस इतना कहा।

"अब आप लोग आराम कीजिए।" पुंडरीक ने अतिथियों से कहा। उन सबने उसकी बात सहर्ष स्वीकार कर ली।

पुंडरीक फिर एक बार शम्भुनाथ के कमरे में जाकर पोथियों के ढेर के ऊपर रखी लाल पोथी को उठाकर अपने कमरे में पहुँचा और आखिरी अध्याय को पढ़ने लगा। उत्सर्ग तन्त्र विधान के अनुसार, अगर आविष्ट व्यक्ति की प्राणसत्ता के साथ प्रेतात्मा अत्यन्त गहरे से जुड़ गयी हो, तब तान्त्रिक का खुद अपनी प्राणसत्ता को आविष्ट के अन्दर प्रवेश कराकर प्रेतसत्ता को शान्ति प्रदान कर बन्धन मुक्त करना

ही सम्भवत: एकमात्र उपाय है, जिससे आविष्ट व्यक्ति स्वाभाविक हो जाएगा। पर अगर ओझा की प्राणसत्ता को ज्यादा देर तक उस क्रिया में लिप्त होना पड़े, तो प्राणसत्ता के बिना उसकी खुद की आत्मा शरीर को छोड़कर जा सकती है।

हर वाक्य को एक से अधिक बार अध्ययन कर उस तन्त्र का अर्थ समझ पाने तक सुबह हो चुकी थी। लालटेन से तेल खत्म हो रहा था। लौ काँपने लगी थी।

''सुप्रभात।''

बिखरे बालों को सँवारते हुए रूबी ने बरामदे से झाँककर पुंडरीक को देखकर अभिवादन किया।

पुंडरीक लालटेन को बुझाकर बाहर निकल आया। पुंडरीक के प्रति अभिवादन का इन्तजार न करते हुए रूबी बोली, ''बहुत ही विचित्र लग रही है मुझे खुद अपनी बात। कल रात को लौटते समय क्या मैं इतनी ज्यादा थक गयी थी कि कपड़ा बदले बिना सो गयी? श्मशान तक पहुँचने तक मुझे सब याद था। उसके बाद? कुछ भी मैं याद नहीं कर पा रही हूँ। एक सब धुन्ध भरा ख्याल, जैसे अकस्मात् मैं एक तन्द्रालोक के अन्दर पहुँच गयी। जैसे एक तरह की अद्‌भुत तन्द्रा ने मुझे अपने कब्जे में कर लिया। क्या हुआ होगा मुझे?''

''नहा-धोकर, नाश्ता करके चुपचाप सो जाओ रूबी!'' पुंडरीक बोला।

''पुंडु बाबा!'' काँपती आवाज में भानु पुकार रहा था। आँखों में बेचैनी के भाव थे।

''पुंडु बाबा! जरा जल्दी आओ।'' पुंडरीक की बाँह पकड़कर उसे खींचता हुआ ले गया भानु। पुंडरीक को एक तरह से कमरे के अन्दर धकेलकर वह भी अन्दर चला गया और शम्भुनाथ की तरफ हाथ दिखाकर पूछा, ''मालिक क्या ध्यानस्थ हैं?''

''क्या हुआ है पुंडु बाबा!'' लरजती आवाज में भानु ने पूछा।

''क्या हुआ जैसे कि तुम समझ नहीं पा रहे हो!''

दहाड़ मारकर रोते हुए भानु कमरे से बाहर निकल गया। आँसू भरी आँखों से पुंडरीक ने एक साफ सफेद कपड़ा लेकर शम्भुनाथ को ओढ़ा दिया। अकेले ही उन्हें प्रणाम करते हुए हाथ जोड़कर बोला, ''हे पिता! हे गुरु! जिस विषम परीक्षा देने के लिए तुम प्रवृत्त हुए और रूबी की जान बचाने में सफल हुए, उससे ज्यादा सफलता आपको नहीं मिल पाती, आप अपनी जान बचा नहीं पाते, इस बात पर मुझे यकीन नहीं हो रहा है। पर आपने उस दिशा में अपनी इच्छाशक्ति का प्रयोग नहीं किया। शायद बीमार शरीर और मेरे साथ आपके कड़ुवे सम्बन्ध के चलते आपने वैसा प्रयास करने के उत्साह का अनुभव नहीं किया होगा। कुमुदिनी की मौत के लिए जितना आप जिम्मेदार हो, आपकी मौत का मैं भी उससे कम जिम्मेदार

नहीं हूँ। इस अधम को माफ कर दीजिए, रूबी के स्वस्थ होने के लिए कृतज्ञता स्वीकार कीजिए। कुमुदिनी की प्राणसत्ता को जैसे शान्ति मिले, उसके लिए हर सम्भव अनुष्ठान करूँगा। उसकी राख को लेकर गंगा में विसर्जन करूँगा। आपके प्रति या और किसी के प्रति उसके मन में विक्षोभ नहीं रहेगा। हे पिता, आप पुण्यात्मा हैं। आपकी कोई जरूरत क्या हो सकती है भला। फिर भी परलोक के पथ पर आपकी यात्रा को सुगम करने के लिए हर विधि-विधान का पालन करूँगा।''

पुंडरीक, शम्भुनाथ के पाँव पर प्रणाम कर बरामदे में चला आया। तब तक कोठी के सामने स्थित बगीचा और उसके बाद के खुले मैदान, धान के खेतों में सूर्य की किरण फैल चुकी थी।

अध्यापक स्टीवेंसन, ललित कुमार, प्रदीप सेठ और रूबी आँखें फैलाकर उसकी तरफ बढ़े चले आ रहे थे।

''पुंडरीक भानु की बात क्या सच है?''

''हाँ, सच है।''

वे सब और अधिक पूछने का साहस नहीं कर पाये। पुंडरीक की आँखों में उस समय दूर कहीं खो जाने का भाव था। जैसे सारे प्रश्न, सारे उत्तर उसके लिए अर्थहीन हों।

दोपहर को, श्मशान में हजारों-हजार नर-नारियों के बीच शोक भरे वातावरण में शम्भुनाथ का आखिरी कृत्य समाप्त हुआ। उसके दूसरे दिन स्टीवेंसन, रूबी और प्रदीप सेठ ने विदा ली। अपनी जिन्दगी की एक रात की घटना रूबी के लिए हमेशा अज्ञात रह गयी। उसकी विह्वलता अटूट रही। जाने का समय आने पर अपने कमरे का दरवाजा बन्द कर वह खूब रोयी।

अस्वस्थता के चलते विनयभूषण आ नहीं पाये थे। उन्होंने पुत्र ललित कुमार को वहीं रहकर ग्यारह दिन के श्राद्ध कर्म की देखरेख करने का निर्देश दिया था।

आखिर में ललित कुमार को भी चंडीनगर होते हुए महानगर में अपना अध्ययन पूरा करने के लिए जाने का दिन पास आ गया। जाने से एक दिन पहले नदी किनारे पुंडरीक के साथ घूमते हुए उसने कहा, ''तुम्हें मैं और क्या कहूँ? तुम अपना कर्तव्य तो जानते ही हो।''

''हाँ ललित, जानता हूँ।''

ललित कुमार खुश नजर आया। बोला, ''मैं गुमाश्ता को कह दूँगा कि वह धीरे-धीरे तुम्हें सब कुछ समझा देगा। शम्भु काका सिर्फ मेरे पिताजी के हिम्मत थे। पर तुम मेरे और मेरे पिताजी, दोनों की हिम्मत बनोगे।''

''**ललित**! पर मेरा कर्तव्य कुछ अलग है। उसे पूरा करने का रास्ता खोल दिया

था कुमुदिनी ने; उसे और प्रशस्त कर दिया मेरे पिता ने। उसकी, खासकर कुमुदिनी के त्याग का मूल्य चुकाने के लिए मुझे साधना में बद्ध रहना होगा।''

ललित कुमार स्तब्ध होकर सुन रहा था।

''ललित! और एक बात है। तुम्हें कुछ डिब्बा सोने की मुद्राएँ भेंट करूँगा। वह कुमुदिनी की सम्पत्ति है। कुमुदिनी की माँ की सेवा में उस सम्पत्ति को लगाना और ध्यान देना उनकी देखभाल में किसी तरह की कोई कमी न हो।''

''तुम कहना क्या चाहते हो? कुमुदिनी की सम्पत्ति अगर मुझे नहीं मिलती, तो क्या उसकी जननी की सेवा में कमी रह जाती?''

''कुमुदिनी की सम्पत्ति पर जितना तुम्हारा अधिकार है, उतना ही वह मेरे लिए अप्रयोजनीय है। तुम जानते हो या नहीं, मैं नहीं जानता; कुमुदिनी की माँ तुम्हारे पिता की धर्मपत्नी हैं और कुमुदिनी तुम्हारी बहन थी।''

ललित कुमार चौंक गया।

''ललित, कल तुम चंडीनगर जाओगे और मैं वाराणसी।''

ललित कुमार की प्रतिक्रिया के प्रति ध्यान देने की स्थिति में नहीं था पुंडरीक। बहते स्रोत में वह देख रहा था, कभी कुमुदिनी के साथ नदी के किनारे गिर जाने के बाद, नदी की धार में पैर डुबोकर बैठने के दृश्य का प्रतिबिम्ब।

धीरे-धीरे नदी की वह धार— उसकी मन की नजर में ठाठें मार रहा थी और गंगा के स्रोत में मानो परिवर्तित हो रही थी। धीरे-धीरे कुमुदिनी का हँसता चेहरा सूर्यास्त के दिगन्त के साथ एकाकार होता जा रहा था।

□□□